いのちをつなぐ

―交通事故死の息子とともに歩んだ十七年―

高濵伸一

装幀　高濱伸一

目次

第二部　いのちをつなぐ

はじめに

平成十六（二〇〇四）年、息子の怜志が交通事故で突然亡くなった。二〇〇七年、私は絶望の淵から立ち直るために「怜志　ありがとう」という本を自費出版した。一冊の本をまとめることで、私は心の整理をつけて前向きに歩き出すことができた。

さらに、嬉しかったのは、その翌年二〇〇八年四月、第六回熊日マイブック出版賞奨励賞を受賞したことだ。同情やお世辞ではなく、私の本が公の賞をいただくことができたことが、怜志のことを知ってもらうのが嬉しかったことと同時に私の生きる自信にもつながった。その賞状は今も仏間の壁に飾っている。この本の第一部は、この「怜志、ありがとう」の原稿をそのまま掲載している。

ところが、その後の私には大きな変化があった。二〇〇九年に食道がんステージ3が見つかりがん闘病が始まったことだ。息子が亡くなったことは最大の悲劇なので、もう悪いことはないだろうと油断していたら、がんとの闘いが始まったのである。そして、わずかな年月の間に様々な人々と出会い、予想もしない体験も重ねることになった。たくさんの感動と愛をいただいた人々は、私を残して先立って逝かれた。その皆さんのいのちをつなぐために、私が出会ったがん患者の「いのち」をどうしても書き留めておきたかった。それが第二部「いのちをつなぐ」である。また、私が味わった辛苦を次世代に残さないように学校や社会教育の場で「いのちの教育」や「がん教育」「健康教育」にもっと取り組んでほしいという願いから、再度自費出版をすることにしたのである。これは私のライフワークのひとつである。

十七年間の私の心境は、大きく揺れたり変化したりしながらも、いつも亡くなった息子とともに悩み考えて生きてきた。たぶん、死生観やがん治療についてのご批判もあると思うが、私が書きたかったのは「いのち」について考え、大切にする未来に向かってほしいという願いである。そして、「いのち」というのは生物としての命ではなく、その人の人生や思いのことであること、「つなぐ」とは人と人の心の結びつきのことであることを漠然とご理解いただいて読んでいただければ幸甚である。

未だに怜志を忘れないでいてくれる皆様と私や家族を支えていただいた皆様のおかげで、この本を執筆できたことを心から感謝するとともに、不本意にもがんによって旅立っていった方々のご冥福を祈り続けたい。

第二部「いのちをつなぐ」は、どこから読んでいただいてもわかるように構成したので、気軽に本を手にとってパラパラめくっていただきたいと思う。
また、授業の参考にして子どもたちにお話ししたりしていただければと願っている。

令和三年四月十九日

高濱伸一

第一部　怜志《さとし》、ありがとう

まえがき

私の息子が交通事故で突然亡くなってから三年になる。三年間、様々な出来事と私の心の変化があった。同時に、三年間考えてきたのは、父として息子の死を無駄にせず、いかに追悼することができるか、ということであった。

すぐにできたのは、携帯電話の写真を残すことだった。百枚以上の写真が残っていたので、ＣＤに書き込んでもらって、自宅でプリントアウトした。生き生きとした息子の表情や友だちの笑顔が次々に出てきたのである。

次に、できたのは、無実の証明である。事故現場を何度も走り、時間や道路の状況、警察の作成した書類などをもとに、どうして事故が起きたのか、できるだけ冷静に客観的に考えた結果、息子に過失はなかったという証明をすることができた。亡くなってしまえば、何も言えないから交通事故の場合は、加害者であっても生き残った者の証言だけが生き残る。それだけは許せないことだった。

最後に、息子が生きた証を残したかった。広大な宇宙と無限の時間の中で人の一生は些細なものである。だからこそ尊いし、美しいのである。息子は亡くなる前の数年間、大輪の花火のように輝いていた。息子の命が炎をあげて燃えていた。そのことをいつまでも残しておきたかった。

そのために、この本を作ることにしたのである。

息子は、どちらかというとおとなしい方の性格であったが、目立つのがとても好きだった。だから、目立たせてあげたいと思った。亡くなった人が目立つように、というのはタブーかもしれない。何も悪いことはしていなくても、死者のことを語ることは、嫌がられるからである。しかし、どうして亡くなった者のことを話してはいけないのだろうか。忘れないでいたらいけないのだろうか。思い出したらいけないのだろうか。

私の息子には多くの友人がいた。その友人にはもちろん忘れないでほしい。あんな奴がいてあんなことして楽しかったと、時々は思い出してほしい。友人でなくとも、私の息子と知り合いだった皆さんにもときどきは思い出してほしい。一生懸命がんばっていた姿を思い出してほしい。そして、語り伝えてほしい、どんな奴だったのか。

もちろん、私は、忘れない、忘れられない。毎日、思い出し、考える。息子がなぜ私よりも先に死ななければならなかったのか、残された私に息子は何をしてほしいのか、と。結局、答えは何も出てこない。いつまでも分からない答えを求めて、だらだらと生きている。

人権が尊重される社会になってきたが、死者の人権については誰も語らない。死者にも人権があるはずである。特に、殺された人々は、「生きる」という最も大切な権利を奪われたのである。そう思って裁判にも訴えたが、答えは出なかった。人の命は、金銭という対価でしか計れないのだろうか。

ついに、答えが出せないまま、この本を出版することになったことが心残りである。しかし、息子の怜志は喜んでくれるだろう。オヤジのことを褒めてくれるだろう。今は、自分勝手にそう思い込もうとしているのだが・・・・。

平成十九年十二月一日

一　息子の死

◆平成十六年（二〇〇四）十二月一日

その日は、朝から急に冷え込んで、六時に私が起きたとき、外は真っ白な霜が降りていた。私が、テレビのニュースを見ながらたばこを吸っていると、六時半にいつものようにねぼけた様子で息子が二階から降りてきた。息子は、十九歳、大学一年生である。私よりも大きくなった体を折り曲げるようにしてこたつに潜り込むと、

「七時になったら起こして・・・。」

と言ってまた寝てしまった。母親は、キッチンで朝食の準備をしている。

こうして、いつもと同じように一日が始まった。そして、いつもと同じ一日になるはずだった。

私は、当時、小学校の教頭であった。朝から学校を開けなくてはいけないので、いつものように七時に外へ出た。昨日まで私は、バイクで通勤をしていた。玄関の脇には、息子のバイクと私のバイクが二台なかよく並べて置いてある。しかし、その日はあまりの寒さのため、悩んだ末、私は車で出勤することにした。

「ぼくは、車があるけん、よかばってん、息子は寒かろう。ごめんね。」とつぶやいて出かけた。大学は、駐車場が不足しているため、学生の車は禁止されていた。確かに、学生が車で通学するなんて贅沢なことだ。しかし、バスの便は悪いし、自転車では遠すぎるので、やはりバイクに乗るという選択しかないのである。

私は、七時十五分頃には、学校に着き、七時半から横断旗を持って校門の前に立った。毎月一日は、交通指導の日である。校門前で保護者と一緒に子どもたちの登校の様子を見守るのである。私は、以前に比べて緊張感を持って立っていた。それは、学校の子どもが交通事故で亡くなったばかりだったからである。歩道を歩いていた子どもを乗用車がはねるという事故であったから、子どもにはもちろん学校にも責任はない事故であったが、子どもの命を守るのは、教師にとっては最重要課題のはずである。たとえ、どんな状況であっても親や学校は子どもの命を守る義務と責任がある。現代社会では、責任の所在や損害賠償責任などひときわ問題とされるようになった。ある面では大変いいことであるが、そのために本当の意味で大切なものを見失ってしまっているように思う。例えば、通学路で子どもがけがをしたとする。そのとき、真っ先に心配すべきことは、子どものけがの状況であるが、それ以上に場所や原因、学校の責任の度合いなどを気にする教師はいないだろうか。「日曜だったから学校に責任がなくてよかった」と言って安心する教師はいないだろうか。交通事故が起こったとわかったとき、自分のクラスではなくてほっとする教師はいないだろうか。命の重さを考えれば、学校に責任があるかどうかよりも、指導のあり方がどうかを真剣に考えるべきであろう。

そんなことを考えながら、八時になった。全校児童が無事に登校した。百人あまりの小学校では、登校班ごとに見ていると、だいたいだれが欠席なのか、遅れてきているかなどすぐにわかるものである。その日は、班長を先頭にどの班も人数がそろっていたように思った。

それから、職員朝会が終わり、たばこを一服しているときに、携帯電話が鳴った。八時四十分頃だった。電話は、息子からだった。「こんな時間に電話をすることがないのに、朝からいったい何事だろう？」と不思議で不安な気持ちで、電話を受けた。

「もしもし。」

すると、予想もしなかった女性の声が聞こえてきた。何か慌てているように早口でまくしたてて言った。

「高濱怜志《さとし》さんのお父さんですか？実は、病院から電話しているんですが、怜志《さとし》さんが交通事故で運ばれてきています。今からすぐに病院へ来られますか？」

「はい。」

「それでは、奥さんも連れてきていただいていいですか？今、ご自宅にお電話をしたのですが、大変取り乱していらして・・・。」

私は、不安に押しつぶされそうになりながら、事態を冷静に考えながら尋ねた。

「それで、容体は？」

「心臓が止まっているんです。」

ひたすら冷静に考えても、どんな状況なのか、何が起こったのか全く理解できなかった。

「校長先生、息子が死んだそうですから、病院に行ってもいいですか？」

そう言い残して、学校を出た。そんなことを急に言い出した私自身が何をどうしていいのかわからないのだから、それを聞いた校長先生も何がどうなっているのか半信半疑であったにちがいない。しかし、それが現実なのである。現実というものは、不条理なものであり、突然やってくるものである。

まず、自宅へ帰ってみた。誰もいない。私の父が実家の縁側から出てきて、

「近所の人の車に乗せてもらって、ばあさんと一緒に病院に行ったばい。」といつもの表情で言った。誰もいない自宅も、周りの家も畑も道路もとても静かで穏やかだった。真っ白だった霜も消え、真っ青な青空となった。太陽がまぶしく光って暖かくなってきた。

私は、いつもより慎重に運転をして病院へ向かった。受付で病室をたずねて、廊下を何度も曲がりながら走るように急いだ。病室の前まで行くと、妻の泣き叫ぶ声が聞こえた。何を言っているのかわからないが、吠えるような嗚咽にも聞こえた。ドアを開けて中に入ると全く想像と違う景色がそこにあった。私が想像していたのは、大きなベッドに寝かされた息子の鼻や腕にたくさんの管が通されて、点滴を受けながら、心電図の音が鳴っていて医者が懸命に治療をしている様子だった。しかし、教室半分ほどの部屋へ入ると、そこには、救急車から降ろしたままの小さなベッドに寝かされて、身動きひとつしない息子の姿と、その周りを泣きながら回り続ける妻の姿だった。部屋の隅には看護師さんが二人と私の母がどうしようもなく私の到着を待っていたようだった。看護師さんが、さっそく私に説明を始めたが、とにかく、亡くなっているのでもう手当の施しようがない、ということを伝えたかったのだということはわかったが、何をどう説明してくれたのか今は思い出せない。ただ、息子の携帯電話を使って、自宅や私に連絡をとってくれたのだということだけはわかった。

息子の顔を見ると、頬に大きな傷があり、口の中まで穴が空いていた。実に痛々しいが、出血した後は、きれいに拭き取ってあり、顔はとてもきれいだった。服は脱がされ、病人用の服を着せてあったが、体には全く血痕もなく、足もたいへんきれいにしてあった。まるで今にも起き上がってくるかのようであった。信じられない、まるで夢を見ているようだ、というありふれた表現が本当だと思えた。

「まだ、あったかいよ。ほら。」

という妻に返す言葉はなかった。

しばらくしてから医者が入ってきて、ＭＲＩを撮りますからといって、息子を連れていった。入れ替わるように、年配の警察官と若い警察官が入ってきた。

「お父さんでいらっしゃいますか。」

「はい。」

「事故のことでいくつかおたずねしてもよろしいでしょうか。くわしいことは、あとで事情聴取をしますので。」

警察官が尋ねた。

「息子さんは、いつもと同じように家を出られましたか。」

「はい。」

「いつもより急いでいたとか、変わった様子は。」

「なかったと思います。」

「こちらが息子さんの服ですね。写真を撮らせてもらっていいですか。」

「はい。」

洋服を床に広げると、若い方の警察官がカメラで写真を撮り始めた。どこにどんな傷や汚れがついているのかをよく観察しながら写真を撮っていたようだった。

やがて、息子が帰ってきた。医者が、ＭＲＩの写真をパンパンと貼り付けるといつも通りの慣れた口調で説明を始めた。

「これが、息子さんの体を輪切りにして写したものですが、これが頭部です。頭は異常ありませんね。打ったところもないようです。これが腹部ですが、こちらが上でこちらが背中になります。内部が下半分黒くなっています。これは血液です。たぶん衝突したときに大動脈が破裂して大量に出血したものと思われます。ほぼ即死だったでしょう。」

ただ黙って聞いていた私は、ついに現実を認めなければならないときがやってきた。MRIの写真を見せられて、今まで信じるのを拒否してきた現実を受け止め、息子の死と初めて直面した。もう帰ってこない、本当に死んだのだ。どんなに手術しても治療しても命は戻ってこない。息子の笑顔も見られなければ、声を聞くこともできないのだ。

「何か質問はありますか？」という医者に
「ありません。ありがとうございました。お世話になりました。」

と答えると、椅子に座り込んで思いっきり泣いた。どっと吹き出してきた悲しみというか、悔しさというか、わけのわからない初めて感じる感情であった。泣いていたのは、三十秒か一分ぐらいだったような気がする。

私の妻は、たぶんこのまま立ち直れないかもしれないと思われるくらいで、今後何もできないだろうし、母は冷静ではあるが、このような状況で頼りにすることもできない。そうなると、私が一人で今後のすべてのことを行わなければならない。一番頼りにしていた息子がいないのだから・・・。

電話をかけようと病室を出てあたりを窺《うかが》うと、廊下の突き当たりが出口になっていた。この病室は、病院の一番奥にあたる場所にあり、玄関を通らないで外へ続いていた。外へ出ると病室とは打って変わって真っ青な空に、まぶしい日差しがきらきらと輝いていた。雲一つない空をみていると自分がなぜこんなところにいるのか、何をしているのか、ふっとわからなくなりそうだった。煙草を一服吸って、まず、どこに電話をしなければならないか考えた。

最初に、学校に電話をかけた。

「校長先生、やっぱりだめでした。しばらく休みをいただきます。」

「先生は、大丈夫ね。」

「はい。また、今後のことが決まりましたら電話をします。」

次に、娘に電話をした。亡くなった息子の姉である。東京の音楽大学の四年生である。

「明日美《あすみ》、よく聞けよ。怜志が交通事故でたった今死んだ。すぐ帰って来られる？」

「ん、大学に届けて、すぐ帰る。」

「飛行機に乗るお金はある？」

「だいじょうぶ・・・。」

これ以上、何も言うこともなかった。私自身、どのような事故だったのかもさっぱりわからなかったから説明のしようもなかった。

あとで、娘から聞いた話では、すぐに「冗談。」という電話があるだろうと思ったそうだが、いつまでたっても電話はなくて、とうとう飛行機に乗ってしまったそうである。それでも電話はなくて、飛行機の中でいっぱい泣いて帰ってきたそうである。娘は、私が午前中に電話をして、夕方遅くには自宅に帰ってきた。しっかりした足取りで・・・。

さて、私は、早く息子を自宅へ連れて帰りたかった。他人のいない自宅で、家族がみんなそろって泣きたかった。話したかった。夕食を食べてけんかして笑いたかった。

「息子は、どうやって連れてかえったらいいでしょうか？」

と看護師さんに尋ねると、葬儀屋さんに電話されたらいいですよ、と教えてくれたので、電話帳を調べて、葬儀社へ電話をした。

「息子が亡くなったので迎えにきていただきたいのですが。」

「はい、病院はどちらですか？あっ、そこならわかりますからすぐに参ります。ところで、息子さんはおいくつですか？」

どうして年齢まで聞くのか、不思議に思いながら十九だと答えると、

「特に、体格が大きいということはありませんか？」

そう、棺の大きさを確認していたのである。

やっと電話も一段落して、病室へ戻ると、看護師さんに隣の部屋へ呼ばれた。

「お父さん、実は、これは息子さんの足の骨なんです。」

と言って、小さな包みを差し出した。

「息子さんは、左足を骨折されていて、小さな骨のかけらが外に出ていたんです。」

この病院に運び込まれたときは足も血まみれだったのかもしれない。私たちが到着するまでの短い間にこの看護師さんがきれいにわからないようにしてくれていたのである。私は、骨のことを妻には言わない方がいいと思った。きっと持って帰るという に違いない。私もふところに入れて持って帰りたいと一瞬思ったくらいである。しかし、それはできないので、悩んだ顔をしていると、看護師さんが、

「こっそりと息子さんの胸元に入れておきましょうか？」

と助け船を出してくれたので、そうしてもらうことにした。

死亡を確認した医者は、警察官と何か簡単な打ち合わせを済ませると病室から立ち去っていった。警察官も、

「ここにある遺品はお持ち帰りいただいて結構ですから。」

と言い残して立ち去って行った。見ると、大きなビニール袋には、息子のジーパンや靴、

ヘルメットなどが入れてあった。病院ではさみを入れられたシャツや血まみれの眼鏡もあった。携帯電話、財布などみんな息子のものにまちがいない。見覚えのあるものばかりである。

妻は、まだ泣き叫んでいる。同じようなことを何度も繰り返して言いながら。

「この足の爪は、昨日、私が切ってやったんだけん。」

「この足のかかとはいつもカサカサになっていたけん、薬ば塗ってあげた。」

息子の体の隅々まで母親としての思い出や愛情がつまっている。私も、息子のことをいろいろ考えてみたいと思って、裏口から外へ出て、また煙草を吸った。ますます青さを増した空とともに気温も上がってきた。太陽の光が私の手や顔に染みこんできた。どうして私の息子が亡くなったというのに、雨も降らず風も吹かないこんないい天気なのだろう。腹立たしくなった。息子のことを考えるつもりだったが、これからどんなことをどう処理すればいいのか、自分のやるべきことを整理することが先決であった。病院に来て初めて時計を見ると、十時を過ぎていた。自宅に帰るのは、十二時過ぎるだろう。それから・・・。

やがて、葬儀社が到着すると、たった一人で慣れた手つきで作業をしていた。いつも同じように亡くなった遺体を処理しているのがわかった。私にとっては息子の死というあり得ない、想像だにしていなかった出来事であるが、医者も看護師も警察官も葬儀社もいつものことなのである。私は、死が身近にない生活をしていたから知らないで済ませていただけで、実は毎日多くの人が亡くなっているのである。たとえ、事故であれ病気であれ、また犯罪であれ、人の死には多くの悲しみが伴っている。それを知らないでいることは幸せかもしれないが、知っていることも大切なことである。

「それでは、お母さん、息子さんをきれいにしましょうか。」

と看護師さんが妻を促した。私の母も手伝っていた。

「体はどうもなっとらん。色が白くてきれいか。」

と妻も母も繰り返していた。まだ、心の中で「死」を認識しようとしていないようだった。

私は、棺を車に乗せるのを手伝った。玄関を通らないようになっている死者の出口から、息子の棺は運び出された。息子は何も悪いことはしていないのに、こっそりと退院しなければいけないのが、息子は悔しいだろうと思った。

自宅へ到着すると、真っ先に私がしなければならないのは、部屋の片づけだった。息子の棺を置く場所を確保しなければならない。玄関のドアを開けて家へ入るとすぐに、居間のこたつを二階へ上げることにした。

「おい、怜志《さとし》、はよ手伝え。」

と口走ってから、一人で苦笑した。手伝ってくれるはずの息子を運んできたのである。一人でこたつを二階へ運び上げた。ソファーもじゃまだが、ソファーを持ち上げることはできず、部屋の隅を引きずるのがやっとだった。床の間のある六畳の和室に息子の棺を置くことにした。今からたくさんの人がやってくるにちがいないから、そのための座布団も必要である。棺を運びこむと葬儀社の人が祭壇を準備し始めた。

私は、近所の葬式組の人へ電話をして言った。

「すいません。葬式をお願いします。」

「じいさんだろ？」

「いいえ、息子です。」

「はっ！・・・とにかく坊さんに電話してすぐ来てもらいなっせ。」

お坊さんは近所にいらしてたところだったので、すぐに到着された。

「おじいさんですか？」

「いいえ、息子です。」

住職は非常に驚かれた様子だった。

すぐに枕経をあげていただいた。

それから、一時間も経たないうちに近所の方が十名ほど集まって来られて、仕事の分担をされた。今夜は、仮通夜ということで、明日、葬儀社で通夜、あさって葬儀・・・。

実家からありったけの座布団を運んでくる。お茶や湯飲みの準備をする。私の母が一生懸命だった。妻は棺の前から離れない。葬儀社へ息子の写真を渡し、人数や祭壇の大きさなど打ち合わせをする。人がくる。また、友達がくる。人がくる。手を合わせる。しゃべる。友達が来て泣く。電話をする。電話がかかる。

熊本で一人暮らしをしている妻の母親が義兄に送られてやってきた。

夕方になって、娘が帰ってきた。信じていなかっただろうが、帰ってきて棺の中に、まちがいなく自分の弟が眠っているのを確かめると大粒の涙をぼろぼろっと落とした。

息子に手を合わせると、すっくと立って、

「何からしようか？」

と私に尋ねた。

「とりあえず、お茶をお願い。」

「わかった。」

娘は、台所で祖母に、

「親父は泣いたつね。」

と尋ねた。すると、祖母は、

「病院で泣きよったけん、心配せんでよかばい。いっときは泣くひまなかけん。」

と言った。娘は、

「ん、わかった。私もがんばるけん。」

と答えてお茶の準備を始めた。

夜の九時頃、喪服に身を固めた二人の見知らぬ男がやってきた。息子の棺に手を合わせたあとで、運送会社の社長と専務だと名乗った。事故を起こした会社である。しかし、当事者の運転手はいなかった。妻は、鋭い目つきに一変し、

「本人はどうして来ないのか。」

と詰問し始めた。たくさんの弔問客の中で言い争うのは、見苦しいので、その場はすぐに帰っていただくようにした。今も社長の顔は見たが、声は聞かなかったように記憶し

ている。私は、

「またすぐにあの人たちは来るから。」

と言って妻の怒りを抑えるのがやっとだった。

夜十時を過ぎて私は何も食べていなかったことに気づいた。空腹を感じたわけではなかったが、妻の母親がきているので、夕食は何か出さないと年寄りには酷だと思ったからである。ご飯を炊いて、冷蔵庫にあるもので簡単なおかずを作り始めたが、すぐにまた人が来る。お湯が沸くと人が来る、包丁を持つと人が来る。夜も十二時になったころ、やっと家族だけになった。夕食は作ったものの誰も箸が進まない。結局、残ってしまった。

「とにかく、少しでも寝らんといかん、明日がまた大変だけん。」

私は、六畳間に置かれた息子の棺の隣に寝ることにした。二人並んでねるのも最後である。つい一ヶ月前、私が十時頃「もう疲れたけん寝る。」と言ってふとんに入ったら、息子は私の布団の上に覆い被さってきて、

「まだ寝るとは早か、もっと語り合うばい！」

と言っていた。今日という日がわかっていたのかもしれない。私は、そのときすぐに寝

てしまったことをひどく後悔した。明日になれば、息子はもうここにはいない。今夜で最後の夜になる。別れたくない、どこへも行ってほしくない、と無性に寂しくなってたまらなかった。そして、思いついたのが髪の毛である。火葬する前に、息子の髪の毛を取っておこう、ずっと一緒にいられるように。

娘にはさみを持ってきてもらって、頭の後ろの見えないところの髪を切った。その髪は、葬儀がすべて終わったあとで、三人で分けて持っている。私は、毎日どこへ行くときも息子の髪を持っている。息子から離れないために。

私は、夜が明けてから始まる儀式に備えて、少しでも寝ておこうと思ったが、悲しみのためか緊張のためか、すぐに眠れないまま、時間が止まってしまった。夢を見ている、夢を見ている、明日になれば夢から覚める、そして、いつもの一日が始まる・・・。

◆通夜

数時間寝たようだがすぐに目が覚めた。息子以外みんな起きていて、家の中は何となく慌ただしい朝だった。私は朝食を準備したが、祖母以外あまり手をつけなかった。

「食べとかんといかん。」

といいながら、私もほとんど何も食べなかった。

朝から葬儀社のワゴンが息子を迎えにきた。卒業式用に買った黒の礼服を着て、息子の写真を持って玄関を出た。すると、私の父も実家から出てきた。八十になるので、足取りもおぼつかないが、杖をつきながらゆっくり近づいてきた。私が胸に抱いた息子の写真を手でこつんこつんとたたきながら、

「なあし、死んだつか。ばかだけん。俺が先に行くはずだった。」

と大粒の涙をぽろぽろと落とした。私は、父の涙を初めてみた。親不孝をしたと思った。父の葬式をあげることが最後の私の務めだと思っていたが、その前に父には非常に辛い思いをさせることになってしまった。生まれたときから私の息子をとてもかわいがり世

話をしてきた父であるから、その辛さは父親の私以上であったにちがいなかった。

斎場は、たいへん立派にできていた。息子の棺は菊の花に囲まれて中央に安置された。私は、今日と明日のスケジュールと自分自身になすべき行動についてシミュレーションを心の中で行っていた。学校で事故があった場合の事故報告の作成は、通常は教頭が行うことが多く、私も何度か事故報告を書いていたので、大切な息子を亡くした父親の気持ちよりも事故報告を行っている教頭の心境の方が強かった。本当の気持ちはどうだったか、といえば、息子を家に連れて帰って、家族だけで静かに葬儀をしたかった。たくさんの人が来て、いちいち頭を下げて、あいさつをして、お経を聞いて、線香をあげる、そんな儀式は面倒で、本当に悲しむ時間などないのである。明日には、骨だけになってしまうだろう息子の思い出を家族で話したり、息子自身に私たちの気持ちを語りかけたりする時間の方がほしかった。

お昼近くになると、徐々に人が集まり始めた。息子の友人が多くなってきたが、誰が誰だかわからない。息子のことを知っているつもりで、実は何も知らなかったのだ。名前を聞いても知らない友人が、涙を流してくれていた。息子は、家庭にいる時間の何倍もの時間を外で過ごしてきたことを思い知らされた。当たり前のことであるが、それに気づいていなかったことが少し恥ずかしくなって、息子に謝った。

「オヤジ、俺はがんばってたんだ！」

と、棺の中から叫んでいるようだった。

　午後になると、私が以前に勤務した学校の知り合いも遠くの天草からやってきてくれた。どうしてすぐにわかったのか不思議だった。テレビも新聞も見ていなかったが、ニュースでもあったそうである。また、学校の連絡網でもまわったそうである。妻の知り合いもやってきた。対応している間に時間が過ぎていった。私は、ただただ申し訳ない気持ちでいっぱいだった。こんなにも大勢の人に迷惑をかけて、心配をかけていることがとても悪いことをしているような気になった。何もなかったことにしてしまいたかった。

　妻は、弔問に来た人にひたすらしゃべり続けている。しゃべることで精神状態を維持しているようである。娘はかいがいしく動き回っている。祖父母は呆然とした様子で時を刻んでいた。

　息子の大学の友人がそろって訪れた。熊本大学教育学部教員養成課程、中学校理科の仲間である。ちょうど十名だと聞いていたが、数えてみると九人しかいない。一人足りないのが自分の息子であることに気づくのに十分ほどかかった。初めて会うので、名前もわからないが、涙を流すばかりでなく心の底から悲しんでくれているのはよくわかった。とてもいい友人に恵まれてきっと楽しい学生生活であったにちがいない。また、こんなにも悲しんでくれるということは、息子もまたみんなにとって大切な友人であったにちがいなかった。

夕方、通夜が始まる前には、すでに駐車場も受付もたいへんな混雑になっていた。喪主である私は、棺の前に座って訪れてくれた皆さんに頭を下げることしかできなかったが、たいへんな混雑になっていることは想像できた。しかし、私の立場でできることは何もなかった。葬式組の近所の方や葬儀社の人に任せて、私は私の務めを果たすしかないのである。最後のあいさつになった。あれもこれもと考えてはいたが、何をどう話したかはっきり思い出せない。

通夜が終わったあとも、たくさんの友人が帰ろうとしなかった。斎場や駐車場のあちこちで嗚咽やすすり泣く声が止まなかった。私は、そのとき息子のすごさを感じた。いつまでも息子は、息子としてしか見ていなかったが、小学校から中学校、高校、大学と進学する間に、息子はこんなにも多くの友人をつくり、しかもこんなにも慕われていたとは知らなかった。私よりも何十倍も偉大な存在であった。生きていれば、きっと私を追い越して、社会のために大きな貢献をしたに違いないと思った。いやもうすでに追い越していたのだ。そう思うと、なぜこんな息子が死ななければいけなかったのか、納得できなかった。事故の様子も原因もわからない。突然の死をどう受け止めればよいのか、途方に暮れた。

十二時になる頃、やっとあたりは静かになった。葬祭場には、息子と私と妻の三人になった。今夜はここで最後の夜を迎えることになった。妻が、洗面道具がほしいというので、二人で近くのコンビニまで歩いて行った。満天の星であった。

「さとしは、星になるとだろか？」

と妻が言う。

「かもしれん。」

と私が答える。すると今度は、

「二人で仲良くしていかなんたい・・・。それしかなかたい。」

と楽しそうに妻が言う。夜中に二人で歩くなんてなかったから楽しいのだろうか。妻がにこやかな表情になった。いつもと違う妻の様子に、私は、これから自分だけでなく、妻を支えていかなくてはいけないのかもしれないと不安になった。すると、急に妻がにやにやした表情で言い出した。

「私うれしか。これで怜志は、ずっと私のものになった。ほかの女に盗られんようになったけん・・・・」

「なんば言いよっと？」

私には、その感覚が理解できなかった。男だからだろう。母親というのはそういうものなんだろうか。悲しみが深すぎて、逆転の発想で心のバランスを取っているのだろうか。理解できないというより狐につままれたような不思議な感じだった。

私の務めは、まだまだこれで終わりではない。明日の葬儀、学校の仕事、事故の処理と次々に頭に浮かんできたので、それ以上、妻の相手をする気にはなれなかった。

息子の棺は、大きな斎場から畳の部屋へ移され、斎場の照明は落とされていた。その畳の部屋は一晩中明るかった。今夜も一緒に寝たかったが広く明るい場所で眠れそうになかったので、狭い就寝用の部屋でふとんに入った。妻は、シャワー室へ行った。私は、一人になった。一人になると寂しくなる。ロビーへ煙草を吸いに行く。帰りに息子の棺をのぞく。何度か繰り返しながら、どうしても納得がいかない。夢ではないこの現実が認められない。理由も納得いかない。そして、わけもなく悔しさがこみあげてきて、声を出して泣いていた。

◆葬儀

朝五時過ぎにうなされるようにして目が覚めた。二時間ほど寝たようである。気がつくとやはり夢ではなかった。また、涙があふれてきた。

外が明るくなり始めたころ、外に出てみるとすでに来ている友人がいた。葬祭場に徐々に人が集まってきた。だれも来ない予定でいたが、数十人の友人が来てくれた。出棺を見送るためである。

棺の中の息子には、大学の入学式で着たスーツを着せていた。私と二人で買いに行ったスーツだった。二人で何やかやと色や形についてもめながら買った物だった。

出棺前になって息子がアルバイトをしていたＪＡガソリンスタンドの所長が来てくれた。

「実は、昨日の夜は、スタンドのバイトもみんな集まっていろいろ話し合ったんです。息子さんがどんなにがんばっていたかとか、これから息子さんの分もみんなでがんばろうとか・・・よければ息子さんが着ていた作業着を持って来ましたので、着せてあげていただけませんか？」

私は、たいへんうれしかった。油まみれになった作業服は勲章と同じである。人のためになりたい、売り上げを伸ばしたい、ミスをしたときの反省の言葉などいつもスタンドのことを話していた息子にとって、ガソリンスタンドで働くことは誇りであった。だから、油まみれの作業服を着て行くことは、もっとも誇らしいことに違いない。棺のふたを開けて、スーツの上から青い縞模様のシャツと赤いネクタイ、ブルーのズボンをきれいに載せてあげたら、息子が笑った。

「オヤジ、俺はがんばってたんだ！」

という声が聞こえてきた。

その瞬間、我慢していた涙がまたあふれ出てきた。

「出棺します。」

すぐに、多くの友人が駆け寄ってきて、息子の棺を持ち上げてくれた。私は写真を胸に抱いた。

霊柩車は、最も高価な外車にした。息子は車を買うことを楽しみにしていたからである。二人で中古車を見に行ったこともあった。よく走るタイプの車がほしいらしかった。百万円ぐらいではなかなか気に入ったタイプの車はなさそうであった。私は、自分の車を息子に譲って、私が軽自動車を買うことを提案したら、大賛成をしていた。しかし、ガソリン代も税金、車検も全部自分で払え、というと非常に悩んでいた。

「年が明けたら、車を買ってやる。」

という約束も果たせなかった。霊柩車の運転士さんから、

「途中で立ち寄るところはありませんか。」

と尋ねられたので、迷うことなく、

「JAのガソリンスタンドを通ってください。」

と頼んだ。

母校の小学校、中学校のすぐそばを通って、ガソリンスタンドの前で車は徐行した。クラクションを一回鳴らすとバイトでがんばっていた子たちが振り向いた。いつもなら、その中に私の息子がいて、照れくさそうに笑うはずである。今日も日差しがまぶしい。

雲一つない空が毎日続いていた。そのことが霊柩車には不似合いで、見られていることが急に恥ずかしくなった。

葬祭場に着くと、また例によって職員が慣れたしゃべり方や動作を繰り返して、いつものように案内をしたり、準備をしたりしてくれた。私は、もう儀式に疲れてあまり何も考えなくなっていた。ホテルのようなソファーに座ったり、外の芝生を歩いたりして時間を待った。この後、ひとつ難問がある。それは、火葬したあとの骨を妻が全部持って帰るというにちがいないことだった。私も同じ気持ちである。事故当日、病院で左足の欠けた骨をふところに入れてもらったことも妻には言っていない。火葬が済んだら言おうと思っていたが、その前に、息子の骨を全部持って帰ることができるかどうかが問題だった。骨壺が一つでは足りない。結論は決まっている。諦めるしかないのである。そもそも死んだこと自体、簡単に諦めることができていないのだから、妻に何と言っても無駄なように思った。

そして、その時間がやってきた。

足から腰、胸、腕、そしてのど仏、頭蓋骨と入れていくと壺はすぐにいっぱいになった。ふたをしてもらっていると、

「あとの骨はどうなるの？」

と妻が言い出した。妻は、

「私は、全部持って帰りたい。」

といいながら、家族を見回した。職員が、

「こちらで丁寧に供養いたしますから。」

と言われたが簡単に納得しそうにない表情だった。私が、

「もうよかたい。諦めよう。」

と言うと、娘も祖母も同じようにたしなめたので、やっと諦めたようだった。諦めるとは、息子を見捨てることではない。骨がいらないものであるということでもない。「死」というものを人間の力や努力、愛情ではどうしようもない大きなものであることを認めることである。たとえ、何の非もなく死を迎えることとなっても、それは人間や世界を支配しているもっと大きな力によるものであり、あながうことができないものであることを知ることが、諦めるということである。私の息子は、努力に努力を重ねて精一杯生きていた。だけど、その結果が、十九歳の死であったという不条理も変えることのできない現実としてここにある。どうして、父である私を殺さないで、息子だったのか、悔

しくてたまらないが、どうすることもできない現実がここにある。できるものなら、私が息子の代わりに骨だけになりたかった。

葬祭場に帰ると、葬儀を前に、慌ただしく動かなければならなかった。たくさんの人がやってきた。病気をおして駆けつけてくれた私の恩師や友人。目を赤くした息子の友人。

それから、送られてきた弔電を読んで仕分けをする。葬儀の流れを打ち合わせる。葬式組の皆さんへのあいさつをする。断片的に記憶しているが、くわしく思い出せないことばかり次々と流れていった。

葬儀というのは、悲しみを増すために演出するのではない。悲しみを感じさせないために行うものなのである。私は、息子の死を悲しむ心のゆとりを与えてもらえなかった。空腹も眠気も感じることができなかった。そんなとき、

「あんたよりあんたの息子の方が友だちの多かばい。」

と近所の方に言われた。私は、小さな喜びを感じた。息子が褒《ほ》められている。死んだからではなく、生きていたことを褒められていると感じたからである。

葬儀では、熊本大学の友人に弔辞を読んでいただいた。面接試験で出会った最初の友

達、黒木恵史君である。

＊

「サトシ
　お前と初めて会ったのは、推薦入試の時やったね。俺は宮崎から来てたから、誰も知ってる人がおらんで、たまたま席が隣やったお前やけど、いっしょに話しちょったね。話しちょってお前いいヤツってすぐ分かったぞ。

　合格発表の時は、俺はインターネットで見たけど、受験番号が一つ前やったから、お前といっしょに受かってたのがすぐ分かったぞ。

　熊大に入学してからすぐお前を見つけて、それからはずっと一緒におったな。飯食う時も、休み時間も、移動する時もずっといっしょやったよな。

　俺が大学に来たら、まずお前が来てるかを確認しちょった。毎日、授業のあるクラスに行くと絶対お前が先におったし、時々俺が寝坊することがあってもお前はそんなことなくちゃんと来よったよな。勉強の面も、お前は予習、宿題ちゃんとやってて、授業もまじめに受けよって、俺もしっかりせないかんて思ったし、お前には負けたくなかった。けど、誰よりお前が一番がんばってた。

八月一日には、二人でドライブに行ったがね。適当に二時間半も海沿いを車走らせて、着いたのが四郎が浜。海パンも持ってこなかったのに、「俺らは、パンツ一丁で泳ぐか」と言って笑っちょったね。

テスト前には、俺ん家に皆で集まって徹夜で勉強したたな。ちゃんとノートとってるヤツはお前くらいで、いろいろお前に質問したりもした。結局、テストの結果はお前の方が何枚も上手《うわて》やったね。お前の成績はほとんどが「優」で勉強はお前に完敗やったわ。

お前に負けたことといったら、後期から始めた軟式野球サークルのバッティングもやな。俺は経験者なのにヒットが打てんかったから、サトシも無理やろうと思ってたら、チーム初のタイムリーヒットを打ったな。あれは、チームの皆がまじでビビッてたぞ。お前の打率は五割。俺はまだ一本も打ってないけど、今から勝つから待っとけよ。勝ち逃げは許さんぞ。

でも、俺がお前に勝ってると思うのはBMXかな。チャリの値段は俺のが五千円も上やし、買った日も俺のが一週間早いぞ。けど、もう始める前から言ってた「アジアンX＝GAME」は一緒に出られなくなったね。俺は今からもチョイチョイ練習してお前の目がパッチリ開くくらいに上手《うま》くなっちゃるから待っとけよ。

他にもここじゃ話せんこととか、二人だけしか知らんこととか、どうでもいいこととか、つまらんこととか、いろいろあるけど、このくらいにしとくわ。

俺たちも、一人前の教師を目指してがんばるわ。

じゃあ、また今度一緒に遊ぼうや。・・・・・・・」

＊

まだ、大学に入学して一年も経たないのに、こんなにもいい友だちをこんなにもたくさん作ったなんて、お前はすごいやつだなあ、と私は感心していた。

このあと、高校時代の友人の深田満生君にも弔辞を読んでいただいた。弔辞は、心のこもったものだった。私は、悲しむよりも感動していた。男女混合の実に明るく優しい子どもたちの「キャッツアイ」という仲間だった。私の息子は、死んでも親の誇りとなる息子であった。短くとも誇りにできる人生を生きていた。そして、また息子の声が聞こえてきた。

「オヤジ、俺は、がんばってたんだ！」

「そう、がんばっていたのはよくわかった。でも、がんばってなくていいから、帰ってきてほしい。」

「・・・・・」

どんなに願っても、お経と線香の煙の中で、息子は「帰ってくる」という返事を返してくれなかった。帰りたくても帰れないから返事ができなかったに違いない。一番、悲しくて悔しいのは、息子自身なんだ！

私は、葬儀の最後のあいさつに立った。

「私の息子であり、私の友人であり、私のライバルであった息子が亡くなりました。交通事故でした。たとえ、足がなくなっても手がなくなっても生きてさえいてくれたらよかったんですが、ほぼ即死だったそうです。毎日、勉強やアルバイトをがんばったり、たくさんの友だちと遊んだり忙しい毎日をがんばっていましたが、きっと一番幸せなときに行ってしまったんだと思います。ありがとうございました。」

そんなことを言ったように覚えている。やっとこれで終わった。さあ帰ろう、我が家に息子を連れて帰ろう。また家族だけになってゆっくり休もう。たいへんな三日間だったがみんなよくがんばった。そんな気持ちで帰宅した。

しかし、終わりではなかった。これからやるべきことがまだまだ山積していた。

二　息子の誕生

◆昭和六十年（一九八五）八月二十六日

私は、息子がほしかった。

初めて子どもを授かったとき、男の名前ばかりを考えた。妻には、

「男か女かわからんけん、どっちも考えて。」

と叱られたが、やはり男の名前が多かった。どうも女の子らしい、と妻から聞かされても男の子がいいとあきらめなかった。しかし、やっぱり誕生したのは長女だった。名前は、結局妻が付けることになった。

女の子もかわいいにはかわいいが、母親と仲良くなって、父親のことは理解してくれそうにないという偏った感覚があったのかもしれない。実際に成長した長女は、顔も体つきも性格もよく私に似ていて、父親のことを非常によく理解してくれるようになったのだから皮肉なものである。

それから、三年。二人目の子どもができた。今度こそ男の子であることを疑わなかったが、生まれるまでは女の子だろうと病院で言われていたので、女の子でもいいと思う

ようになっていた。ちょうどそのころ自宅を新築中だったが、女の子二人の予定で子ども部屋も仕切らないで同じ部屋でいいと思って設計変更までしていた。

ところが、生まれてみたら男の子だったのだ。私は、封印していた男の子の名前を急遽復活させて懸命に考えた。次々に名前は浮かんできたが、自分の思いにぴったりの名前はすぐに決まらなかった。

出生届を出す間際になって決まったのは、「怜志（さとし）」という名前だった。

「怜」というのは、聡明で賢いという意味である。迷信や習慣にとらわれないで、科学的・論理的思考ができる子になってほしかったのである。そして、「志」には、強い意志や優しさを持ってまっすぐに生きるたくましさを持ってほしいという願いを込めた。

「高濱怜志」という四文字の画数まで調べるゆとりはなかった。名前の音は三文字で全部で七文字になるのが収まりがよいと決めていたが、漢字がなかなか思いつかなかった。私が、高校時代に漢文が苦手だったことが悔やまれた。

こうして、我が家の長男として祖父母を含めて家族みんなから祝福されて生まれた怜志だった。特に、私は男の子の誕生で家庭内の男女比が二対二になり、将来父としての存在を脅かされる心配がなくなりうれしかった。

自宅玄関前で左から、怜志の母、祖父、本人、祖母、叔母

私の両親は、長男が生まれたことを喜んで大きな鯉のぼりを立てると言い出した。敷地は狭いし、じゃまにもなるから、小さいアパート用でいいと私は思っていたが、結局は大きな柱を立てて、矢幡と鯉のぼりが屋根の上にあがることになった。

私の自宅は、両親の実家の敷地内に建てたので、小さい孫の面倒は、私の両親によくみてもらった。私の父は特に子煩悩だったので、いつも怜志を背負っては、出かけていた。怜志が大きくなると自転車に乗せて近所を連れてまわった。小学校に進学すると毎朝家の前で見送りをして、夕方は迎えに出ていた。学校の帰りが遅くなると自転車で迎えにも行っていた。また、母には食事やおやつをいつも用意してもらっていた。

こうなると親は何をしていたのかということになる。私の妻は、毎日ではないが、ピアノ講師をしており、一日おきぐらいに午後から夜にかけて仕事に出かけていた。私は私で教員だったが、仕事人間で「仕事が趣味」といって遅くまで学校から帰らなかった。そんなわけで、怜志と姉の明日美は、祖父母に育てられたようなものだった。

でも、祖母は、

「どんなにかわいがっても最後は親がよかっだもんな。」

と言っていた。確かに、怜志も夜や休みの日は私の膝の上によく座っていた。

幼稚園の頃までの思い出を紹介しよう。

まず、怜志は女の子のように色白でさらさら髪だったが、乗り物に乗るのが得意だった。三輪車はもちろん、足踏みの四輪自動車のおもちゃに乗るのがたいへん上手くて、片手でハンドルを持って、後ろをふり返りながらスイスイとバックするのである。まるでレーサーのようなその勇姿を家族みんなで惚れ惚れしながら見ていた。みんなで褒めるとますます調子にのって何度も家の前を往復するのである。

「大きくなったらすぐ免許の取れるばい。」

と祖父もうれしそうだった。

　クリスマスが近づくと、プレゼント担当の父親としては、何がほしいのか探りをいれるのが習わしとなった。ある日、私は、ふざけて電話の受話器を取って、

「あっ、サンタクロースさんですか？うちの怜志は、悪い子ですから今年のプレゼントは持って来ないでください。」

と言ってみた。すると、初めはすました顔をしていた怜志が、急に、

「言わんで、言わんでぇ〜。」

と泣き出したのだ。私は、受話器を下ろすと、

「もう言わんけん、何がほしいか、教えて。」

というわけで、翌朝はちゃんとほしいものを枕の上に置いておいた。

　すると、怜志は起きてすぐに、

「パパ、パパ。サンタクロースが来たよ。」

と言って飛び回っていた。

「ばあちゃんに言うてこ。」

と言うが早いか、あっという間に玄関を飛び出して、隣の実家へ行き、

「ばあちゃん、ばあちゃん、サンタクロースが来た。ほら、サンタクロースが来たよ。」と叫んでいるのが聞こえてきた。いつまで信じていてくれるかな、と思いながらかわいくて仕方なかった。

小学校に入学してから友だちにいじめられたこともあったらしいが、親には何も言わなかった。やがて、友だちも増えて、上級生になるころには自信も持てるようになってきていた。

部活動ではサッカーに夢中になっていた。試合があるときは、私がいつも応援に行った。応援というより、後援会として子どもの輸送や弁当の世話をするためである。仕事も忙しかったが、怜志の試合を見るのも楽しかった。ミスをすると周りの保護者の目も気になった。キーパーをしていたので、ゴールキックをミスすると、

「あああ。」

とため息が出る。私は、二・三歩後ずさりをして、凍えたようになった。シュートを取り損なったときは、最悪であった。私は、犯罪者が警察官の姿を見たときのようにそわそわしながら、自分の存在を消そうとした。

しかし、逆に大きくジャンプしてシュートを止めると、保護者から大きな拍手が起こ

るので、あれは私の息子ですと言わんばかりに、二・三歩前に出て手をたたいた。帰りの車の中では、自然と反省会が始まり、一生懸命に褒めてもらおうとする怜志と、反省させようとする私の言葉の駆け引きを行うこととなるが、結局私が負けて、最後は「よくがんばった。」で終わるのである。

そんなとき、祖母が病気をしたため、週二回、妻が仕事で帰りが遅くなる日に子どもたちの夕食を作ってもらえなくなった。そこで、私が夕食の準備をすることになった。土曜日は、夕方時間があったので、買い物をして帰る余裕もあったが、火曜の夜は、私も部活動の指導をした後、すぐに帰って夕食を作るので、たいへんであった。何を作るかは、日曜に考えて買い物は済ましておいて、七時頃から約一時間で作るのである。

「ママよりおいしいだろう！」

というのが口癖で、妻と張り合うことでモチベーションを高めていた。いや、それ以上に子どもたちから「おいしい」と言われるのが何よりもうれしかった。

「何が食べたい？」

と聞くと、いつも答えるのは娘の方だった。

「とろとろ卵のオムライス！」

と言われれば、懸命にとろとろにした。でも、怜志はあまり食べ物へのこだわりがなく、

「何でもよか。」

と言って、いつも残さずきれいに食べてくれていた。食べる量も少なく、欲張って食べることもなかった。


こんなこともあった。家族みんなで焼き肉をするとき、豚バラ、安い牛肉、少しのおいしい牛肉を買っておいて、順番に焼いていく。私は、おいしい牛肉は冷蔵庫にしまっておいて、豚バラやウインナー、安い牛肉を先に焼いて、「食べろ、食べろ。」と言って怜志の皿に入れてやるのである。怜志は、「ありがと。」と言いながら食べていた。

「さて、そろそろおいしい肉を焼くか。」

といって私が冷蔵庫から高い肉を出してきて焼き始めると、怜志は、悲しい顔をして、

「もう食べきらん・・・。」

というのである、長女は、まだ食べるのに。私は、冗談のつもりだったが、あまりにかわいそうで反省してしまった。反省はしたが、その後も何回も同じことを繰り返した。長女は、ちゃんとそのからくりを見抜いていたが、怜志はいくつになっても騙されることが多かった。それほど、食べることには欲がなかったのである。

私は、夕食の用意をするようになってたいへん慌ただしくイライラすることもあったが、よかったと思った。子どもたちと話す機会が増えて、好き嫌いもわかるようになったからである。親にとっては、子どもの喜ぶ顔を見るのが一番うれしいものである。もし、そうでない親がいたら親ではない。父親もできる限り料理を作ってはどうだろうか。

今となっては、ますます怜志のために料理を作ってみたくて仕方ない。十九歳の怜志に最後に私が作ったのは、ハンバーグだったように記憶している。明日美《あすみ》が東京へ行ってからも作る材料は同じだったので、一人分多く作っていた。ハンバーグも四人分と同じ量を三つに分けるので、大きなハンバーグになる。

七五三の時、姉の明日美と怜志

フライパンで一つしか焼けないくらいである。そこで、大根おろしとポン酢で食べるようにした。皿一杯の大きさのハンバーグをバイトから帰った怜志の前に出したとたん、

「なああんね、これ。こがん大きかハンバーグ食べきらん！」

と呆れたような、怒ったような大きな声を出した。

「和風にしたけん、だいじょうぶ。」

と言って私は笑った。案の定、ぺろりと食べてくれた。オヤジに気を遣って無理して食べてくれたのかもしれない。そんなやさしい子だった。食べ物を通して、親子でいられたような気がしているが、後悔していることが一つある。おいしい焼き鳥を食べに行くという約束を果たせなかったことである。焼き鳥を食べるときにいつも思い出しては謝っている。

さて、小学生のころの思い出をもう一つ。北九州のスペースワールドに家族で行ったときである。明日美《あすみ》がジェットコースターに絶対に乗ると言って私を誘ったのである。高いところが得意でない私は、あやふやな返事をしていたが、父として怖いとは言えない。妻に助けを求めたが、

「あんたが乗りなっせ。」

と言われ、娘のためにしぶしぶ乗ってあげることにした。私はずっと目を閉じたまま手を握りしめて我慢した。必死の思いでジェットコースターから降りてくると、妻が乗りたいと言い出した。でも、一人では嫌らしい。みんなで怜志を見た。

「いや。」

という怜志を引っ張るようにして、妻はジェットコースターに乗ったのである。ほんの数分で終わり、降りてきた妻はにこにこしていたが、怜志は顔面蒼白であった。歩く足もおぼつかない。

「もう絶対乗らん・・・絶対乗らん・・・。」

一人でしばらくつぶやいていた。恐がりだったのだ。そのあと、小さなジェットコースターには、妻と明日美が二人で乗り、私と怜志はお見送りをした。

「お金まで出して、あんなものに乗る気が知れんねえ。」

と男同士で話したものである。

二人が子どものころの私の楽しみは、ほかにもある。誕生日やクリスマスのケーキである。誕生日には必ず帰りにケーキを買って帰った。もちろん名前も入れて。そのたびに写真を撮った。怜志は、誕生日が近づくと、

「もうすぐ誕生日。」

と私に聞こえるように言っていた。思い出すと、毎年そうだった。十九の誕生日の前も、

「もうすぐ、誕生日。」

と言った。でも、妻も私も
「もうお金がなかけん、今年はなんもなし。」

と冷やかした。「なんで！」と不満そうな顔をしているので、

「大学にも合格したし、バイトもしとるから自分で何でも買えるだろ。」

と言うと、

「なら姉ちゃんは？」

と本気で怒っているようだった。そう言われれば確かにそうである。明日美は、勝手に口座のお金を下ろしては遣っている。妻は、せっせと仕送りをしている。弟の怜志は、地元の公立高校から国立大学へ進学し、自宅から通っているというお金のかからない生活をしているのに、まだ我慢しろと言っているのである。


私は、怜志はお金や物がほしくて言っているのではなく、認めてほしいのだろうと思った。兄弟がいると必ず誰かが親に不満を持つことが多い。親は、えこひいきしている

つもりはなくても、そうなることがあるのは仕方ないのである。男女の差、年齢の差、得意不得意の差、性格の差などいろいろな差があるからである。もし、親がまちがっているると思えば謝ればいいのである。

私は、翌日、怜志がほしがっていたMDプレーヤーを買って帰った。

「ありがと・・・。」「ありがと・・・。」

と何度も言ってくれた。うれしそうな照れくさそうな申し訳なさそうな表情であった。怜志は、姉に負けないようにいろんな努力をしてきた。成績も姉より上だった。それを認めてほしかったのだろう。

◆成長

怜志は、中学一年で私の身長を追い越した。歯磨きするときには、椅子の上に立たせて磨いてやっていたのに、いつの間にかもう私の頭越しに鏡を見るようになっていた。

怜志は、それがうれしいらしく、いつも私の横に立つと背伸びして私を見下ろして喜んでいた。

しかし、腕相撲は中学生の間、私に勝てなかった。それでも、小学生の頃とは違うレベルの話をすることが多くなった。特に、将来の職業については、何度か話した覚えがある。私は、絶対学校の先生にはなるな、と言っていた。どういう意味なのかたぶんわからなかったに違いない。

中学生の頃、身長以外で怜志が私に自慢したことがもう一つある。生徒会長になったことである。実は、私も中学生のとき生徒会長をしていた。妻からそのことを聞いていたらしく、生徒会長に立候補して当選したときは、私に対してとても自慢げな表情であった。たぶん一つずつ少しずつ父親に追いつき追い越していくのがうれしかったのだろうと思った。

高校生になると、入学当初は苦労していたようである。小学校、中学校は町で一つだったので、ずっと友だちの顔ぶれは同じだったが、高校に入学すると、広い範囲のいろいろな中学校の友だちや先輩と接することになる。そう簡単に思い通りにいくはずもない。何度もくやしそうな顔をして愚痴をこぼしていた。その度に何か助言をしたいと思いながらも、結局は自分自身で解決していくしかない、と思って何も言わなかった。怜志も助けてほしいなんて思ったこともなかっただろう。もうすでに、親や先生を頼らないようになっていたのである。

案の定、徐々に高校に慣れて楽しく過ごすようになった。高校の三年間は、無遅刻無欠席で通した。そればかりではない。生徒会の議長にもなったのである。

高校時代の怜志ががんばったことをいくつか紹介しよう。

まず、フットサルである。実は、一年生のときにサッカー部に入部したのだが、中学校にサッカー部がなかったことやサッカー部員に地元出身の先輩や友だちが少なかったこともあってうまくいかず辞めてしまったのだ。そこで、サッカー部ではないが、サッカーが好きな友だちと一緒にフットサルを始めたのである。もちろんゴールキーパーだった。練習や試合などによく出かけていた。その中でたくさんのいい友だちができていた。あとで聞いた話だが、小学生の頃は、ゴールキックもあまり飛ばなくて失敗をよくしていたが、高校生になるとそれなりにチームに迷惑をかけることもなくできていたようである。むしろ、怜志がいないとキーパーがいないので困るとさえ言われていたらしい。

次に、三年生の体育祭では応援団に夢中になっていた。毎日、家に帰ると応援団のことばかり話していた。体育祭が近づくと帰りもだんだん遅くなり、体は疲れていたようだが、気合いは入っていた。私も高校時代のことを思い出すと同じように体育祭にのぼせてがんばったことがあるので、きっと同じような気持ちだったのであろう。いよいよ当日が近くなると応援団の制服を着て家族に自慢していた。写真に撮ってやるとうれしそうであった。目立つのが好きだったのである。だからといってわがままなことを言ったりしたりするのではなく、相手に合わせながら、みんなの中でうまく調整役となって協調性を発揮していたようである。

家庭でもそうだった。夫婦がけんかをするとその調停をしたり、両親を叱ったりもしていた。姉がいるときは、姉に気を遣い、友だちの女の子から電話があると、そちらに

も気を遣い、割の合わない性格だったと思う。しかし、それが怜志の最大の長所だった。最後に音楽である。なんとステージで歌も歌っていたのである。小学生の頃ピアノを習っていたので、合唱コンクールのときの伴奏もやっていたし、ギターも独学で練習して弾いていた。しかし、歌は聴いたことがなかった。しかし、何かの機会があって、ステージで歌ったのだと話して聞かせてくれた。

体育祭での応援団もステージでの歌も親が見ることはなかったが、家族がそれぞれの仕事や勉学でがんばって、家に帰ってきて話し合ったり励まし合ったりすることが、本当に幸せな状態なのだということにあとで気づいた。そう私も家族もとても幸せだったのである。

高校三年生になって、とうとう怜志が私に勝つときがきた。腕相撲である。テーブルの上で手を合わせ、「レディー・ゴー。」と声を合わせた。しばらくは、そのまま止まっていた二人の手が徐々に傾いてきた。私は、こんなはずじゃない、と気持ちを奮い立たせて最後の力を振り絞った。しかし、ついにろうそくが消えるように力が抜けていった。完敗である。

「左手でもするばい。」

と怜志は目を輝かせている。

　左手でもやってみたが、すでに私は力も気力も負けていた。

「あんた、本気でしよっとね。」

と妻がちゃかすので、

「本気で負けた。もう寝る。」

と私はすねてみせた。別にくやしいわけではない。いつかその日は来るのである。だから、今まで負けなかったということを自分自身の父としての評価とした。怜志は、勝ったことがうれしくてにやにやしている。その鼻がぴくぴくする自慢げな表情が、私はうれしかった。その調子でどんどん追い越してくれよ！

　受験も間近になっていた。怜志の希望は、熊本大学教育学部だった。私が卒業した大学である。しかし、それまでの模試の判定では「D」だった。私は、一度も大学に行けと言ったことはない。勉強しろと言ったこともない。ただ中学生のころからよく言っていたのは、こんなことである。

「家を出て一人でちゃんと生きていけるようになればいい。仕事は自分が一番したいことをするのが一番いい。大学に行かなくてもやりたいことが見つかったら、その道に進めばよか。だけど、頼むから教員にはならないでくれ、つまらないから。」

「なら、なんでオヤジは教員になったと？」

「そのときは、まわりの家族には先生はおらんだったけん、どんなものかわからんだったし、その当時はやりがいがあるように思ったけんたい。」

「ふうん。」

何となく納得できない様子だった。結局、自分で第一希望を熊本大学に決めたのだった。自分で決めたことに反対することもないので、努力を見守っていた。というより、放置した。息子の人生は息子が決めることで、親が決めることではない。失敗しても自分で決めたことだから、自分で何とかするに違いないと信頼してのことだった。

模試があるたびに、「C」にあがり、「B」にまで上がったが、入試の合格点と比べると、もう少し足りなかった。

受験ばかりでなく、アルバイトもあった。地元のJAガソリンスタンドでお世話になっていた。自分で勝手に見つけてきて始めたバイトである。学校が終わってからそのまま行って遅くなって帰ってくることもあった。自動車免許も持っていないので、最低の時給であったが、少しずつでも収入があると親に気を遣わないでほしいものが買えるのがうれしいようだった。夏はコンクリートが焼けて暑い。冬は雑巾を使うと手が動かなくなるほど冷たい。お客さんもいい人ばかりではない。嫌みを言ったりクレームをつけたりする人もいる。そんなひとつひとつのことが怜志の大人への成長につながっていた。いつだったたか、怜志が非常に喜んでいたことがあった。時給を二十円上げてもらったときである。

「所長が、お前はよくがんばるけん、時給を二十円上げる、て言われたつばい。すごかろ。」

時給二十円だから、一日八時間働いても百六十円である。「すごかろ。」と自慢しているのは、金額ではなく、がんばっていると認められたことだった。私もうれしかった。話しぶりからがんばっていることは知っていたが、本当にがんばっていたことが証明された形となったからである。私自身も負けられないと思った。

今まで、子どもだとばかり思っていたが、知らない間にひたひたと後ろから駆け寄ってきて一気に私を抜き去っていきそうな息子の成長の勢いを感じた。もう息子ではない。ライバルである。

正月も勉強ばかりしていたが、合格への不安を残したままセンター試験がやってきた。

推薦入学を希望していたが、センター試験の結果がよくなければ、推薦入試は受けられない。最低限のラインがある。怜志は、毎日非常にぴりぴりした生活を送っていたようだが、私は、そんなこと気にもかけずによくからかっていた。

「合格せんでもよかた。ほかにも大学はあるけん、どうにかなる。」

と、一杯飲みながら話すと、

「絶対、熊大に行くけん。」

と真剣である。

「落ちたらどうする？」

と訊《き》くと、

「予備校の◯◯塾に行く。」

というので、私は、

「はあ？そっちの方が難しかけん、合格せんとじゃあ？」

と言って笑っていた。しかもその上にこんなことも言っていた。

「ごめん、悪いのはお父さんたい。赤ちゃんのときにお前を抱いていて、手が滑って落としたけん、頭がゼッペキになった。脳みそも半分かもしれん。申し訳ない。」

怜志は、

「頭のことは言わんで。ハゲオヤジに言われたくない。」

と呆れたような怒ったような笑い方をしていた。

合格したらもちろん自宅から通うことになる。姉が東京の私立大学に通っているから家庭の収入を考えると、怜志は、地元の大学に自宅通学ということになる。母からそう言い聞かされていたので、仕方なく納得していた。そうなるとどうやって通うのか、バイクしかない。車は、熊大構内へ乗り入れはできないし、バスの便もよくない田舎に住んでいる。そこで、合格が決まったら、自動車学校へ行って、自動車と自動二輪の免許を取るというのである。母親も高校を卒業する前に免許を取るお金は用意している、と賛成していた。

なるほど、合格したらそうするしかないよなあ・・・。と思っていたら、ふと、私の心の中に妙な考えが湧き出てきた。というのは、こういうことである。

自動車の免許は、私も持っている。しかし、自動二輪は持っていない。ということは、腕相撲で負けたばかりでなく、免許でも息子に負けてしまうことになる。自動二輪を私も取って、同じようにバイクに乗りたい。まだまだ息子に負けていられる歳ではない。

今から息子に負けないようにがんばろうじゃないか。

　そう思うと、若い頃バイクに乗りたかったのに、母の猛反対で乗れなかった頃の気持ちが蘇《よみがえ》ってきた。

　私は、怜志がセンター試験で頭もいっぱいで不安でつぶれそうになっていた一月の寒い季節に自動車学校へ行くことにした。一月は、寒いので自動車学校の二輪教習も少ないし、学校も夜は比較的早めに帰れる。そんな計算もあった。

　しかし、いざ自動車学校に行ってみると、勤務していた学校の保護者がいて「教頭先生が自動車学校に通っている。」とばれてしまったり、Ｇパンの若者や高校生に混じってロビーにいることが恥ずかしかったりした。自分よりずっと年下の教習所の先生に、私は深々と頭を下げていたが、教習所の先生に私が学校の先生だということがばれてしまって、逆に、

「先生。」

と呼ばれていたので、

「私が生徒ですから先生と呼ばないでください。」

とお願いをした。学ぶということは、楽しいことである。自分が先生として学校にいる

のではなく、生徒として学校に通う毎日がとても楽しかった。夜遅くの教習なので、寒さは尋常ではない。指先がかなわなくなる日もあった。私は、教習所の先生の指導のおかげで無事卒業することができた。ちなみに、教習時間は少なくて済んだが、卒業検定は合格ぎりぎりの点数であった。

もちろん、私は、怜志に鼻高々で自慢したが、怜志はさほど感心するでもなく、興味を示すでもなかった。自分のことで頭がいっぱいだったのだ。バイクの免許でオヤジと張り合うなんて意識も全くなかったのである。

センター試験の結果は、どうにか推薦入試を受けられる水準を確保できた。その時は、今度は怜志が自慢げであった。しかし、合格したわけではない。お互い最終コーナーを回って最後の直線を走る馬のように競り合っていた。怜志は、もちろん熊大合格をめざして。私は、バイクの購入をめざして。

推薦入試の面接の日がやってきた。私が連れて行くことになった。車で熊大の裏口で怜志を降ろした。怜志は、

「終わったら電話するけん。」

と言い残して、不安と緊張に押しつぶされそうな足取りで歩いていった。私は、公園の

駐車場で時間をつぶして、また迎えに行った。今度は、二人で歩いてきた。表情もとても明るく軽い足取りだった。もう一人の受験生は、笑顔で手を振って帰って行った。

「もう友だちができたばい。」

と怜志は車に乗るとすぐにしゃべりだした。

「宮崎から来たて。ええ奴ばい。話しよったら友だちになった。」

　私は、応えて言った。

「二人とも合格するとよかね。友だち第一号になるたい。」

　怜志は、不安のかけらもない笑顔で、

「受験番号が隣だけん、合格したらすぐわかるばい。」

と言いながら、もう合格したような言い方だった。私も安心した。面接の内容などをこところかに話してくれる様子から、自信も感じることができたからである。たぶん、合格するだろうと勝手な期待をすることができた。

　もちろん、そのときに初めてできた友だちの黒木恵史君が、一年も経たないうちに弔辞を読むことになるとは、誰一人として想像もしなかった。

　合格発表の日が近づいてきた。私は、怜志が合格したらバイクを買うから、合格してくれよ、なんていいながら、怜志の不安を笑い飛ばしていた。きっと、怜志は、毎日どきどきしながら、推薦で合格しなかったら入試で実力以上の点を取らなければいけない、という状況の中で勉強以外のことはどうでもよかったに違いない。だから、私のバイクの話もどうでもいいことだろうと思っていた。

そこで、私は、合格発表がある数日前にバイク屋さんへ行って買ってしまったのである。しかし、内緒にしておいた。バイクが届くのに一週間かかるので、そのときは、怜志も合格しているはずだった。そうなると、このフライング行為も罪を問われることはないと自分の都合で考えていた。

合格発表の日、朝からずっと電話を待っていた。仕事中にも拘わらず、休み時間になるとインターネットを覗いていた。結局、怜志から連絡があったのは、昼過ぎてからだった。

「合格したばい。」

の一言だった。私も喜びを押さえて、普通に答えた。

「よかったね。で、あのときの友だちは？」

「合格しとった。」

私は、その日、いそいそといつもより早めに自宅に帰った。妻は、仕事で遅くなる日だったので、怜志と二人でいろんなことを話した。お互い飛び上がったり、抱き合ったりすることはなく、予想通りの結果だったという表情を装いながら話した。あとで、聞いた話では、怜志は、祖母に「涙が出るくらいうれしい。」と言っていたそうである。

そして、私は、喜びの勢いでつい秘密をばらしてしまった。

「実は、もうバイクば買った。」

すると、怜志は、怒り出した。

「なあんね、もし合格しとらんだったら、どがんするつもりだった?信じられん。」

私は、予想外だった。自分のことで頭がいっぱいだと思っていたら、ちゃんと私のことも心の中にあったからである。きっと自分と一緒にオヤジも心配してくれている、と思っていたのだろう。ところが、心配するどころか、約束を破って勝手にバイクを購入していたのである。私は、後で帰ってきた妻にもたいへん叱られた。しかし、怜志の合格ですべてはめでたし、めでたしで終わった。

合格したので、怜志は高校で後輩を激励する話をすることになったらしい。そのときの原稿である。夢と希望に溢れた最も幸せな瞬間であったに違いない。

＊

三年九組八号　高濱怜志

「なんさま気合い」

私は、この熊大の教育学部に、センター試験を課す推薦入試で合格することができました。私が教師になりたいのは父親の影響から小さい時からの夢でした。具体的には、この大学は地元だから、理科という教科は自分の好きな教科だから、という理由で決めました。

一・二年の頃、部活はやっていませんでしたが、友達を集めてフットサル同好会を立ち上げ、週二回の練習及び試合等をやっていました。ストレス解消の場となり、とても自分のためによかったと思っています。何か趣味を持つことはいいことだと思います。

学習の面ですが、正直、一・二年次の学習というのは、定期試験の勉強しかしていませんでした。模試も、受けるだけ受けて全くやり直しをしないという無意味なことばかりやっていました。

しかし、三年になると、模試も増え、合格判定も明確なものとなり、さすがに焦りを感じてきました。私が、本格的に受験勉強を始めたのはそれからです。平日最低三時間、休日最低八時間を目標として頑張りました。しかし、それだけやっても模試は伸びず、いつもD判定ばかりでした。

さて、ここが分かれ道です。第一希望を諦めて、A判定やB判定のとれる大学へ志望を変えるか、諦めずに頑張るか。

私は、諦めずに頑張りました。なんさま気合いで頑張りました。最終的には、平日五時間、休日十二時間以上はやってました。結局、センター試験では良いとは言えない点数でしたが、推薦を頂いたお陰で、そして、自分の努力の成果で合格することができました。

私が皆さんに言いたいことは、夢を諦めないことです。仕方なくこの大学に行く、仕方なくこの学校にいく、仕方なくこの仕事に就く、ということのないようにして下さい。第一志望には浪人をしてまで行くという意気込みを持って頑張って下さい。

新三年生の皆さん、今から少しずつでも自分の夢に向かって動き出しましょう。皆さんの健闘を祈っています。

＊

この内容は、怜志が亡くなった後で知った。適当なオヤジでごめん。もっと早く息子のすごいところに気づいているべきだったのに・・・。

◆最後の思い出

怜志の入学準備が始まった。まず、自動車学校に通い始めた。私が先に通って自動二輪の免許を取っていたので、会話がよく弾んだ。バイクを倒してしまったことや私のことを教習所の先生が覚えていたことなど、夢や希望に充ち満ちた毎日となった。

免許が取れるとバイクを買いに行った。怜志が一目で気に入ったバイクがあったのでそれに決めた。モタードというタイプのバイクで、シートが高くて私が乗れない、と反対したが、

「オヤジが乗るわけじゃなかけん。」

と押し切られた。結構人気のあるバイクのようだった。いつか二人でツーリングに行けるかな、と私もわくわくした気持ちだった。

入学式用のスーツも買いに行った。スーツにはあまりこだわりがないようだった。ネクタイは、私のものを使うからそれに合わせてスーツを買うと言っていた。一回しか着ないから、という気持ちだったのだろう。そのくせジーンズなどは、バイトして数万円

のものを買っていたのである。

入学式も終わって、学生生活が始まると、毎日楽しいことの連続だった。妻や私にいろんなことを話してくれていた。まず、思い出すのは、遠足に行ったこと。大学で遠足と聞いたときはびっくりしたが、私の学生時代との違いがいろいろあって非常におもしろかった。

ガソリンスタンドのアルバイトも受験が終わったので、働く時間が長くなった。大学から帰ってからや土曜、日曜など毎日のようにスタンドへ通っていた。そのうちに、

「所長からシフトを任された。」

と言い出した。意味がわからないので、いろいろ訊いてみると、バイトの人数と時間の割り振りをする役目だということだった。日によってはバイトの希望が多いとか少ないとかの偏りが出てくる。そこで、バイトがいないときは、自分のことをやりくりして一時間でも自分で行くようにしていたようである。おつりの五百円玉が足りないと言って自宅にとりに帰ってきたこともあった。仕事が終わって、現金の計算がどうしても合わないので帰れなかった、ということもあった。そんなときは愚痴をこぼしていたが、バイトをやめたいと言ったことは一度もなかった。

朝から大学へ行き、夕方帰ってそのままバイト。夜は友だちに誘われて遊びに行く。友だちの家に泊まっても、朝七時には帰ってきて着替えてバイトに出かけていた。合間に勉強もしていた。フットサルの練習や試合も続けていた。友だちとのつき合いはできるだけ断らないので、スケジュールがたいへんだった。でも、少なくとも私が食事を作る日は、夕食だけは食べてくれていた。また、母方の祖母が熊本市内に一人で暮らしているが、足が悪く車いすで生活しているので、週一回、授業の合間に訪ねていた。

「ばあちゃん、大学から近かけん、週一回来てやるけん、なんか買い物があるときは何でも言うて。バイクだけんすぐ行かれるけん。」

といって、たこ焼きや饅頭、惣菜などの買い物をしていた。毎日が二十四時間では足りなかったにちがいない。でも、とても生き生きとしていて、楽しそうであった。

スケジュールがいっぱいの毎日でも、時折空白ができるようで、そんなときは、私を誘ってくれていた。土曜は特にそうだった。土曜はバイトの希望者が多いし、大学も休みで、フットサルも友だちの誘いも何もないことが突然あるようだった。

「オヤジ、明日どっか行こか？」

と言われると父親としてはうれしくなる。高校時代は、よくそんなことがあって、二人でよくドライブして昼飯を食って帰ってきていた。でも、大学に行ってからはもうそんなこともなくなっていた。ところが、八月も終わりになってその機会がやってきたのだった。もちろんツーリングに行きたかった。

「阿蘇のツーリングに行こうか。」

と誘うと、

「よかばい。」

と軽い返事が返ってきた。

翌日は、天気予報の通り雨だった。仕方なく、朝からショッピングセンターへ車で出かけた。ところが、昼前、突然晴れ間が差してきたのである。お互い目を見合わせた。

「行こうか。」

「行ってみる？」

すぐに自宅へとって返すと、二人でバイクにまたがって山を目指した。右へ左へと曲がりくねった道を上って、鯛生金山まで行った。空は曇っていて今にも雨が降り出しそうだった。雨が降らないようにと祈りながら先へ進んで行くと、すぐに雨が降り出した。道路脇の木陰に入って、二人で合羽に着替えた。もっと遠くへ行くつもりだったが、本降りになってきたので、小国を目指して走った。怜志は文句も言わずに後ろから走ってついて来てくれた。

小国の道の駅に着くときには、雨も小降りになっていた。ちょっと休憩。串団子を一本ずつ食べた。おいしかった。小さな小さなことだけど、自分よりも大きくなった息子とこうやって出かけられるのは、楽しくて幸せな瞬間だった。

小国を出発するとまたすぐに大降りの雨になったので、合羽を着てゆっくり走った。天気がよければ、爽やかな風が吹き広大な自然が広がっているはずの阿蘇のスカイラインだが、前がよく見えないほどの大雨だった。ミラーで後ろを見ると、怜志は、道路の左寄りを走っている私を守るように道路のセンターライン寄りを走っていた。雨は上からばかりでなく、タイヤがはねあげるので下からも降ってくる。車が迫ってきたので、道路左端に寄って止まり、車をやり過ごしてからまた出発する。二度ほどそんなことを繰り返しながら、山を下ってきたら、雨が止んだ。この先で休もうと思っていたら、怜志も後ろから追いついてきて、休憩ポイントを指さした。私は頷《うなづ》いて左折した。合羽を脱ぐと汗が蒸発して急に涼しく感じた。無事に降りてきたことを一安心して缶コーヒーを一本ずつ飲んだ。

「今度は、天気のいい日に来よう。」

と怜志が言うので、

「ん、そうねえ。」

と私も答えた。でも、心の中では、今度はいつかわからない、お互いそんなに暇じゃないから・・・と思った。バイクを買ってから、今日のツーリングまで半年近く経っているのだから。もういや、と言わないのでよかったと思いながら、この次が早く来るのを楽しみにすることにした。家を出てから三時間か四時間の短い「旅」だったが、雨が降ったことでかえって忘れられない思い出になった。

今、事故で壊れたバイクは、修理をして私が週に一回は乗っている。シートが高いので、低くしてもらった。妻は、

「怜志に怒られるよ。」

というけど、私がずっと乗り続けるつもりなので、許してくれるだろう。私が、一緒に行って買ってあげたバイクである。「オヤジが乗るわけじゃない。」と言って怜志が選んだバイクに、結局私が乗り続けることになった。だけど、私が生きているうちは私の責任でバイクをずっと生かしておきたいのである。

今、私は、一人でツーリングに出かける。今でもあのときと同じ場所を何度も通ることがある。そんなとき、怜志のことを一番に思い出す。最後の思い出になったツーリングのときの怜志の顔や声、バイクに乗る姿を思い出すと涙がにじんでくる。また、串団子を食べていそうな気がする。ミラーに怜志の姿が写っているような気がする。

山道の下り坂をなめらかに滑るように走っているとふとそのまま青い空気の中に吸い込まれるようにして落ちていきそうな感覚になることがある。そんなときいつも思うことがある。このまま死んでしまわないかな、そうしたらすぐに怜志に会える・・・と。

18歳の怜志と著者（大学入学式の朝）

三　その後

◆初七日

四日目、通夜と葬儀が終わって家に帰ってからのことである。私の母が怜志を見た。朝起きると、怜志が実家の縁側に座っていたそうである。

「怜志が帰ってきとった。」

という母の話を誰も嘘だと言わない。かえって熱心に聞くのである。どんな様子だったか、どんな表情だったか、何と言ったのか・・・・。私の妻は、くやしそうに言った。

「怜志は、私のとこにはなかなか出てこん。夢にも出てこん。くやしかねえ。」

「心配させんように出てこんとだろ。」

と祖母は言っていた。

私も妻も毎日、夢や幻でもいいから会いたいと思ってるのに、そんなときはなかなか出てきてくれない。結局、家族みんなの結論は、怜志がじいちゃん、ばあちゃんに別れのあいさつをするためにやってきた、ということになった。怜志が恨んだり苦しんだりしている様子がなかったからである。

五日目の夜、やっと私の夢に現れた。

ただ立っているだけで、笑顔はなかった。そして、ぼそぼそっとつぶやいた。

「おやじい、おれ、何も悪くなかっぱい。」

私は、涙を流しながら、

「ん、ん、そうだろ、そうだろて思う。何で止まらんだった？気づかんだった？」

と問いかけても返事はなかった。事故の様子もまだくわしくわからなかった。事故当日に警察官から簡単に説明を受けたことだけである。それは、大型トラックがUターンをしようとして道路をふさいでいたところへ怜志のバイクが衝突したということだけだ。

事故現場は知っていたので、大まかに想像することはできたが、原因を特定するだけの材料は何もなかった。この頃、私が最も知りたかったことは、どうして事故が起きたのか、怜志に過失があったのか、その二点である。

初七日。お経をあげていただいた。

夜、家族で話し合った。

「これから、どうする？」

と私が切り出した。すると、妻は、

「絶対許さんよ。まだ、本人も来ないじゃないね。」

確かにその通りである。通夜と葬儀には、社長と支店長が来て、遠くでことの成り行きを見ているような様子だった。あとで、葬儀の写真をみてもそうであった。私たちに声をかけることもなく、はっきりと謝罪をするわけでもなかった。その上、事故を起こした当人は、逮捕されていないのに、とうとう初七日まで姿を見せなかったのである。私たちはどんな男にどのようにして大切な息子が「殺された」のか、わからないままだった。娘の明日美も続けて言った。

「本人が来ないのが理解でけん。簡単に許せるはずない。」

私は、気持ちは同じだったが、今後のことを考えるのも決めるのも私に残された大切な役目であり、責任でもある。父としてやるべきことは何か、決めかねていたのだ。

「裁判するしかなかろね。」と提案すると、

「そら、当たり前たい。厳罰にしないと気がすまない。」

妻は、交通事故を起こしたこともないし、法律にも疎《うと》い。普通に結婚して、子育てをして、毎日家計簿をつけて、生きてきたのである。こんなことがなければ、何も知らないでも幸せに過ごせたのである。私も同じである。法律の知識も教員として必要な範囲

で勉強もしたが、弁護士を目指したこともないので、裁判に関する知識は豊富ではなかった。妻は、刑事裁判と民事裁判の区別がついていないようだったが、とりあえず、残された家族三人が裁判をするという意志が共通であることを確認することができた。

まだ、六畳の畳の部屋には、紙の祭壇と葬儀社からの借り物の花立てやろうそく台を置いて、怜志の遺骨を置いていた。その横に私は、ふとんを敷いて寝ていた。緊急な仕事や出張などを済ませながら仕事を休んでいたが、翌日からは以前のように出勤する予定だったので、早めに床についた。

隣の部屋では、妻と明日美の会話が小さく聞こえてくる。目の前には怜志の遺骨がある。そんな中でふと怜志の遺骨を食べたくなった。なんて変なこと考えるんだろうと思った。骨壺を開けて、

「怜志。怜志。」

と名前を呼びながら遺骨を食べたら、また怜志に会える気がした。もし、怜志が生きていたら、どうしたらいいのか怜志に相談していただろう。どうしたらいいのかわからないから、そんなことを考えたのかもしれない。ふと我に返って苦笑した。なんて馬鹿なんだろう。

そして、これからやるべきことをひとつひとつ考えていたら知らぬ間に眠っていた。

翌日から普通の勤務に戻った。正直な気持ちとしては、あまり人に会いたくはなかった。できれば一人でこもっていたかった。しかし、緊張感がまだ持続していて、やるべきことをやる、ということが唯一自分に残された道だと思った。いや、思い込もうとした。でも、学校で子どもたちの明るい表情や無邪気な振る舞いをみると、怜志のことばかりが思い出された。

一日が終わって家に帰る。食欲も湧いてこないが、あるものを食べる。黙ってテレビを見て、焼酎を飲んで、寝る。

明日美が大学の試験を受けるために、東京へ行った。夫婦二人になった。

学校から帰ると、妻が言う。

「ご飯は炊いたばってん、まだなんもしとらん・・・・。」

私も別に夕食はどうでもいいから
「ご飯があれば別に何もいらんけん。」

と応える。漬け物だけの食事になった。生きるためにご飯一杯は食べないといけないが、それ以上に肉だの刺身だののほしくなかった。買い物に行ったときも、肉が血の色に見えた。それから、肉はあまり食べたくないと思った。ご飯と漬け物を食べて、ときどき納豆や卵も食べて、焼酎を飲んで、寝る。

そんな毎日が続いていたある日の夜、電話が鳴った。妻が出たがらないので、私が出た。

事故を起こした運送会社の支店長からだった。本人と一緒に伺いたいが、いつがいいかという用件だった。今ごろになって遅い・・・と思いながら、冷静に話していたが、急に妻が泣き出したので、家族で相談して返事をすることだけ約束をして電話を切った。妻が大きな声で泣くのも無理はない。まだ、事故の当事者の顔も知らなければ、謝罪の言葉も聞いていないのである。誰に胸の中の悔しさや怒りをぶつけることもできないで日々を過ごしてきたのである。感情は爆発させなかった分だけいつまでも消化不良で残るだけである。

運送会社は、鹿児島にあるので、往復を考えると、出てきていただくには、昼間が適当だと思った。娘もいないと妻がとんでもないことを言うかもしれないし、唐突な行動をとらないとも限らない。娘が帰ってきたあとの祭日の午後一時を指定することにした。

その日は、朝から落ち着かなかった。ちょうど一時に玄関のチャイムが鳴った。運送会社の支店長と運転手と思われる男が黒い服を着て立っていた。どうぞと中へ通すと、運転手は持っていた花を祭壇に供えて手を合わせた。見た感じでは、年齢は三十前で、ごく普通の男性だった。

「すいませんでした。」

それだけを小さな声でつぶやくと、正座したままうつむいている。それ以上の言葉を知らないようだった。祭壇の前にテーブルを置いて、話を始めた。事故の様子について知りたいのが第一であった。紙と鉛筆をテーブルの上に置いて、私はそのときの状況をつぶさに尋ねる予定でいた。まだ、私に対する警察の事情聴取も終わっていなかったので、事故を起こした犯人の一方的な主張で事実が曲げられることを危惧していたのだ。

まず、

「どうして、あんなところで大型トラックをUターンしようとしたのですか？」

と尋ねた。今までも二、三度Uターンしたことがあり、そのときは事故にはならなかった、という返事だった。しばらくすると、妻が泣き出した。今までがまんしていたことを吐き出すように、怒りをぶつけるように初めて訪れた当事者の男性に向かって捲し立てた。

「大きなトラックで道をふさがれたら避けられないじゃないか。怜志はただ真っ直ぐ進んでいただけなのに、・・・・。」

という内容であった。感情的になっても仕方ないが、言わないでいると気も収まらないと思い、言いたいだけ言わせるようにした。しばらくして、妻の言い分を遮るようにして、次の質問をした。

「バイクはどれくらいのスピードを出して来たんですか？」

するると、男性は、目をふせたまま、

「八十キロぐらいに感じました。」

と答えたのである。

「えっ、八十キロですか？そんなにスピード出していたんですか？」

「はい、私にはそのように見えました。ブレーキを踏んだけど間に合いませんでした。」

私は、スピードが争点になるとすぐに思った。現場の状況は明確であるから、トラックやバイクの位置や衝突の場所など証言で覆ることはないだろう。しかし、バイクのスピードについては、誰も計った者もいないし、乗っていた本人が死亡しているのだから、バイクのスピードがどれくらいであったのかを証明するのは困難である。私は、怜志のバイクのスピードがどれくらいであったのかを調べる必要があると思った。娘は、落ち着いた口調の中にも悔しさを秘めて言った。

「どうして今まで来てくれなかったんですか?怜志にきちんと謝ってほしかったんです。事故を起こして運が悪かったと思っているのなら、死んだ怜志があまりにもかわいそうです。」

「・・・・・。」

私は、最後に一番気になっていたことを尋ねた。

「息子は苦しんでいませんでしたか?」

妻も私も一番心の中で疑問として、いえ、悔しさとしていつまでも残っていたのは、事故の瞬間、怜志がどんな気持ちだっただろうか、ということである。トラックに衝突する瞬間、一秒にも満たない時間だったにしても、何かを思ったに違いない。たぶん自分の置かれた状況を理解する時間もなかっただろう。しかし、何か思ったに違いない。死の間際、怜志はたいへんな辛さや悔しさでいっぱいだったのではないか。

その男性は、困ったような顔で答えた。

「いいえ、全然動きませんでしたから。」

やはり、即死だったのだろう。しかし、道路に倒れたとき、すでに意識のない状態だったとしても、本当はその前の怜志のことが知りたかったのだ。よく考えてみると、それを知っているのは、怜志だけである。私は、怜志自身からその瞬間のことを訊くしかないと思った。私には事故の本当の原因もまだわからなかった。

一時間ほどで二人には帰っていただいた。

そのあと、家族で話し合ったのは、事故の責任はトラックにあること、当事者と運送会社の対応には誠意がなく示談にはできないということであった。

私は、怜志の証言を訊きたかった。あのとき、どうしてトラックに衝突したのか、どんなことを考えていたのか、そして、死の瞬間どんなことを思ったのか。息子の死に立ち会えなかった父として、どうしても訊いてみたかった。私は、事故の原因と怜志の思いを自分自身で調べることにした。

その次の週になって、警察から電話があった。事故の状況を遺族に説明したいとのことであった。家族三人で警察へ出向いた。取調室の狭い部屋で年配の担当者から説明を聞いた。地図や写真も揃えてあった。説明はこうだった。

「大型トラックは、Uターンをしようと右側から、息子さんのバイクの進路を塞ぐように黄色の中央線を越えて道路中央へ進入してきました。そこへ直進してきた息子さんのバイクを発見し、ブレーキを踏んだけど、すぐには止まりませんから、この位置まで進んで止まりました。息子さんのバイクのブレーキ痕はありませんでした。」

私は、最も気にかけていたことを尋ねてみた。

「息子は、スピードを出していたのでしょうか。」

警察官は、思慮深く、断定を避けながら説明を付け加えた。

「トラックの運転手が、バイクを発見した場所がここで、トラックのスピードは二十キロ程度で、停止した場所のここまで二秒程度かかっています。そのことから計算すると、息子さんのバイクはそれほどのスピードは出ていなかったのではないでしょうか。」

はっきりとは言えないようであったが、少なくとも八十キロのスピードは出していなかったようである。警察では証拠を揃えて検察庁に送ることが職務であり、判断をすることはできないのだろうと思った。

次に、当日のトラックの写真を見ながら衝突した瞬間について説明があった。トラックの左ドアの部分の写真だった。怜志の衣類の傷や汚れとトラックの傷を合わせてみると、バイクは地面を滑るようにトラックの前輪の前へ入り込み、怜志は、ハンドルから手を離して万歳をするような形で右斜めになってトラックにぶつかっていた。ぶつかった場所は、トラックのドアの下、フェンダーの上、乗り降りするときに足を置く部分であった。つまり最も固く頑丈に作ってあるところだった。怜志の衣類の一部がトラックには残っていた。これが乗用車であれば、まだしも・・・。大動脈が一瞬にして破裂するのも無理もない、と自分自身を納得させるように頷《うなづ》いた。しかし、どうして避けられなかったのか、ぶつからないで滑ってけがだけで済まなかったのか。何度も考えた。

警察官からは、

「バイクの自賠責保険証が見あたらないのですが、ご存じですか?番号を記入しておかないといけないので。」

と言われた。さらに、バイクも引き取ってもらうように言われた。警察署の裏のガレージに保管してあるバイクも見せてもらった。ヘッドライトは壊れているが、そのほかに大きな損傷もなかった。すぐにも乗れそうな状態だった。

「ギアは、トップに入っているかどうかわかりますか。」

と尋ねてみたが、わからないという返事だった。ギアがトップでなければ、スピードを出していなかった証拠になると思ったのである。トップギアであれば、六十キロは出ていたかもしれない。そうでなければノックするからである。何ヶ月も後になって、バイクを修理に出したとき、バイク店でも尋ねてみたが、ギアの内部には傷は残らないし、レバーが曲がっているので動かしてみないとわからないとのことだった。転倒してしまっているので、たとえギアの位置がわかっても証拠にはならないだろうと思った。警察でも、平らな壁か何かにぶつかった場合は、その破損状況からスピードを測定することは可能だが、滑《すべ》って潜《もぐ》り込んだ車体では速度を計算することはできないとの説明だった。

自宅に帰ってから妻は保険証を探したが見つからなかった。私は、バイクを買ったとき息子に、

「バイクのシートの下に入れておいたがよか。事故のときにいるけん。」

と言ったのを思い出した。怜志ならきっと言われたようにしたに違いない。

数日後、私は、工具箱を持ってバイクを引き取るために警察へ出向いた。許可を得て、怜志のバイクのシートをはずしてみた。すると、案の定、ビニール袋に包まれた自賠責保険証が出てきた。

「やっぱりここにありました。」

と言って警察官に渡した。私がしたのと同じように怜志もレンチでボルトをゆるめてシートをはずし、濡れないようにビニールにくるんでシート下に入れたのである。その様

子を思い浮かべてうれしくなった。うれしいはずなのに涙が潤《うる》んだ。

次に、警察署のすぐそばの自動車修理工場へ行って、バイクの搬送をお願いした。事故現場から警察署までのレッカー代金も支払わなければならない。

「お世話になりました。ご迷惑をおかけしました。」

と頭を下げながら、支払いを済ませた。今度は悲しくなった。怜志は被害者である。息子を亡くしたということでは私も被害者である。しかし、後始末は、自分でしなければならないのである。この辛さを加害者は知っているのだろうか。

息子のバイクをトラックの荷台に積んで、私はレッカー車の助手席に乗って自宅へ案内した。途中で、怜志がアルバイトをしていたガソリンスタンドの前を通った。バイクが帰ってきたぞ、とつぶやきながら涙が溢れた。一つずつ元通りにしていくんだと心の中で考えながら、元通りにならない怜志の命のことを思うと、これから私はがんばらなければいけない事故処理がつまらないことに思えた。何をどうがんばっても怜志は帰っては来ないのである。無惨な姿のバイクは、怜志の生前と同じ場所に置き、シートをかぶせた。主《あるじ》を失ったバイクは寒さの中で凍《こご》えていた。それからの寒い毎日、動かなくなったバイクは、ずっとそこで泣いていた。

◆四十九日

毎週、お経をあげていただいて、四十九日はすぐにやってきた。

それまでに一番辛かったのは、正月であった。師走は毎年仕事も忙しかったが、年賀状作りは楽しみだった。毎年、二人の子どもたちにも手伝わせて年賀状を作っていた。子どもができてから知らないうちに家族の漫画が私の年賀状のモチーフになっていた。その年のネタを考えて、漫画に描いて色を塗って、百枚以上作っていた。おもしろいと評判だったので、子どもたちも今年のネタはなんだろうと気にしていた。

怜志が亡くなって、年賀状の代わりに欠礼状を書いた。息子の怜志を知らない人もいるので、写真を小さく載せた。したいとかしたくないとか自分の気持ちを整理することはなかった。しなければならない義務感である。写真を載せるなんて例がないかもしれないが、私にとっては自然だった。なぜならまだ怜志は生きていたからである。

何もない正月がやってきた。正月って何だろう。一年間、ありがとうございました、今年もよろしくお願いします、と神様や仏様に感謝する日であろうか。私は、神も仏も疑った。なぜ、悪い奴を始末しないで、あんなにいい子を連れていってしまったのか、どうして私ではなく、怜志を連れて行ってしまったのか。悪いのはすべて私である。

善悪では判断できない無常の世界。

自分の力で、努力によって希望が叶うと、学校ではよく聞く先生の言葉。それは嘘である。人の力は弱いものである。小さな蚊が一瞬でつぶされるように人の命も小さいものである。その人の努力も小さいものである。私は、人の弱さ、小ささをもっと子どもたちに教えるべきではないかと思っていた。

そんなとき、箱根駅伝をみた。何となくすることもなく、初詣も行かないし、同窓会にも行かないから、テレビをみるしかなかった。怜志と同じくらいの若者が一生懸命走っていた。汗を流して、息を切らして走っていた。怜志と重なって、涙が溢れた。小さい命、小さい努力、その素晴らしさを少し感じた。怜志も一生懸命生きていた。地球や宇宙からみれば、ハエより小さな存在だが、生きることに意味があるはずである。今を生きる価値があるはずである。

私は、一ヶ月の間、多くの励ましをいただいた。「千の風になって」の詩もいただいた。（あの有名な歌がヒットする一年以上前である。）本もいただいた。花もたくさんいただいた。涙もたくさんいただいた。とても感謝している。でも、やはり一番励まされたのは、学校の子どもたちであった。真冬に汗を流して走ったり、一生懸命に勉強したりしている子どもたちの姿が一番素晴らしかった。子どもたちは、

「もっとがんばって！」

と、その姿で訴えかけているのである。

同じように、現代の若者が、私たちに「もっとがんばれ！」と挑戦状を突きつけていると駅伝を見ながら感じたのだ。

とにかく、自分自身で自分自身を奮い立たせながら、毎日を過ごしていた。初めの一週間は空腹も睡魔も感じなかったが、一週間過ぎるごとに、空腹を感じたり、睡魔に襲われたりした。お坊さんにお経をあげていただく度に、少しずつ日常の生活が戻っていくような感じだった。四十九日というのもまんざら意味がないのではなく、人の心の変化に合わせたしきたりなのだろうと思った。四十九日をどうするか?考えながら、いろいろ考えることが多すぎて、悲しむ暇もない、と思った。そうか、いろいろ考えさせたり忙《せわ》しなく準備させたりすることで悲しみを忘れさせようというねらいもあるのかもしれないと気づいた。

怜志はどんな四十九日がうれしいのだろうか。やはり友だちがたくさん来てくれるのがうれしいに違いない。狭い部屋だが親しかった友だちに来ていただくことにした。同級生だからまだ十九歳である。お酒なしの昼食会という四十九日を計画した。

寒い毎日だったので、少しでも暖かくなるように、温熱扇風機を買ってきた。妻は、それを見て、

「知らんたい。」

と言った。

「はあ?何のこと?」

と私は尋ねた。すると、妻は、

「そんなのが増えたことば、怜志は知らんたい。だんだん知らんことが増えていく。」

と言うのである。私は、気づかなかった。母親らしい感覚だと思った。

この日に間に合うように仏壇も注文した。怜志は、自動車を買ってもらうのを楽しみにしていた。私は怜志と二人で中古車を見に行くのが楽しみだった。怜志が生きていたら正月は二人で、車の話やバイクの話をいっぱいしていたにちがいない。車の初売りにも行っただろう。ところが、車の代わりに仏壇を買うことになった。黒と金の仏壇では

なく、怜志に似合うものがいいと我がままな注文をしたら、とてもすっきりとして高級家具のような仏壇が届いた。妻も娘も気に入ったようである。それから、毎朝線香をあげて、仏壇をきれいに拭き上げるのが妻の大切な日課となった。

四十九日がやってきた。同級生の若者がひしめき合って食事をした。私は、寒いから一つぐらいは手料理があった方がいいと思って、温かい豚汁を作って出した。たいへん好評だった。お坊さんもおいしいと言いながら喜んで食べていただいた。怜志がいたら「うまい。」と言ってくれただろう。怜志のごく親しい友だち二十人近くが集まったが、みんなとてもいい若者ばかりだった。夢も希望もあり、将来に向かって自分なりの努力をしている。まだ十九歳だから、お酒を出さなかったが、よく聞いてみると大学の友人は、二十歳超している友人もたくさんいた。それもそうだな、と思った。我が子のことはいろいろ知っているつもりでいながら、実は何も知らなかったのである。こんなことがなければ怜志の友だちに会うこともなかったであろう。

「どうしてここに怜志がいないのか、不思議でたまらん。」

と妻は言う。確かにそうである。怜志は仏壇に隠れて苦笑いしているか、寂しそうにしているか、一緒に明るく笑っているか、いろいろ考えるとまた寂しくなるので、やめた。

四十九日があっという間に終わり、また、いつもの毎日に戻った。生活時間は同じであるが、心の空虚さは何も変わらない。

四十九日には、事故を起こした本人からも運送会社からも花一本も供えてもらえなかったが、四十九日が過ぎてしばらくしてから、保険会社から電話があった。担当者が会いたいというのである。

夫婦が揃ってる夜に自宅を訪問していただくことにした。年配の担当者であった。交通事故で死亡した場合の担当者であろうと推測した。ベテランでなくては、このような対応や交渉は難しいだろう。しかも、支払う保険金はできるだけ少なくするのが役目であろうから。

八時ごろやってきた。丁寧に仏壇に手を合わせると、さっそくあいさつが始まった。「私は、○○保険の○○と申します。この度のことは、お悔やみ申し上げます。今後は、私が事故の補償について担当いたしますので、どうぞよろしくお願いします。」

私は、運送会社の支店長と「保険会社との示談交渉をお願いします。」と聞いてもいなかったし、もちろん合意もしていなかった。ただ、誠意ある謝罪をしていただいたと思っていないので、裁判をするつもりでいる、ということは伝えておいた。私の心の中では、葛藤もあった。裁判を行うといっても結局は金額の問題であって、「誠意ある謝罪」について裁判所が判断をすることはないだろう。それならば、事故防止対策や誠意ある謝罪のあり方について、示談交渉の中でつめていく方がいいかもしれない、とも考えていたのである。

しかし、その夜、妻は保険担当者にお茶を出したあと、泣きながら訴え始めた。どうして、自分の息子が死ななければいけなかったのか、事故の責任がトラックにあること、母親としてどんなに辛い思いをしているのか、などである。私もどうしても納得がいかなかったのが、どうして当事者同士の話が十分に終わっていないのに、保険会社がやってきたのか、ということである。まずは、社長が来るべきであろう。

今後、保険会社がどのように進めるつもりであるのかを尋ねてみたところ、

「必要な書類がいくつかあるので、提出していただいて、それに基づいて、当方から金額を提示いたします。それからの話し合いということになります。」

ということだった。私は、

「それでは、あなたも仕事ですし、あなたには事故の責任もないので、必要な書類は準備して送ります。そして、金額の提示まではしていただくようにしたいと思います。」

と答えた。

「それでは、次回、書類を持参いたします。」

と言われたが、毎回、妻が泣き出すような修羅場はいやだったので、

「郵送で構いませんから、もういらっしゃらなくても結構です。」

とお断りをして帰っていただいた。

数日後、書類が届いた。項目ごとに損害を記入するようになっていて、それぞれに領収書を添付したり、捺印をしたりするようになっていた。葬儀代、バイクの修理代などは、すぐに準備ができた。しかし、すぐには難しいものがあった。身につけていた衣服などの金額である。まず、私は、当日怜志が身につけていたものを写真に撮った。タグやメーカーのブランドがわかる部分も丁寧に写真にした。まだ、血がついたままの眼鏡や衣服、病院で切り開かれた服などをカメラに収めるのは、怜志の無念さが伝わってきて辛かった。

次に、その品々を購入した店を探さなければならない。

明日美に相談すると、

「だいたいわかるよ。たぶん、上通り。」

というので、二人で日曜日に探しにいくことにした。

まず、向かったのはジーンズのショップだった。店長に事情を説明したあとで、写真をみせて確かめた。

「これは、ここのお店で販売したものですか？」

「はい、まちがいありません。」

「いくらのものでしょうか？」

「正確にいくらで販売したか言えませんが、だいたい、一万八千円ぐらいでしょう。」

「このトレーナーは、どうですか？」

「一万円です。」

「ありがとうございました。」

このようにして数点の衣服の金額がわかった。

「怜志は、高いもの着とったねえ。」

と、私が言うと、娘は、

「そうよ、怜志は、食べ物にはケチだったばってん、洋服だけはいいのしか買わんだったもん。バイト代もほとんど洋服を買いよったよ。」

「ふうん、知らんだった。」

次に、眼鏡はブランド名がわかっていたので、その店まで歩いて向かっていたところ、途中のバッグの店先に、偶然同じバッグが下がっていた。おもしろい偶然である。ブランド品ではないバッグなので、どうしようかと思っていたら、バッグの方から出てきてくれたのである。きっと、怜志が一緒に歩いて案内しているのだろうと思った。自分がよく買い物をして歩いた道筋を私にも教えたかったのだろう。急に寂しくなった。値札を確かめると、バッグは数千円の安い物だった。

眼鏡は、同じものがショーケースの中にあった。フレームだけで、一万円程度だった。その店はブランドの店で眼鏡屋さんではなかったので、レンズは別なところで入れてもらったのに違いない。だが、だいたいの金額はわかった。靴は、一万円以上のスニーカーだったので、すぐにわかった。あとは、ヘルメットである。買った場所はわかっていた。実は、私が一緒に連れて行った店で買った物である。よく覚えていたが、金額はわからなかった。しかし、その店は遠いので車で移動しなくてはいけなかった。面倒になった。

いや、面倒というより、辛くなった。今まで知らなかった怜志のことがわかってうれしさもあったが、にぎやかな通りを歩きながら、華やかな若者の姿を見ているうちに、どうして怜志だけが、この商店街を歩いて買い物をすることが許されなかったのか、と考えるうちに、父としてがんばっているつもりのことが空しく思えてきたのである。

「あとは、ヘルメットを探しに行く？」

と明日美に尋ねられ、

「ううん、もうよか。ヘルメットは適当に金額を書いておくけん。」

と答えて帰ることにした。心の中では、どうせ裁判になるだろうし、五千円か一万円かなどどうでもいいことのように思った。しかし、反面では、物を非常に大切にした怜志のことだから、自分の命よりもお気に入りのジーンズが破れたことや眼鏡が壊れたことの方が悔しいと思っているかもしれない。だから、私たちと一緒についてきたのだろう、と思って申し訳ない気もした。

怜志の遺品の中に、財布もあった。中を家族三人で開けて見ると、三百八十二円の小銭と学食の回数券が四枚入っていた。あの日、怜志の一日の予定がわかった。遊ぶ予定はなく、授業を受けて、昼食を食べて、午後も授業を受けて、早く帰ってバイトに行くつもりだったのだろう。そんな平凡で質素な一日の予定だったのだ。いかにも怜志らしいと思った。財布まで損害の中に入れる気はないが、その気持ちは損害の中に入れたかった。

損害金額を調べたばかりでなく、戸籍謄本を取りに行ったり、死体検案書を病院に取りに行ったりした。書類を揃える準備をしながら、思ったのは、加害者は保険会社にすべて任せておきながら、被害者は仕事を休んででも書類を揃えて補償の請求をしなければならないことの不合理である。息子の死を悲しむだけではいけないのだろうか。死者をむち打つように次々と苦痛を背負わされているようだった。

やっと必要な書類を揃えて返送してからしばらくの後、保険会社から金額を提示した書類が届いた。内容をみて驚いた。というより、腹立たしかった。過失割合が、二〇対八〇になっていたのである。当然、補償金額も最低になるように創意工夫をこらしてあるのがよくわかった。裁判を前提としての提示だろうと思った。私が示談に応じるのであれば、条件を少しよくしていこうということであろう。

ここに至っては、裁判を行うしか怜志の無念を晴らすことはできなくなったと思い、友人の弁護士に相談し、裁判の準備をしていただくことにした。しかし、刑事裁判がまだ終わっていなかったので、刑事裁判が終わってから、民事裁判も動くだろうということとだった。

◆一周忌

四十九日が終わって、小学校の教頭だった私は、四月の定期異動で社会教育主事という行政の仕事をすることになった。子どもたちの歓声も歌声も聞こえない場所での仕事で、慣れるまでにしばらく時間もかかった。仕事は嫌ではなかったが、嫌なことが一つだけあった。宴席である。怜志が亡くなってまだ半年もたっていないが、宴会へ出席することも仕事のうちである。一次会で出席者にあいさつをして帰れればまだいいのだが、二次会で歌ったり踊ったりまですると、非常に空しくなり情けなくなるのである。食べることについても飲むことについても、欲はなかった。高い金額を払って食べるごちそうは、私にとっては罪悪感さえあった。もう怜志には何もおいしいものを食べさせることもできないのに、自分だけがおいしいものを食べようなんて考えることもできなかった。しかも宴会というやつは、自分を売り込んだり、お世辞を言ったり、装飾にあふれた嘘をキャッチボールしているだけで心に残る言葉はない。よく観察すると、誰も喜んで参加している者もいないし、出席者の空気を読みながら、右往左往しているばかりである。食事は多量の残飯となり、トイレがごった返しただけのことである。私も、自分の気持ちを押し殺し、これが仕事だと言い聞かせながら、最後までお付き合いさせていただく。帰りの代行運転の車の中から星をみて、涙が溢れたこともあった。

私は、山奥で一人になりたかった。怜志のことばかりを考え、手を合わせて過ごしたかった。食事は一汁一菜がよかった。おいしいお米のご飯があればそれ以上何がほしいというのか。洋服も作業服一枚でよかった。ブランド品がほしいとも遊ぶお金がほしいとも思わなかった。私が生き残っていることが怜志には申し訳ないという気持ちが強かったからである。

しかし、どうしようもない。仕事を辞めようとも思ったが、怜志が許さないような気がした。仏壇の前で、怜志に言えないことをしてはいけないと自分自身に思い込ませた。

ずっと後になって、テレビでＪＲ列車脱線事故のあと、同じように自分だけ生き残ったことの呵責《かしゃく》に苛《さいな》まれている人の報道を聞いて、私もそうだったんだと気づいた。

その後ももういやだと思うことが何度もあった。どんな仕事をしていて、どんな気持ちでいるのか、家族も知らないし、話して聞かせることもめったにない。そんなある日、妻がこんなこと言ったのである。

「あんたばかり、よかね。」

私は、情けなくなった。自分の気持ちを押し殺して、我慢を続けているのに、妻からそんなことを言われるとは思ってもみなかった。きっと私は、いつも明るく楽しくしていると思っていたのだろう。そのときは、本当に仕事を辞めて、どこかへ逃げだそうと思った。それともいっそ死んでしまえば、怜志にも会える。怜志が死んでから半年、自分一人で何とか後始末をしなければ、と張りつめていたものがプツンと切れてしまったような感じだった。もう何もかもがどうでもいいような気がした。

人に会うのも嫌だった。しかし、人に会うのが大切な仕事である。知らない人とコミュニケーションを取りながら情報を集めることは、私の重要な仕事の一つだった。結局のところ、私は、一番嫌な種類の仕事をしているという皮肉な運命を辿っていたと思いながら苦笑するしかなかった。裁判が終わって、怜志のことが一段落したら、本当に仕事を辞めて何も考えないで生きようと思った。

そんなある日、怜志が現れた。私が、朝起きて、居間に行くと怜志がソファーにうつむいて座っていた。

「おお、久しぶりに帰ってきたね。で、今何しよる。」

と私は、天国から帰ってきた怜志に話しかけた。すると、怜志は、うつむいたまま、元気のない小さな声で答えた。

「今、同窓会の準備をしよるばってん、たいへんだけん。」

私は、怜志の肩をポンと叩いて、

「同窓会は、大事なことだけん、たいへんばってん、がんばれよ。人のためになることばしよるねえ。」

と励ました。怜志は、うれしそうに微笑んだ。

それで、夢は終わった。私は、この夢を誰にも言わなかった。怜志もがんばっている。生きてるときもそうだったように、今も、どうでもいいようなことでもがんばっていると思うとうれしくなった。怜志は、自分ががんばっていることを私に伝えたかったのだろうと思った。私を安心させようとしたのかもしれない。

でも、よく考えてみると、私を安心させようとしたのではなく、私を励まそうとしたのかもしれないと気づいた。私が、怜志にがんばれ、と言ったのではなく、実は、怜志が私に「がんばれ」と言いに来たのではないだろうか。俺は、死んでしまって悔しいけど、今も自分にできることをがんばっているから、オヤジもがんばれよ。と言いに来たのではなかったのだろうか。生きてるときもそうだった。私の何倍もがんばって、愚痴もこぼさなかった。そんな怜志が、もう何でも投げ出してしまいそうな情けない私をみて、叱りつけにきたのである。

私は、その夢が怜志とのお別れの夢だったような気もする。それからもう夢に出てこなくなったからである。きっと怜志は、悔しい気持ちでいっぱいだったに違いないが、天国でもたくさん友だちができて、同窓会の世話まで買って出て、がんばるようになっている。何もかもが吹っ切れて新しい世界で新しい生き方をしている。だから、しばらくは、この世の家族とはお別れだ、と思っているのだろう。

私も、新しい世界で新しい生き方をして行くしかない。そう思うようにした。

私は、一周忌のことを考えた。四十九日は家が狭くてゆっくり食事もできなかった。一周忌は、悲しみの記念日ではなく怜志の同窓会にしよう。そのために、タブーを無視して、一部屋増築することにした。仏壇や怜志の遺品を置いて、小さな記念館を造り、そこで、一周忌をしようと思ったのである。仏壇に合わせて部屋の間取りや家具の色も考えた。一周忌が終われば、またひとつ心の持ちようも変わっていくに違いない。そう思った。妻も新しい楽しみができたようだった。怜志の部屋をどうするのか、二人でいろいろ話し合ったりもした。

私は、怜志の仏壇の正面にバイクが見えるように車庫を造ることにした。車庫の中が見えるように大きなガラスをはめ込んだ。そこに仏壇からいつも見えるようにバイクを置くのである。私にとって、このバイクは、怜志と一緒に選んで買い、一緒にツーリングに出かけ、そしてそのバイクに乗って死んだ、忘れらない形見である。裁判は長引きそうだったので、すでに修理を済ませていた。週に一回は、怜志のバイクに乗るのが楽しみである。私が生きている間は、このバイクを手放すわけにはいかないと思う。

一周忌までの間も、月命日の一日には、何人も友だちがきてくれていた。感謝するばかりである。毎月一日に来てくれる友だちもいれば、自分の都合で急に訪ねてくる友だちもいる。思い出したように訪ねてきてくれる友だちもいる。何にしても、来てくれるということは、怜志のことを思ってのことである。きっと、普段からときどき怜志のことも思い出してくれているのだろう。

そんなことが積み重なって、私も大きな精神的な暗闇を抜けていくような気がした。

怜志の部屋が完成すると、まず怜志の写真でいっぱいになった。それから、毎日少しずついろんな遺品が並んでいった。妻が、ひとつずつ並べていった。怜志が生前気に入っていたものが毎日少しずつ並べられていった。帽子、ギター、時計、ＣＤ、ヘルメット、ゴールキーパーのグローブ、高校時代の応援団の腕章、ナイキやプーマの高級スニーカー・・・。

初盆がやってきた。提灯が飾られ、いただいたお花で部屋いっぱいになった。友だちもたくさん来てくれた。名前も覚えられないくらいたくさんの友だちが、やってきてとても賑やかだった。これが怜志の計画した同窓会かもしれないと思った。私が勤務した学校からも先生だけではなく、地域や保護者の方々が来てくれた。ありがたいと手を合わせた。感謝するしかない。単なる上司であればお中元やお歳暮の付け届けで事は足りる。しかし、こんな場合、どうすればいいのかわからなかった。ただ感謝する。それがどんなに難しいことか思い知らされた。頂き物は返礼をすればいい。しかし、本当の厚意に対する感謝の心はどうお返しすればいいのだろうか。

宴会は会費を払うことで欠席してもある程度許される。他人の物を壊したら損害をお金で賠償するならある程度許される。しかし、感謝の念はどのようにすればいいのだろう。本当に感謝している気持ちは、お金では表現することができない。

私は、実に皮肉な逆説だと思った。怜志の命を奪った事故に対する誠意ある謝罪はなく、お金で解決されようとしている。しかし、残された家族は感謝の気持ちを返す方法がないのである。感謝の気持ちをお金に換えることはできないで困っているのに、人の命は金額に換算されようとしている。何という不合理であろう。世の中は、絶対におかしいと思った。人権や自由や命の尊さがマスコミでも大きく報道され、学校教育の中心に据えられている。にも拘わらず、現実は反対の世界が繰り広げられているのである。

一周忌がやってきた。新しくできた怜志の部屋で親しかった友人に集まっていただいた。あの日と同じ、穏やかな天気であった。部屋を暖かくしてみんなでお酒を飲んだ。笑顔が溢れていた。一年の月日がみんなの心の中の怜志を変化させていた。亡くなったことは辛く悲しいことであるが、いつまでも心の中に残る存在として生まれ変わったのではないだろうか。だから、仏壇の前で自分のことも怜志のことも笑いながら話すことができるのである。死に関することや死者に関することを話すのはタブーになっている。だから、一般に人前で亡くなった人の話はあまりしない。特に、子どもを亡くした親が子どものことを話すことはあまりない。だけど、心の中は亡くなった子どものことでいっぱいに違いない。そんな気持ちを話してはいけないのだろうか。私は、「子どもさんは、何人ですか？」と聞かれたら二人と答えるが、息子が死んだことは、すぐには話さない。話したとしても、その後は、深く聞かれることはない。聞いてはいけないことになっているようである。また、知っている人は、「思い出させるようで悪いけど。」と前置きをして息子のことに触れることが多い。そんなに気を遣ってもらわなくても、毎日怜志のことを忘れたことはない。むしろ、怜志のことをもっと話したいし、聞いてもらいたい。亡くなった怜志もそう思っているに違いない。何も悪いことを

一周忌　高校友人

一周忌　大学友人

してないのに、無視されたようで却《かえ》ってひどい扱いをされている、と思うはずである。一周忌の日ばかりは、何も隠す必要もなく、遠慮することもなく、怜志のことを聞いたり話したりすることができた。きっと怜志が望んでいた同窓会になったと思った。

怜志の友だちの話を聞きながら思った。年寄りは、よく「近頃の若者は・・・。」と言うが、そうだろうか？この若者たちは、現代という時代の中で、昔とは違う課題に立ち向かいながら、悩んだり苦しんだりしながら努力している。今の若者の方が、私の若い頃に比べて難しい課題をいろいろ抱えているようである。そのうえ、私よりもずっと努力を重ねているのである。葬儀のとき、

「僕たちは、怜志君の分までがんばって、全員、立派な先生になります。」

と言っていたが、九人の同級生は、それぞれの進路や夢があるようである。やがてそれぞれ違った人生を歩むことになるだろうが、きっと立派な大人として働いていくに違いない。

私は、出席してくれた若者の姿から生きる力をもらったような気がした。

思えば苦しく長い一年だったが、あっという間の一年だった。しかし、まだ何も終わったわけではない。

◆成人式

「もうすぐ大人になるけん。」

と言って怜志が楽しみにしていた成人式があった。

「怜志も行きたかっただろうね。」と以前から夫婦で話していた。ところが、小学校からの友人の令奈さんが朝からちゃんと怜志の写真を取りにきてくれたのである。怜志も一緒に成人式に出席させてくれるそうだ。本当によかった。写真は、葬儀に使った真面目な顔ではなく、大きな口を開けて笑っている普段着の怜志の写真を持って行ってもらった。きっと、小さい頃からの友だちや先生方と一緒に楽しく過ごしたことだろう。夕方からは、お酒を交えた同窓会があったらしい。あまり飲めないくせに、たぶん怜志も顔を真っ赤にして騒いだに違いない。

　数日後、成人式の記念写真を届けていただいた。怜志の写真を真ん中にして、みんなとても明るい笑顔だった。写真は、ガラス戸の中に大切にしまってある。怜志が、大好きだった「ゆず」という歌手のＣＤと一緒に飾ってある。

それを見るたびに、いい友だちに恵まれたことに深く感謝している。成人式というのは、単なる儀式にしか過ぎないかもしれない。しかし、本人が、それをどのように捉え、どのように自分の人生の中の節目として参加するのかで大きく変わってくるものである。写真を見ると、同級生の友だちがみんな大人になることに喜びと責任感を感じているように思える。現代社会は、複雑になりすぎていて、若者は精神的にも能力的にも多くの課題や困難に直面している。だから、進学するにしても就職するにしても、私が若い頃に比べたら苦労も多いのではないだろうか。そんなことを考えると、成人式での同級生の笑顔は、ただ騒いでいるばかりには見えなかった。全国ニュースでは、新成人が暴れたり騒いだりする様子をおもしろおかしく伝えているが、そんな若者はわずかで、本当に努力しながら生きている若者も多いのだと思った。

怜志も生きていれば、私に対する態度もまた変わっていただろう。私の態度も変わっていただろう。一対一の大人同士、男同士で、相談したり、励ましたりしたに違いない。いや、むしろ私の方が慰められたり、励まされたりしただろう。

私は、以前こんなことを言ったことがあった。

「教員をしていて何も残っとらん。橋や家とか何かを作ったということもなかし、技術や資格があるわけでもなか。今までなんばしてきたのか、わからん。」

そのとき、怜志は、私の言葉を遮って、

「いいや、オヤジは、偉いと思うばい。」

と言ってくれた。私は、怜志に教員以外の道を歩んでほしかったから、そんな話をしたのだが、逆に私が励まされる形になった。

そんなことがあったので、成人式が終わったあと、ますますたくましく成長した怜志の姿が見られないことが寂しくてたまらなかった。

娘の明日美が、成人式に行くときは、着物を着た娘に誘われるまま一緒に写真を撮ったが、娘はかわいいと思っても頼りにしようとは思わなかった。でも、息子がいなくなった今では、その娘が頼りになってしまった。親というのは、歳を取るにつれて子どもが頼りになるものだということを初めて知った。

成人式が終わってからも、同級生はたびたび自宅を訪ねてくれた。きっと怜志に代わって私たちを励ましに来てくれているのだろうと思う。怜志の思い出話や近況をいろいろ報告してくれる。就職しました、結婚しました、出産しました、など次々に同級生の生活も変化していった。怜志だけが、仏壇の中で変わらず同じように静かに笑っているようだ。

ある同級生は、

「ぼくは辛いときに、怜志の方がもっと辛い思いをしたのだから、怜志に負けないようにがんばらなくちゃ、と思っています。」

と話してくれた。親ばかりでなく、多くの友だちが怜志のことを思い出しながらがんばっていることを知らされうれしかった。

就職、結婚、出産、進学、転居、転勤など状況が変化するにつれて、訪れてくれる人は減るだろうが、その方がいいのだと思った。怜志も寂しいとは思わないだろう。それぞれの友だちがそれぞれの道でがんばっているのだから。怜志が生きていたとしても、きっとそれぞれの道を選んで生きていくであろうから。

私は、怜志と家族を支えてくれた友だちの皆さんに心から「ありがとう」と言いたい。

四　裁判

◆事故原因

私は、怜志の声を聞きながら、事故の原因を突き止めようと思った。第一は、スピードである。どれくらいのスピードを出していたのか調べることにした。

仕事が休みの日、私は自分のバイクで何度も事故現場を走ってみた。まず、最初に走ったときは、車も一緒なのでスピードを出すことができなかった。交通量は少なくないのである。次に、車が途切れたところで走ることにした。ところが、信号機のある交差点を過ぎた先に事故現場があるので、今度は信号機も見なければいけない。前方に車がなく、信号が青のタイミングをじっと待って何度もバイクを走らせた。信号機のある交差点までは下り坂になっているので、走りやすい。加速する。しかし、交差点を過ぎると急に上り坂のカーブになる。しかも、路面が凸凹なのである。自然とスピードがダウンし、事故現場でメーターを見ると四十キロから五十キロの間ぐらいであった。しかも道路の両側にはうっそうと木立や竹が生い茂っており、スピード感が急激に増すので、体感するスピードは実際のメーターのスピードより速いのである。

まず確かめたかったのは、最高スピードがどのくらいでるのかということである。何度も試してみた。徐々に恐怖感にも慣れてきて、七度目くらいのときにやっと六十キロを超えたが、七十キロを超えることはなかった。上り坂でしかもカーブしているので、それ以上のスピードでは前方の確認もできないし、バンク角いっぱい傾けないと曲がれないだろうと思った。しかも道路が非常に荒れていて、ひび割れや凹凸がひどいので、転倒しそうで気になって仕方ないのである。

次に、事故のときの状況についてよく考えてみた。車の間に連なって通過したのであれば事故にはならなかった。通過車両が切れたので、トラックはUターンを始めたのである。となると、なぜ怜志のバイクが一台で現場を通りかかったのだろうか。

第一の仮定は、信号が赤で車が何台も止まっていたところへ怜志がやってきたので、すり抜けて車の先頭まで出て、青信号に変わった瞬間に飛び出して行ったということである。私も交差点でいったんバイクを止めて、青信号と同時にスタートしてみた。確かにこれなら前に車がいない状態で現場へ行けるが、上り坂なので、事故現場まで充分加速することができない。トップギアにも入れられないスピードにしかならない。だから、もし、この仮定で考えれば、怜志はスピードを絶対出せなかったことになる。

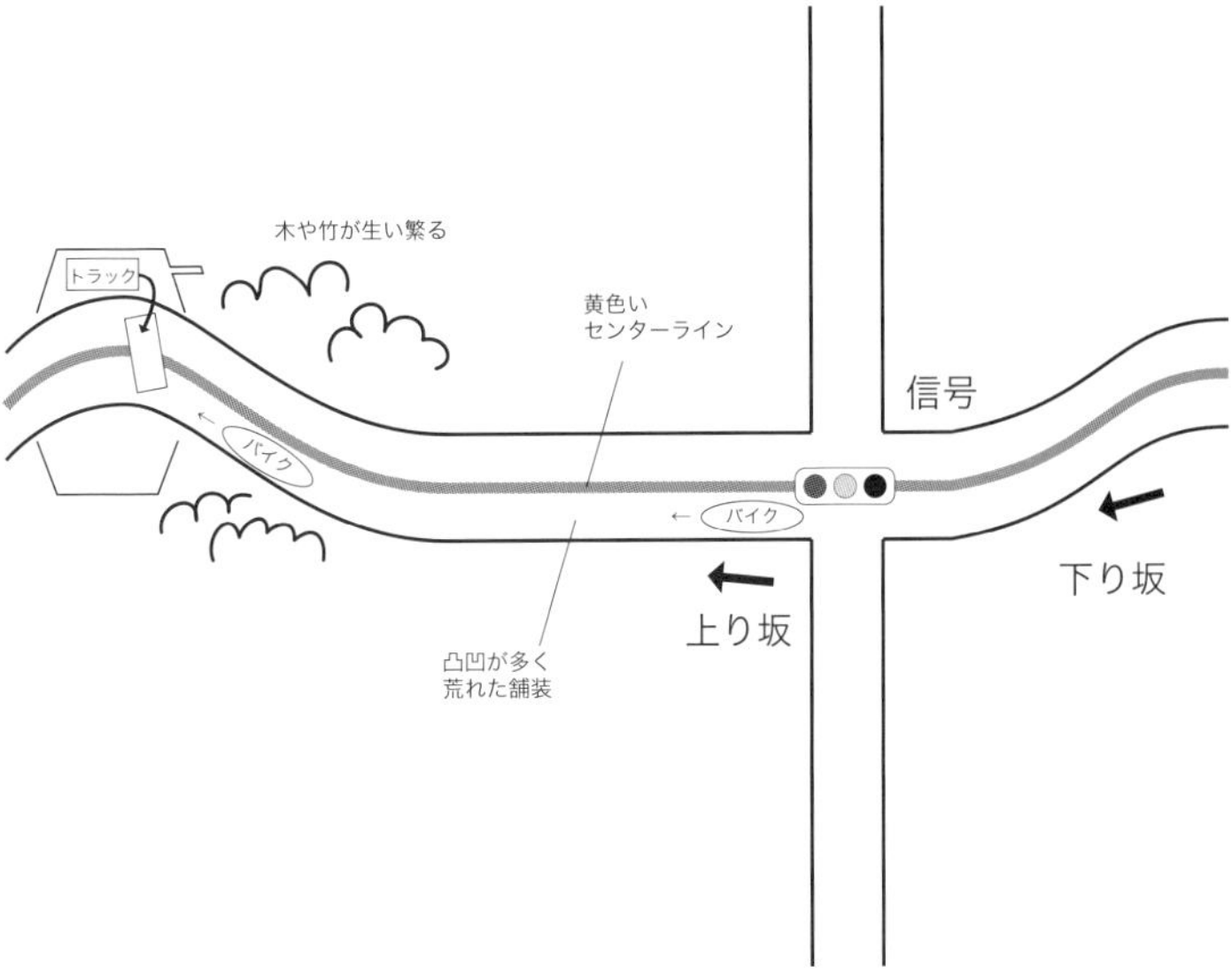
木や竹が生い繁る
トラック
黄色い
センターライン
信号
バイク
バイク
下り坂
上り坂
凸凹が多く
荒れた舗装

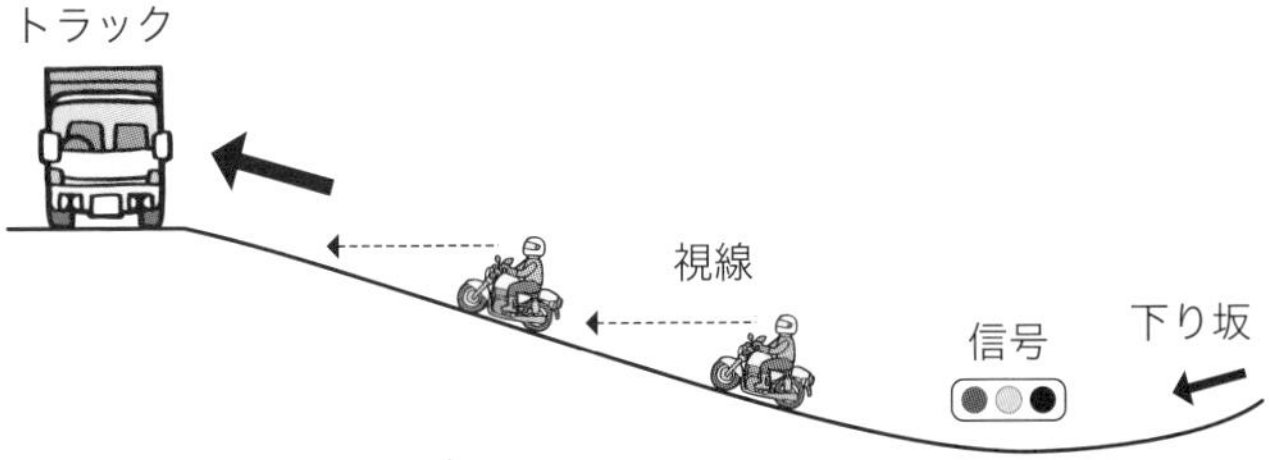
トラック
視線
信号
下り坂

また、道路の左端は歩道の縁石がありバイクがすり抜けられる幅はないし、外側から回り込むのも怖いほどの狭い道なので、そんなことをしたかどうか疑わしい。

第二の仮定は、信号が青から黄色に変わる前、車の列はすでに通り過ぎたあとで信号のある交差点に差し掛かったのではないか、ということである。そうであれば信号の手前は下り坂であるから、加速して上り坂に入るのでスピードを出して事故現場に差し掛かることが可能である。そこで、そのような状況を仮定して、また何度もバイクで走ってみた。

不思議なのは、なぜトラックに気づかなかったのか、ということである。警察官には、「息子さんは、トラックが止まると思っていたのではないでしょうか。」と言われたが本当にそうだろうかと疑問に思った。トラックが止まると思って直進していたのなら、止まらなかったトラックに正面からぶつかるだろうか。左側に避けるだけのスペースもあったのである。急ブレーキをかけて転倒することにもなったかもしれない。

何度か走ったとき、気づいたことがあった。スピードを上げていると視線は先へいくので、上り坂の頂上付近の事故現場を見るのは、三十メートルぐらい前であったが、スピードが遅いと自然と視線の先は近くなり、しかも前方は上っているので、十メートル先しか見えないことがあったのである。この道は毎日通るよく知っている道である。交差点がないのはわかっているから、右側から大型トラックが出てくるなんて誰が想像するであろうか。私も初めて事故現場を聞いたとき、どうしてあんなところで？と意味がわからなかったくらいである。

そこで、こんな結論に達した。怜志が信号のある交差点に差し掛かったのは、やがて黄色になる寸前であった。たくさんの車は列となって事故現場を通り過ぎていった。トラックの運転手は、Uターンを始めた。怜志は、青信号が黄色に変わる寸前に交差点を通過し、事故現場までの上り坂にかかった。路面のきれいなところを通ろうと気にしていたので徐々にスピードダウンしながら現場へ差し掛かった。そして、十メートルぐらい手前で突然、目の前に大型トラックを発見したのである。あわてて右足で後輪のブレーキをかけた。すると、後輪が滑るように左側で流れていく。前輪のブレーキをかけると転倒することは教習所で一番に注意されることである。実際多くの教習生が前輪ブレーキをかけてバイクを転倒させた経験を持っている。右手で前輪にブレーキをかけようとしたときは、トラックの左車体の目前だった。大きなタイヤまであと一メートルぐらいのところで、バイクをぶつけないように左側へ投げ出して、自分は右側へ飛ぼうとしたのである。事故現場には、トラックの前輪のタイヤの跡とその一、二メートル手前の道路にバイクのひっかき傷が十五センチほど残っていた。バイクと一緒にそのまま滑《すべ》っていれば足はぼろぼろになっていただろうが命は助かったかもしれない。物をとても大切にする子だったので、買ってもらったバイクを傷つけたくないという気持ちがその瞬間に働いたにちがいない。現に、一ヶ月ぐらい前にバイクに傷がついたととても悔しがっていたことがあった。バイクは、ヘッドライトが壊れたがエンジンも車軸もまったく壊れていなかったし、タイヤもつぶれてはいなかった。とっさの判断を迫られるとき、人はその人の日頃の心の持ちようが出るものである。その上、自分が死ぬということを考える時間もなく、きっと怜志は漫画のようにひらりとトラックをかわして助かると思ったのではないだろうか。

バイクよりも命が大事だと誰でも思っている。バイクを何台壊してもいいから、生きていてほしかった。あとでそんなことを言っても、もう怜志に届くことはない。

怜志のバイクのスピードについては、このほかにも状況証拠がある。

当日の朝、家を出たのは七時五十五分よりも前だった。妻と母の証言である。私の母、つまり怜志の祖母と私の妻は、毎朝怜志が出かけるのも見送っている。その日もテレビの時刻表示を見てまだ五十五分になっていなかったと言うのでまちがいない。事故が起こったのは八時十二分になっていた。これは、警察に電話があった時刻なのでこれもまちがいはない。つまり、自宅から事故現場までおよそ八キロの道のりを十五分以上かかっているのである。途中に二つ信号があるが、それを考えてもスピードを出して急いでいたとは考えられない。

また、その日はとても寒かったので、私もバイクに乗るのをあきらめたぐらいである。Gパン一枚の怜志にとって、スピードを出せば出すほど体感気温は低くなったはずである。

このようなことから、怜志がスピードを出し過ぎていなかったという結論に達したのである。私は、この点だけは、もう証言できない怜志に代わって無実を主張することにした。それが父親としての務めであると思った。もうそれ以外にできることは何も残されていない。そのことが寂しかった。

もうひとつ原因が考えられる。それは、トラック側の原因である。私がバイクに乗るようになって気づいたことがある。車は自分より小さい車や弱い歩行者、遅いバイクを軽視する傾向があるということだ。私がバイクで直進しているときに、よく右や左から車が出てくる。車に乗っているときは、そうではない。ある程度距離があっても幹線路に出てくる車は止まって待っているが、バイクの場合は、遠慮なく飛び出してくるのである。同じ四十キロで走っていても、車なら危ないと思うが、バイクなら危ないと思わないのである。自分に危険が及ぶかどうかが、とっさの判断に大きく影響している。だから、バイクが車と同じ速度で走ってきても、車に乗っている方からみると、前に飛び出しても事故の危険を感じないのである。私も何度も危険な場面に遭遇して急ブレーキを踏んだことがある。特に、軽自動車の飛び出しが多い。バイクをまるで無視しているようである。そんなとき、「あんた、バイクのくせに端っこを走りなさいよ！」という運転手の声が聞こえてくるのである。それがトラックだったら反対である。ぶつかれば自分が危ないので、トラックの前に飛び出す車はいない。トラックに道を譲る車もある。

このことが、怜志の事故にもあてはまるのではないだろうか。

トラックの運転手は、以前同じ場所で何度もUターンしたことがあり、そのときはいつも車が止まって道を空けてくれたと証言している。そのことから、こんな推測をしてみた。

トラックの運転手は、Uターンをしようとしたとき、左右を見たら車は見えなかった。そこで、アクセルを踏んで車を発進させた。すると、遠くからバイクが来るのが見えたのである。しかし、気にならなかった。ここまで来るのに時間もかかるし、ぶつかっても自分には危険はないから、自然に無視したのである。運転手の証言を信じるならば、見えたのに意識してみなかったので、見えなかったのである。視界に入ったとしても心が見なかったのである。車が中央線を越えたとき、三十メートル位先に、もう一度、バイクを発見した。しかし、このときも心が無意識に「バイクが止まるから大丈夫だ。」とささやいたに違いない。その直後、やっと危険を感じてブレーキをかけたのである。バイクに、この大きなトラックが見えないはずはない、と思い込んでいたのだろう。

逆に、バイクに乗った怜志は、路面に気をとられて、上り坂の頂上にトラックがいることに気づいてなかったのではないだろうか。気づいたのは十メートルばかり前だったのだ。

こんな推理もしてみたが、怜志に確かめるすべはない。あくまで推測でしかない。しかし、間違いのないことは、大きな乗り物は小さい乗り物や歩行者を軽く見るという潜在的な傾向があるということである。

その後、警察に事情聴取には、何度か出かけた。それが終わって、検察庁に送られるまで数ヶ月もかかった。死亡事故であるので、裁判のための調書が膨大になるからである。それからまた何ヶ月もたってから、今度は検察庁からの事情聴取があった。

◆刑事裁判

警察から調書があがるのが遅くなったこともあり、検察庁の事情聴取も遅くなった。検事から電話があり、仕事の都合に合わせて休みをいただき検察庁へ出かけた。検察庁の場所は知っていても入るのは初めてである。緊張していた。玄関を入ると、受付に警備の方がいて、来庁者をチェックしていた。館内の案内板もなく、どこに行けばいいのかわからず、容易に入れないようになっていた。用件を伝えると、担当者がエレベーターで降りてきた。黒いスーツに身を固めた若い青年だった。若い検事だなあ、と思いながら案内されるまま部屋に入った。

そこへ女性がやってきて言った。

「私が、この事件を担当している検事です。この二人は研修生ですが、私の代わりに事情聴取をさせますが、よろしいでしょうか。」

なるほど、この若者二人は研修生なのか、と初めてわかった。検事が退席した後、二人の若者は、被害者の私に気を遣いながら慎重に質問をしてくれた。一人の若者は、名札をみると「さとし」という名前だった。漢字は違うが奇妙な偶然を感じた。住所、職業、事故の前日や当日の様子、事故後の家族の気持ちや様子などを尋ねられた。

しかし、時間が足りなくて、結局もう一度、出向かなければいけないことになった。嫌ではなかった。若者と話すと怜志のことを思い出すし、いつも思い続けている怜志のためにも十分すぎるくらい事故原因も究明してほしかったからである。

二回目の事情聴取のときには、私が話したことがきちんと文書にまとめられ、私は署名捺印をした。これが証拠として裁判所に提出されるのである。そのとき、検事からこんな質問をされた。

「実は、刑事裁判では、被害者の意見陳述ができるようになっていますが、希望されますか？」

　刑事裁判は、検察庁が起訴して行うものだという認識しかなかったので、少し戸惑ったが、さほど迷うこともなく、

「はい、希望します。よろしくお願いします。」

と答えた。怜志が証言できない以上、私は怜志の無実を証明しなくてはいけないと思っていたので、意見陳述の機会が与えられるのなら望むところである。でなければ、裁判でどんな判決が出されるのか心配でならない。私が一番恐れていたのは、「死人に口なし」となって事実がゆがめられ、バイクが暴走して突っ込んできた、という事実認定がされることであった。

　それからまたしばらくして、突然仕事中に携帯電話が震えた。電話に出ると、男性の声で、こう言うのである。

「私は、検事の○○といいます。前任の○○と代わって事件を担当することになりました。そこで、被害者のお父様が意見陳述を希望されていると引き継いでいますので、お電話しました。」

　裁判の日程や意見陳述のやり方などを教えていただいた。

私は、すぐに意見陳述の原稿を書いた。十五分を目安に書きながら、感情が高ぶるのだった。しかし、緊張するのでもなく、興奮するのでもない。怜志のことを思い出して、悲しいのだろうか、何かに復讐するつもりなのだろうか、文章で表現できない複雑な心境だった。

できあがった文章を翌日、検事にＦＡＸをして助言をしていただいた。また、手直しを何度も行った。これでいいか、論理的な内容か、説得力はあるか、事実に即しているか、嘘はないか、他に付け加えることはないか、何度も読み返した。

また、妻のことも考えた。裁判所に連れて行っていいものかどうか。意見陳述に行くことは伝えていたが、一人で行くと言っていた。一緒に行って、傍聴席で怒り出すのではないか、事故の相手に向かって暴言を吐いたら、裁判に悪影響があるのではないかと心配だった。傍聴席で泣かれても、私は落ち着いてはいられない。被告も出席する裁判の席で、どんな態度でいてくれるか予想できなかった。そこで、一人で行くことに決めたのである。

実は、その日は、妻も仕事があったので、一人でいい、という私の口実にもなっていた。前日になって、妻はその時間なら行けるといい出したが、私は、一人でいいと断った。

仕事は休みをもらって、裁判所に行った。初めて入る裁判所である。驚いたのは、自由に入れることであった。検察庁は、簡単に入れないようになっているのに、裁判所は、誰でも自由に入れるのである。受付にも誰もいない。掲示板を見て、法廷が何階にある何号法廷なのかを確かめた。時間は十分にあった。喫煙場所で、煙草を吸って、自動販売機でコーヒーを買って飲んだ。妙に落ち着いていた。原稿があるからだろう。

法廷の前の椅子に座って、原稿をもう一度読み直した。読み直しながらさらに手を加えた。すると、法廷から裁判所の事務員のような若い女性が出てきて、

「意見陳述をされる高濱さんですか?」

と尋ねられ、そうですと答えると簡単な書類に、住所・職業・氏名を書かされて、法廷の傍聴席へ案内された。法廷も誰でも自由に入れるのである。そんなことも初めて知った。すると、検事がやってきて、

「ここに座ってお待ちください。私が呼んだら中に入ってください。」

と指示された。法廷は、予想したほど広くはなかった。左手に検事が一人、右手に被告と弁護人、中央に記録員が二人座っていた。私は、後ろの傍聴席の端に座った。開廷時

刻になると、中央の高い裁判官席に裁判官が現れた。

　裁判官が開廷を宣告し、裁判が始まった。裁判用語を使って、てきぱきと進行されていった。裁判がこんなにも速く進行するとは予想していなかった。しかし、よく考えてみれば、たかが交通事故である。毎日、いくつもの交通裁判が行われているのだから、時間をかけている場合ではないだろう。検察官が起訴状を朗読し、証拠を提出した。弁護士は、「意義ありません。」と繰り返した。弁護士も国選弁護人であり、交通事故の状況については争う気持ちもないようである。十分ぐらいたっただろうか、あっという間に私の証言がやってきた。検事は、声を低く押さえているが力強く裁判官に告げた。

「ここで証人として被害者のお父様を請求します。」

　裁判官は、台本でもあるかのようにすぐに答えた。

「許可します。弁護人は意義ありませんか。」

　弁護人は、力なく机を両手で支えながら中腰の状態で、

「意義ありません。」

というとすぐに座ってしまった。

　私は、証言台へ向かった。十人もいない狭い法廷でありながら、マイクがきれいに声

を拾ってくれた。裁判官から、住所・氏名・職業を確認され、宣誓書を読まされた。そして、検事に促されて、意見陳述を始めた。

＊

私、高濱伸一は、亡き最愛の長男　怜志　になりかわって、今回の交通事故に関する意見を申し述べます。今も私の前に現れる怜志は「どうして、おれは死ななければならなかったの？なんも悪いことしとらんとばい。」と涙ぐんでいます。

まず、生前の怜志がどんな青年だったかについてお話しします。

怜志は、親に小遣いをせがむこともなく、ガソリンスタンドでアルバイトをして、まじめに勉学やスポーツに励んでおりました。高校三年間は無遅刻無欠席でした。中学校では生徒会長、高校では生徒会議長や応援団員としてもがんばりました。

大学に入学してからも、遅刻したりさぼったりすることなく登校し、その合間にアルバイトも続けておりました。熊本市内に母方の祖母が、一人で車いす生活をしておりますが、週に一回、講義の合間に訪れては「何かほしいものはなかね？」といって、たこ焼きや豚まんなどを買いに行くようなやさしい子でした。

事故の半年くらい前に私は怜志から、「青年海外協力隊に行きたい、どうしたらよかね」と相談を受けたので、「教職員が休職していくこともできる」と答えて、学校にあった募集要項をみせたこともありました。このように、怜志には、自己を犠牲にしても人のためになることをしたい、という思いがいつも行動に表れていました。だからこそ、たくさんの友だちにも恵まれていたのだと思います。通夜や葬儀にきてくださった四百人あまりのお友達の中の何人もが、大粒の涙を流して嗚咽する姿を見たとき、私は、怜志の生前のやさしさや努力に対して、改めて大きな感動と敬意を感じました。

被告の○○さんには、通夜も葬儀も出席していただけませんでしたが、見ていただきたかったと今も残念に思っています。

夢も希望もたくさんあって、勉強もアルバイトも遊びもまだまだやりたいことがたくさんあって、一日が四十八時間でも足りないような生活をしていた青年がなぜ死ななければならなかったのでしょうか。

あの日、平成十六年十二月一日は、朝から霜が降りて冷え込んだ朝でした。怜志は、いつものように六時半ごろ起きてこたつにうずくまっていました。私は、前日までバイクで通勤しましたが、「怜志の方が遠くて寒いから、大学に駐車できるものなら、車で通学させたい」と思いながら、この日ばかりは寒さのあまり、私は車に乗りました。

それが最後でした。

私は、事故原因については、現場で実際にバイクで走ってみながら、何度も考えました。

怜志が、スピードを出していたとは、考えられない理由については、何度も申し上げております。自宅から現場までわずか八キロ足らずの距離を十五分もかかっていたこと、現場が路面の悪い急な上り坂であったこと、気温が低くとても寒かったこと、バイクの損傷の程度、怜志自身の性格や日頃の行動などの理由からです。

一般的に、バイク事故の場合、暴走族のイメージがあって、バイクが暴走していたことをイメージする人が多いようです。私も初めはスピードを出していたのではないかと疑いました。でも、今、確信を持っています。怜志には一切過失はなかったのです。

トラックを運転していた○○さんが、バイクを発見するのが遅かったことも原因の一つだと思われますが、それ以上に大きな原因となったのは、あの見通しの悪いところで、しかも車体の大きなトラックで、Uターンしようとしたことだと思っています。右も左も三十メートルから四十メートル先ぐらいしか見えないカーブで、しかも切り返しをしなくてはいけない場所、そのうえ朝の八時と言えば、一分間におよそ三十台から五十台の車が行き交う場所で、どうして安全にUターンできるのでしょう。いつも乗用車やバイクや歩行者が、トラックをみたら止まったりよけたりしていることからくる傲慢な判断だったと思います。危険を予知し安全な判断ができないドライバーがいる限り、交通事故はなくならないのではないでしょうか。

「なぜ怜志が死んだのか？」私には納得できません。それは、母親である私の妻にとっては、なおさらです。産み育ててきた十九年間の生き甲斐だった息子がぐったりとなって寝ている姿を病院で見て、気が狂ったように泣き叫んでいました。怜志がいなくなってからは、毎朝八時ごろになると必ず仏壇に手を合わせて涙ぐんでいます。怜志の小さい頃のビデオを見ては、涙ぐんでいます。妻は、今も涙の出ない日はないのです。祖父母も非常に落胆しております。

被告の○○さん、どうして怜志ではなく、私を殺してくれなかったのですか。親を亡くした子どもは立ち直れますが、子どもを亡くした親は、立ち直れないのです。死ぬまで、子どもの無念さに思いをはせ、子どもの命を守れなかったことを後悔しながら生きるしかないのです。

生前の怜志が、免許をとるとき、車を運転するとき、何度も言い聞かせたことがあります。「お前は死んでもいいが、人を殺したらいかんぞ。特に子どもを殺したら絶対許してもらえないからな」ということです。でも、それは嘘でした。本当は、怜志は絶対死んでほしくなかったのです。

私は、長生きをしたいと思わなくなりました。もし、明日はガンで死ぬと宣告されたら、きっとうれしくてたまらないでしょう。それは、怜志に会えるからです。

初七日が終わった日の夜、家族三人で話し合いました、絶対示談なんかできない、と。事故の当事者である◯◯さんの謝罪がなかったし、会社の対応も冷たいと思ったからです。たとえ交通事故であっても、結果としては殺人と同じです。どうして誠意を持って謝罪していただけないのでしょうか。

あとになって気づいたのですが、すべて保険で処理できるのです。◯◯さんも運送会社も、遺族に許してもらえなくても、さほど金銭的な損失はないのです。案の定、遺族の何の了承もないのに、保険会社の方がやってきました。どこに、最愛の息子の値段を冷静に話し合える親がいますか。

示談も和解も考えられません。八月十四日以来、◯◯さんと久しぶりにお目にかかります。初盆までの半年で会社からも◯◯さんからもその後連絡はありません。処分の経過を報告してほしいとお願いしていたのですが残念です。今後、民事裁判で、息子の死の意味を問い続けることにしています。

次に、判決と量刑についてですが、私は、○○さんの有罪を望みます。怜志に過失がないと確信しておりますので、当然のことではないでしょうか。

しかしながら、量刑については、複雑な心境です。

「命の尊さ」には、軽重はありません。怜志がどのような死に方をしたとしても、怜志自身の無念さにはかわりありません。遺族の悲しみにもかわりありません。

でも、交通事故の場合、一般的に軽く見られているように思います。業務上過失致死という罪は、犯罪ではなく「運が悪かった」とみる風潮があるように感じます。毎年、七千人以上の犠牲者が出ている交通事故は、マスコミの取り上げ方も裁判の過程もまるで日常茶飯事のようです。新聞の片隅の小さな記事の中にも、たいへん大きな悲しみや苦しみがあるのです。

命を奪われた怜志には、もう「生きる権利」も「幸せになる権利」「意見を述べる権利」もおよそすべての人権がありません。でも、命を奪った○○さんには、人権が認められています。それは、罪を償うためであると考えています。

○○さんの反省の大きさなどの真意はまだわかりません。ですから許す気持ちはありません。でも、○○さんを恨んでも怜志は帰ってきません。怜志もくやしくてたまらないでしょうが、子猫やお年寄りにもやさしかった子ですから、○○さんを恨んではいないと思います。でも、とてもくやしがっているに違いありません。

だからといって、私は、ことさら重い量刑を願っているものでもありません。○○さんに、懸命に生きて、人のために努力して、感謝されるような人になっていただきたい、また、交通事故をなくすために日々努力していただきたいのです。そして、○○さんが死ぬまで、怜志の命日を忘れずに、どこにいても花をたむけ手を合わせていただきたい、と願っています。それがお金であがなえない罪の償いだと思います。あなたが犯した罪は、簡単に終わるようなことではありません。怜志の苦しさ、無念さ、を思えば、死ぬまで執行猶予がついていて当然かもしれません。

最後に、裁判所へお願いいたします。

私は、今、人生を投げ出したくなる心を抑えながら、怜志に恥ずかしくないように、生きていく覚悟でいます。そして、怜志の死が、無意味なものにならないようにここに立っています。私は、怜志の遺髪をいつも肌身離さず持っていつも一緒に生きています。

ですから、亡き怜志になり代わってお願いいたします。

今後、このような交通事故が一件でも減るように、尊い命がひとつでも失われないように、公正で厳正な、しかも心のこもった判決をお願いいたします。

＊

私は、意見陳述を始めたとたんに、涙が溢れて止まらなかった。しかし、これを読み終わらなければいけないという父親としての使命感を感じ、できるだけはっきりとした言葉と声で聞こえるように努めた。読み終わると、一礼をして力が抜けたように腰をかけた。

裁判官が、

「弁護人の尋問はありませんか。」

と尋ねると、弁護人は、即座に
「ありません。」

と答えた。私は傍聴席に戻された。続いて、検事の論告求刑になった。検事は、もらい泣きをしてしまいました、と目頭を拭いたあとで、腹の底から力強い声を出して求刑論告を朗読し始めた。独特の裁判の用語だったので正確に暗記することはできなかったが、

求刑の最終的な内容は、

「被告人○○の過失は明らかである。業務上過失致死で懲役一年六月を求刑します。」

であった。「一年六月」の求刑は、私の予想通りであった。問題は、執行猶予がつくかどうかである。次回の公判日時と、最終弁論を行ったあと結審をすることが決められて閉廷した。

廊下で、検事に深々と頭を下げてお礼を言った。被告の○○さんも弁護士と一緒に法廷から出てきたので廊下で顔を合わせた。彼は、私に頭を下げて、

「すみません。」

と言った。彼は、私の前で今までも「すみません。」としか言ったことがなかった。私は何も返す言葉がなくて、ただ頭を下げた。

重い一日だった。たった一時間足らずの時間だったが、私にとっては非常に重い時間となった。私は、あの日から地に足がつかず、クラゲのようにただ漂うように生きていた。仕事でさえ、今までやる気がなくなることは一度もなかったが、心の底から意欲が湧いてこなかった。義務感で最低の責任を果たしているに過ぎなかった。それが、この日だけは、私は自分の存在意義を感じることができた。怜志と一緒にいるような気もし

た。裁判所を出て煙草に火をつけて空を見上げた。

「怜志、これでよかったかな?これで精一杯だったけん、かんべんしてくれよ。」

と心の中で囁《ささや》いた。しかし、返事はなかった。

自宅に帰ってから、妻と娘に報告をした。事前に原稿は見せておいたので、結果だけを報告した。そのとき、私は一人で行ってよかったと思った。私が涙を流す姿を見せたくなかったからである。

一ヶ月ほど後に、次の公判があった。今度は、妻と娘の三人で裁判所へ出向いた。被告の○○さんは、開廷時刻になっても現れなかった。弁護士は不安になって探しに出て行ったがすぐに戻ってきた。五分近く過ぎてから、被告人も着席して開廷した。

今度は、被告の妻が証言台に立った。まず、弁護人が尋問をした。今どのようにして暮らしているのか、被告人が事故のあとどんなことを言って反省をしているのか、被害者である私の自宅へ何度行ったのか、妻や母も一緒に謝罪に行ったが留守だったことなどの内容だった。検事も尋問をした。本当に反省をしているのかどうか、という内容だった。

次に、被告人本人が証言台に立った。そして、弁護人の尋問が始まった。弁護人の尋問は、被告が反省していることを証言させたいという意図がはっきりわかった。その意図は誰にでもわかるようにやさしく丁寧なものだった。しかし、被告は、「はい。」と「すみません。」と言うばかりでそれ以上言葉が出なかった。弁護人もやや諦めたような表情で尋問を終わった。そして、裁判官にこう言ったのである。

「被告と○○運送は、無制限の対人保険に加入していることを申し添えます。」

これは、十分な補償をする準備があるので、情状酌量をしていただきたい、ということだろうと思った。

引き続いて、検事がすっくと立ち上がって尋問を始めた。

「あなたは、今回の事故の前に大きな事故を起こしていますね。」

私の知らなかった事実である。今回の事故の前に、被告に過失がある事故を起こして大けがをさせていた。そのため罰金の司法処分も受けていた。同じ不注意で私の息子を殺したのである。また、違反も多く繰り返し、特にシートベルトをしないで運転することが多かったようである。トラックに乗っていることで自分自身について危険を感じることなく、周りの車両が注意して避けていくことを当たり前に感じていたのであろう。

「あなたは、今、免許取り消しになっており、警察の事情聴取で、もう車の運転免許は取らない、と言っていますが、その気持ちは変わりませんか。」

と検事から聞かれた被告の◯◯さんは、言葉に詰まったあと、怯《おび》えるように呟《つぶや》いた。

「トラックはもう運転するつもりはありません。トラックを運転する仕事もしないつもりです。」

　検事は少し大きな声で迫った。

「それでは、また免許をとって、自分の車は運転するつもりだということですね。」

「はい。」

と被告は小さな声で答えたあと、何かその理由をくどくどと続けて言ったが、明確な答えや理由ではなかったので、私はよく覚えていない。

「最後に、尋ねますが、前回の公判で、被害者のお父様が証言されましたが、あなたは、それを聴いていてどう思いましたか。」

「・・・・・・・。」

　静寂が法廷を包んだ。私はもちろん、裁判官も耳を傾けて発言を待った。しかし、被告の口から何の言葉も出てこなかった。

「被害者に対しては、どう思っていますか。素直に今の自分の気持ちを言ってください。」

検事は、再度発言を促した。すると、被告は、

「すみません。」

と小さく呟《つぶや》くとうつむいたまま、もう言葉は出そうで出なかった。弁護人も発言をするように質問を変えながら尋ねたが、言葉が出ない。検事は、長い間《ま》を置きながら、何か一言でも謝罪の言葉を出させようとしていた。被害者である私でさえ、どうして何も言えないのか理解できなかった。法廷にいる裁判官も検事も弁護人も、そして被害者の私でさえ、被告がここで心から反省し今後の生き方を真摯《しんし》に語ってほしかったのである。

「私は、大きな罪を犯しました。一瞬の不注意で、夢や希望にあふれた青年の命を奪ってしまったことを深く反省しています。今後は、社会のためになるように一生懸命に働きながら死ぬまで罪を償っていく覚悟でいます。」

というような言葉を聞きたかったのである。しかし、被告はうつむいたまま一言も発することがないまま時が過ぎていった、十分以上の沈黙が続いたところで、裁判官が最後に尋ねた。

「あなたが反省しているのなら、素直にその気持ちを言ってください。何も言うことはないのですか？」

「・・・・・・・・・。」

ついに、開廷から一時間が過ぎた。被告から「すみません。」以外の謝罪の言葉は聞けなかった。これでは、執行猶予はつかないかもしれない、と思った。この被告は、今まで自分の心を言葉で語る学習や経験をしてこなかったのだろうと思った。コミュニケーション能力に欠けているのだ。嘘でも平気に言い、人をすぐに騙《だま》すような能力は必要ない。しかし、自分の気持ちを愚直でいいから素直に話すことができる能力や技術は必要である。それを教育してもらえなかったのだ、と思うようにした。

閉廷したあと、廊下で家族三人で検事にあいさつをした。検事が私たちに代わって、罪を訴えてくれていると思ったからである。仕事だから当然といえば当然である。私たちが傍聴していてもいなくても同じように検事としての仕事をしていたかもしれない。しかし、私は心が込もっていると思ったのである。仕事には、心のこもった仕事とそうでない仕事がある。大工さんであれ、コックさんであれ、心を込めて仕事をしている場合とそうでない場合がある。公務員も同じである。私は、教員であるが、心を込めた仕事をしてきただろうか。子どものためといいながら自分の都合ばかり考えていたのではないだろうか。

遅れて、被告の◯◯さんと奥さんが私たちの前にやってきた。

「すみません。」

と、言って頭を下げた。妻は怖い目をしていた。

「もういいですから。」

と私は告げて別れた。彼が勤めていた運送会社は鹿児島にあり、彼の自宅も鹿児島にある。事故のあと、停職処分のまま放置されていた彼は、結局会社を辞めるしかなく、季節労働者として大分で働いている。夫婦は別居をしている。免許も取り消しになっているので、熊本の裁判所に来るのも一苦労なのである。同情しているわけではない。それ以上の罪を犯したのであるから当然である。「もういいですから。」という言葉は、「許します。」という意味ではない。「すみません。」というばかりの繰り返しでは何の解決にはなりませんから、もういいです、ということである。誠意ある謝罪はしてもらわないと怜志も悔しいだろうが、家族の本当に辛く悲しい心痛は、家族だけのものであるから、家族だけの力で乗り越えるしかないと思うようになってきていた。

　その後、一ヶ月ぐらいして、判決公判があった。朝九時過ぎの時間だったので、朝から仕事を休んで家族三人で一緒に出かけた。受付ロビーで掲示板を見ると、九時から五分刻みで判決公判が組んであった。私たちの事故の判決は三番目だったが、いい機会なので、初めから全部の判決を傍聴することにした。

最初の判決は、飲酒運転に関わる判決公判だった。被告は年配の男性だった。手錠をはめられて入廷し被告席で衛視に手錠をはずしてもらって着席した。傍聴席には家族と思われる皆さんが五人ぐらい心配そうに見ていた。

「被告人前へ。」

被告人の表情は非常に緊迫していた。大変重大な罪を犯して深く反省しているようにみえた。また、判決の内容を非常に恐れているように落ち着かないようでもあった。

「主文　被告人を懲役○年、執行猶予三年に処す。」

判決が言い渡されると被告人は、安堵の表情を浮かべた。傍聴席にいた婦人は涙を流していた。そのあとの判決理由をずっと聞いていて、その内容がわかった。

被告は、飲酒運転をして事故を起こし、起訴されたのである。幸い相手方は軽傷であり、損害賠償も済んでいるようだった。本人は、深く反省し、もうハンドルを握らない決意をしていた。そこで、執行猶予がついたのである。裁判官は、判決文の朗読が終わると、自分の言葉で、被告を諭し始めた。

「飲酒運転は、許すわけにはいかない重い罪です。ですが、あなたはもうハンドルを握らないと決心し深く反省しています。家族のためにも今後二度と過ちを犯さないと約束できますか。」

被告人は、涙を浮かべながら、深々と頭をたれて、

「はい。」

と答えた。公判が終わると、被告人は、そのまま傍聴席の家族と抱き合うようにして出て行った。廊下から二十歳前後の息子と娘の喜ぶ声が聞こえてきた。私は、自分自身と被告を重ね合わせながら、その心情が痛いほどわかった。

裁判官はいったん退廷した。検事は着席したままであったが、弁護士は入れ替わった。今度の被告は、若い青年であった。先ほど喫煙場所で一緒に煙草を吸っていた若者だった。友人が二人一緒に来ていた。

青年が中央の証言台に立った。裁判官の判決文朗読が始まった。

「被告人を懲役六月《ろくつき》に処す。」

私は、おや、と思った。執行猶予がついていないのである。しかも罪状は、無免許運転である。判決理由をよく聞いてみた。この青年は初犯ではない。何度も無免許運転で

罰せられていたのである。まったく反省の気持ちもなく執行猶予中にまた検挙されたのだった。そこで、実刑の判決が言い渡されたのだということがわかった。青年は、法廷で手錠を掛けられ、衛視に付き添われて別のドアから出て行った。わずか五分の出来事である。

私は、判決が機械的に行われているのではなく、ずいぶんと考慮を重ねて行われていることを肌で感じた。わずか十分でまるで百八十度違う判決を聞くことができたのである。検事は、まだそのまま座っていた。そこで、やっと私は気づいた。今行われている判決公判は、同じ裁判官と同じ検事の担当の事件を続けて行っているのである。すべて道路交通法違反事件であることも同じである。

被告が入れ替わって、〇〇さんになった。裁判官がドアから出てきて座ると、すぐに開廷を宣言し、被告人の〇〇さんが正面に立った。迷いのないきっぱりとした声で裁判官は告げた。

「被告人を懲役一年六月、執行猶予五年に処す。」

その瞬間、私は、裁判の始まる前から、執行猶予三年を予想していたので、重くなったと思った。判決理由は、被告人の過失を全面的に認めるものであった。しかも情状酌量については述べられなかった。判決理由の朗読が終わると、裁判官は、被告に対してこのように諭した。

「あなたは、被害者の自宅を訪ねましたか？執行猶予は五年ですが、被害者の冥福を一生祈りながら生きてください。」

こうして、判決公判は五分で終了した。

廊下でまた、担当検事にお礼を言った。すると、検事の方からお詫びを言われた。

「裁判官との打ち合わせのとき、実刑にしてほしいとお願いしたのですが、同様のケースでは実刑の判例はないということで、実刑にはできませんでした。申し訳ありません。」

私は、ことさら重い量刑を望んでいたわけではなく、被告の過失が認められればそれでよかったのである。求刑通り、懲役一年六月の判決で、執行猶予も五年と長かったので十分である。被告も事故の前と比べれば生活状況は苦しくなっているようであるから、社会的制裁も受けている。それを思えば検事に謝っていただく必要は何もないと思った。

裁判所の玄関で被告の○○さんとも別れた。

家族三人で駐車場まで歩く間に空を見上げると、あのときのように青かった。やっと裁判が終わった。一年以上の歳月が過ぎていた。私は、検事の論告求刑も判決理由も厳しく被告の過失を断罪していただいたので、十分満足していた。しかし、亡くなった命は帰ってこない。できることなら、被告は無罪でいいから怜志が帰ってこないものかと考えた。この日まで、こんなことになるとは思ってもみなかったことの連続であった。これから、民事裁判が始まる。裁判に勝つより、怜志が帰ってきてほしいという思いがだんだん強くなり、自宅に帰り着くころには、何か空しい気持ちになっていた。

◆民事裁判

保険会社から、補償金額の提示があったあと、弁護士と相談をして、民事裁判の訴状を提出していた。しかし、まだ刑事裁判が終わっていないということから進展していなかった。刑事裁判が終わり、判決も確定したことを受けて弁護士の協議が始まった。民事裁判は、その進め方が刑事裁判と大きく違っていた。

まず、私が不満に思っていたのは、運送会社の対応である。事故以来、対応が非常にお粗末であった。私は、小学校の教頭をしていたので、緊急な事故の対応については、日頃から危機管理の研修を受けたり、自分自身の仕事をしながら考えたりしていた。現実に学校の子どもの事故にも遭遇し、対応した経験もあったので、どうしてこんなことぐらいできないのだろう、とずっと思っていたことが多かった。しかし、民事裁判を通じて、その背景や状況が少しずつわかってきたのである。

まず、裁判の相手方は、事故を起こしたトラックの運転手と運送会社である。しかし、事故処理の対応は保険会社が行うことになっているので、保険会社の弁護士と交渉することになるということだ。つまり、私は運送会社に言いたいこと、してほしいことがあっても、それは保険会社を通じて行うという手順になるのである。

裁判では、裁判官と私の弁護士、保険会社の弁護士の三者が和解交渉の席について始まった。私は、弁護士を通して、運送会社が事故後にどのような安全対策を行ったのか、提出するように要求した。その結果、薄っぺらな文書が返ってきた。読んでみると、一般的な対策が書かれていた。どれだけ経費がかかったのか考えてみた結果、ゼロ円であった。私はお金をかけて、安全対策をしてほしかったのだ。なぜなら、事故を起こすと多額の支出が必要となるのであれば、どんな会社も事故防止にやっきとなるはずだと考えたからだ。

私の弁護士は、高校の同級生である。話しやすいはずであるが、わがままはかえって言いにくい。相談をしているとき、私は、運送会社は保険会社に任せっきりで、どうして自分自身できちんと対応しないのか、といった不満を口にしたことがある。すると、友人の弁護士は、

「それは当然だろう。それが保険に加入している目的だから。」

という意味のことを言ったのである。

確かにそうだ。私ももちろん自動車保険に加入している。対人無制限は当たり前である。私は、それが被害者のためであると思っていたが、実は自分を守るためであることをしみじみ感じた。もしものとき謝っても許してくれないから、保険に入って自分の生活を守っているのである。許してもらう必要もない。保険会社が交渉までしてくれるのである。現代社会は保険と訴訟の社会である。運送会社は、個人や会社を守るために保険に加入しており、保険のしくみに従っているのである。今回の事故で、運送会社は多額の支出や補償をしなくて済むように保険に加入しているのだから、謝罪の気持ちを事故防止対策として経費を支出する必要はないのである。

今までのことをよく振り返ってみると、運送会社の態度もすべてマニュアルに従ってのことだったのかもしれないと気づいた。通夜や葬儀に企業のトップが出席し、基準になる金額の香典をおいてくる。会社の窓口となる担当者を決めて被害者と対応する。個人によって宗教が違うので、初七日など宗教的な慣習には対応しない。補償に関しては、会社から一円の支出もしないで、保険会社に一任する、そんな流れが見えてきたのだ。私は、徐々に気力を失っていった。

裁判の進行状況は、弁護士から文書で報告がきた。保険会社は、過失割合を二〇対八〇と主張していた。それに対して裁判所は、判例に従って怜志のバイクとトラックの過失割合を一〇対九〇という和解案を提示した。しかし、保険会社の弁護士は、道路が幹線道路であるかどうかの認識がまちがっていることを理由に、一五対八五を主張した。その結果、和解案もそのように変わった。私は、その流れの中で何を以て勝訴とするのか、判断の基準をどこにおくのか悩んでいた。訴訟を決断したとき、怒りの感情が強かった。妻の怒りも晴らしてやりたかった。会社の対応に対しても抗議したかった。そんな感情が強かったが、保険の論理や仕組み、司法の論理や方法についてわかってくるにつれ、無意味な闘いをしているのではないかという疑問が生まれてきた。

初めは、「誠意ある謝罪」を認めてもらうことが目的であったが、そんな形のないものを裁判で問題にすることはないのである。具体的に何が誠意ある謝罪にあたるのか、私にもわからなくなった。涙を流して土下座してくれ、と訴えればいいのだろうか。私は、誠意ある謝罪が裁判になじまないと悟った。ならば、和解に応じて和解交渉の中で具体的な提示をするのか。しかし、裁判所の和解の中でも、人の心や道徳観、命の尊さなどどう具体化できるのだろうか。毎年百万円ユニセフに寄付する、今後百年間、毎年命日に一万円の花束を仏壇に供えるなど考えてみたが、保険会社からすればそんなことは個人的な心の問題で、社会的法律的に合意できるような内容とはまったく異質なものであり、笑われるだけだろうと思った。

結局、私は、過失割合に絞って裁判を進めることしかないという結論に達した。弁護士との相談のときも、それだけをお願いするようにした。怜志の過失を認めないことだけが私にできる最後の務めであると思った。和解することも諦めた。過失割合を一〇対九〇にすることはできそうになかったからである。「誠意ある謝罪」を諦めるかわりに、過失割合で勝つことを選んだ。そうなると和解も難しい状況であったので、和解を拒否し判決を求めることに決めた。

友人の弁護士は、いつも私の気持ちを探るようにしているようだった。彼は彼なりに私のことを考えてくれながら、私の決めた方向で努力してくれた。裁判の有り様も十分に知っていても、そんなことはできないと一度も言わなかった。結果がどうあれ、私たち家族の気持ちが少しでも晴れるようにしたかったのだろう。どうしたいのか、いつも尋ねてくれていた。

「証人尋問の形で法廷で話すことができるけど、どうする？」

と訊かれて、

「希望する。」

と答えた。判決がどのような結果になろうとも、父として最善の努力を惜しまずにがんばったことを怜志に報告しなければならない。最初からお金がほしくて裁判をしているのではない。お金に替えられない何かを探していたのである。法廷に立つことで何か得るものがあるにちがいなかった。それで、私は、和解することを拒否し、判決で決着することを望むと同時に法廷に立つことにした。

その日は意外と早くやってきた。それまで、ことあるごとに家族三人で相談して決めるようにしてきたので、その日も家族三人で裁判所に行った。もう裁判所のことはよくわかっていたので、緊張はしなかった。しかし、今度は弁護士の質問に答える形式で証言しなければならなかった。原稿は書いていたので、弁護士と打ち合わせをして法廷に立った。シナリオ通りにはいかなかったがそれなりに私の思いは言うことができた。

＊

○ **陳述書は、尋問事項書に答える形で、あなた自身が作成したものですか。**

「はい。」

○ **補足してお聞きしますが、今回の事故の原因について、被告の方では怜志君のバイクのスピードを問題にしていますが、あなたはどれ位だったと考えていますか。**

「結論からいうと最高で五十キロぐらいまでだと思います。」

○ **怜志君は、日頃は安全運転をしていましたか。**

「大学へ通学するのに、バイクに乗るのを祖母がたいへん心配していましたが、怜志は、交通ルールを守ればだいじょうぶだから、といつも言っていたそうです。一度、私とツーリングにでかけたときも、『おやじの方がスピード出すから危ない』といって注意されたこともあります。」

○ **怜志君は、当日特に急ぐような事情はありましたか。**

「朝、六時半には起きて二階から降りてきています。毎朝、必ず排便を済ませていきますが、その日も排便を済ませて、いつものように祖母に手を振って出かけたそうですから、急いでいたとは思えません。」

○ **あなたは、事故の後、事故現場付近をバイクで何度も走行してみましたか。**

「はい。十回以上は走ってみました。私も初めは、スピードを出していたのではないかと思いました。バイクといえば、世間一般の人はスピードを出すものだという偏見がありますから、私もすぐにそう思いました。そこで、現場の状況を自分で確かめたかったのです。警察でも現場検証の状況の説明を受けましたので、それに合わせていろいろな場面を想定して走ってみたのです。」

○ **走行してどのような印象をもちましたか。**

「結論からいうと、スピードを出すのは無理だと思います。まず、急な登り坂になっていることと、しかも両側に木が生い茂っていてスピード感が増すため、自然にスピードが落ちていきます。」

○ **(記録中の写真を示して) 事故現場手前の道路は凸凹がありましたか。**

「はい。舗装道路ですが、あちこち掘り返してあり、凸凹がたくさんありました。車で走っても感じられるぐらいの凸凹でした。」

○　**極端に高速で走ることは出来ない状況でしたか。また、路面に注意しないと走りにくい状況でしたか。**

「はい、そうです。バイクでしたら腰をあげなくてはいけないくらいの衝撃をうけるし、ハンドルをとられて転倒しないように気をつける必要がありました。」

○　**そのような道路状況から考えても、怜志君は高速で走行していたとは思えないということでしょうか。**

「ほかにも理由があります。自宅を出て事故にあうまで最低十五分はかかっています。八キロ程度の道のりで十五分かかっているのです。また、当日はとても冷え込みましたので気温は五度ぐらいだったと思います。ジーパン一枚だった怜志は寒かったに違いありません。十キロスピードをあげれば体感温度は二倍ぐらい下がったのではないかと思います。そのうえ、事故がおきた時間は、通勤時間帯なので、乗用車の通行量も多く、昨年同じ時間帯に数えたら一分間に三十台以上でしたが、そんな状況でスピードを出すことは、不可能なのです。

そのうえ、交差点でもない場所、上り坂の頂点でトラックが側面から飛び出してくるなんて予想もできないことですから、注意力が足りなかったとも思えません。私もよく通る道でしたが、警察の実況見分の結果を聞くまでは、事故の状況をまったく予想できなかったくらいですから。」

○ 次に、あなた方が裁判を提起した理由は、陳述書に記載されていますが、加害者側の対応に全く誠意が感じられなかったこと、裁判の場で誠意ある謝罪がほしかったことですか。

「はい。」

○ 誠意が感じられなかったという点では、加害者本人が当初わびに来なかったことと、代表者が一回だけしか来ていないということが大きいですか。

「はい。」

○ それから、和解に応じなかった理由は、「誠意ある謝罪」などあなた方の意図が充分反映されていないと感じられたからということですか。

「はい。今も私がうれしいのは、息子がほめられることです。先日も、こんなことを聞きました。『私の娘が先生の息子さんと同じ高校だったんですが、娘がね、怜志君はとってもいい人だったから、神様が連れていったんだもん。と言ってました。』

加害者本人にも、運送会社の社長にも息子がどんな子だったか、知っていただいて、誠意ある謝罪と対応をしてほしかったのです。」

○　「誠意ある謝罪」についてですが、怜志君が事故で亡くなったことをしっかり受け止めて欲しいということですか。

「はい。」

○　運送会社の社長は、葬儀以来顔も見せていないし、一周忌に花一本供えていない、社内の事故対策もおざなりのものという印象があることなど、事故にもかかわらず責任を自覚していないと感じていますか。

「はい。運送会社には、刑事責任は問えないでしょうが、道義的責任、社会的責任、そして説明責任はあると思います。私は、直接、運送会社から事故のこととその対応や処理についても十分な説明を受けておりません。」

○　この裁判は金銭の請求という形を取っていますが、本当に求めているのは、加害者に被害者や社会に対する責任をしっかり自覚してもらいたい、怜志君の死を無駄にしたくないと言うあなたの思いを裁判所にも被告側にも理解してもらいたいということでよろしいでしょうか。

「はい。同様の民事裁判の多くが、同じような気持ちだろうと思います。本を読んだりホームページを見たりすると、私と同じ気持ちが述べられています。世の中が変わってしまったのでしょうか。「ありがとう」「すみません」を言わなくても済む世の中になったことに対して、司法も賛成しているのかどうか、裁判所にも判断していただきたいと思っています。」

○**その他言い足りないことがありましたら、おっしゃって下さい。**

「私は、間違ったことを息子の怜志に言い聞かせておりました。・・・・・」

＊

続いて、保険会社の弁護士が反対尋問に立った。

「あなたは、今、息子さんのバイクは五十キロ以上のスピードは出ていなかったとおっしゃいましたが、警察での事情聴取では五十五キロまでは出ていたかもしれないと供述していますね。最高で七十キロ出たとも言っていますね。」

相手の弁護士は、過失割合について執拗に私に質問をしてきた。私は、怒りを抑えながら答えた。

「何十回も走った結果、一回だけ七十キロ出たのです。」

その後もいくつか自らの主張を繰り返しながら質問を続けた。最後に裁判官に向かって、声高に訴えた。

「現場には、スリップ痕もありませんでした。」

私は、弁護士の顔をみながら感じた。それは、この弁護士は、言葉と文章だけで論理を組み立てている。警察の調書や刑事裁判の記録など詳細に目を通したのだろう。しかし、現場に行ったこともなければ、バイクに乗ったこともないのだろう。そこで、私は、弁護士に反対に質問をした。

「バイクでスリップ痕ができるんですか？」

「事故現場の手前に信号がありますよね？」

小声で弁護士に言ったので、それは公式の記録には残らなかったと思うが、そのときの弁護士の表情は困惑していた。パネルディスカッションだったら、私はいくらでも体験に基づいた論理を展開することができたような気がする。裁判なんてそんなものである。ハムレットの台詞《せりふ》を思い出す。「言葉。言葉。言葉」

裁判官が、口を開いた。裁判官は女性だった。開廷したとき、女性だったのか、と初めて気づいた。今まで弁護士からの報告書の内容は読んでいたが、裁判官の名前は見ていなかったし、顔を見たのももちろん初めてであったから、男性と思い込んでいた自分が恥ずかしかった。でも、女性だからこそ、私たち家族の思いを理解してくれるに違いないとも思った。その裁判官が口を開いた。冷静に自信を持って機械的な口調で話す裁判官だった。しかし、証人尋問が終わって、裁判官が発した言葉は、法廷の壁に反射して、私を射抜く矢のように響いた。

「裁判所の良心は、金額でしか表現できませんが、よろしいですか。」

それは、最後通牒《つうちょう》であると思った。和解を拒否し判決を望んだ私に対して、お金で解決する道しか残っていないと言っているのである。裁判官は、続けて言った。

「和解なら、お気持ちを盛り込むことはできますが、どうされますか。」

それに対して私は、きっぱりと断った。二年以上裁判に関わってもう気力が無くなりかけていた。民事裁判に持ち込むときに、弁護士にも相談したのは、相手側にデメリットはあるのか、ということである。保険会社にとっては大きなデメリットがあるだろう。裁判費用も弁護士費用もかかるし、補償金額も高くなることが予想されるからである。しかし、運送会社にとっては何の影響もないのではないか、と思った。弁護士は、

「事故が解決しないで、いつまでも係争中だということは、精神的負担がある。」

と言ってくれたが、公判に出廷するのは、私たちばかりで、精神的負担は私の方が大きかったのである。

私は、じっと裁判官の目をみた。女性の力強い声とは裏腹に目はやさしく私に何かを語りかけているように感じた。

「私にも子どもがいますので、あなたの気持ちはよくわかります。でも、裁判というのはできることとできないことがあるのです。亡くなった息子さんの無念な気持ちを察すると、できることはしたいけど、裁判所としての判決は、金額の提示だけなのです。」

そう聞こえたのは、誤解かもしれない。しかし、そう思いたかった。

閉廷したあとで、判決がおりたあとの対応について考えた。それを受け入れるかどうか、判断する基準は何にするか、ということである。金額については、どうでもよかったが、裁判官の言うとおり金額でしか判断できないなら、いくら以上ならいいのか。それはわからなかった。裁判所が判断するのは人の命の値段ではないのだから、金額はまちまちであって、いくら以上が勝訴とはいえないのである。では、どうするか。詰まるところ過失割合しか考えられなかった。私が、裁判所で主張してきたのもそのことであった。過失割合が、一〇対九〇だったら、勝訴だと判断するしかないと思った。私が、検察庁や裁判所に行くときはいつも晴天であった。最後の口頭弁論終結の日も晴れだった。さほど寒くない穏やかな天気が続いた。怜志が亡くなったあの日と同じだと思った。

交通事故などの民事裁判の場合、判決公判は開かれず、判決文が双方の弁護士に届けられることになっているそうである。二ヶ月近く後に、弁護士から連絡があり、速達で判決文が届いた。

平成十九年三月十四日判決言渡。十一ページに渡る内容は、法律用語や裁判用語なのですぐには理解できないところもあるが、じっくりと読んでいくとよくわかった。私は、過失割合の部分を真っ先に確認をした。一〇対九〇になっていた。特にその理由については、どの項目よりも多く述べられていた。しかも、そのほとんどは私の主張を認めたものであった。

その部分の判決理由は、次のとおりである。

＊

「本件事故は転回車と直進単車との事故であり、基本過失割合は単車対四輪＝一〇対九〇である。

そして、本件事故現場付近の道路は、前方後方ともに見通しが良く、被告から被害車両は容易に視認することができる状況であった。それにもかかわらず、結果的に加害車両と被害車両が衝突をしているということは、被告が転回中に、前方及び左側の安全確認を怠り、漫然と転回をしたからと解する他はない。

この点、被告らは、被害車両が法定速度を時速三十から四十キロメートルも上回る速度を出していたことも本件事故の生じた原因であると主張し、交通事故現場見取図を基に、被害車両の速度が六十四キロメートルから八十五・七キロメートルであったと主張する。しかし、事故現場見取図は、訴外怜志が死亡していることから、被告のみからの聞き取りに基づいて、被告が被害車両を認めた地点とその時点での被害車両の位置や、被告が危険を感じブレーキをかけた地点とその時点での被害車両の位置が設定されており、本件事故現場に残る客観的証拠は加害車両が道路を横断する際に付着した泥土のタイヤ痕、被害車両により付けられた擦過痕、訴外怜志の血痕及び加害車両と被害車両の破片のみであり、これらの客観的証拠からは被告の上記指示説明を裏付けることはできない。かえって、（今までの）各認定事実によれば、本件事故現場付近の道路は、凸凹があり、両側に樹木が生えていて、速度を出すと単車の運転手にとっては圧迫感を覚えることや、被害車両は菊池市泗水町方面から熊本市方面へ進行していたのであるから、被害車両によっては本件事故現場付近の道路は上り坂となっており、高速度を出すに適した道路とは到底いえないと認められる。そして、訴外怜志が家を出発した時間から本件現場に到着するまでの時間は、短く見積もっても約十五分であるが、通常のスピードで訴外怜志宅から本件現場に到着するのにかかる時間は十二分程度であり、訴外怜志が高速度を出していたのであれば、もっと早くに本件事故現場に到着していたのであろうことや、訴外怜志が通常と同じ午前七時五十分ころに家を出ており、大学の講義の始業時間に間に合わないなど同人が急ぐ必要のある特段の事情は見当たらないことなども考慮すると、訴外怜志が、被告ら主張のような高速度を出す状況にはなかったと認められる。

ただ、転回中の加害車両の前方をすり抜けるために、被害車両が一時的に速度を上げた可能性はないとはいえないが、これを認めるに足る証拠はない。

そうすると、本件事故の原因は、被害車両が法定速度程度で直進進行してきたにもかかわらず、被告が、前方及び左側の安全確認を怠って転回運動を続け、加害車両に近づいてきた被害車両に気づかず転回運動を止めなかったことにあると考える他はなく、被害車両には過失相殺割合を決めるにあたって過失増加の要因はない。

したがって、過失割合は、基本過失割合どおり、被害車両対加害車両＝一〇対九〇である。

よって、訴外怜志に生じた前記損害及び原告らについて生じた前記損害については、原告側の過失として、それぞれの九十パーセントを認めることが相当である。」

＊

私が主張したことを全面的に認める判決理由となっていた。バイクのスピードが出ていなかったという理由も私が述べたことをそのまま引用してあった。怜志に過失はないと認められたのである。勝訴であると判断した。

その他の点では、バイクの修理代金、衣服などの補償は認められなかったし、私たち両親に対する慰謝料も減額されていた。だから、金額的には請求額よりも少なくなっていた。しかし、総合的にみて、裁判官は被害者に対して良心を表現してくれたのだと考えるべきである。裁判所で、「金額でしか表現できません。」と言われたとき、失望も覚えたが、判決理由を読んでいると堅苦しい言葉の羅列の中に、あの女性裁判官の良心が伝わってくる思いがした。どんな事件でも事故でも、被害者が求めているのは、賠償金ではない。誠意や正義、良心である。そこから、自分自身の辛く悔しい心を整理することができるのである。

弁護士からは、被告の保険会社が控訴するかもしれない、と聞いていたが、今後の時間や経費を考えて取りやめたという連絡を受けた。これでやっと終わった。二年四ヶ月の間、二つの裁判でとても疲れた。友人の弁護士にも大変迷惑をかけた。しかし、怜志の無実を証明するという父親としての責任を果たすことができてよかったと思うと同時に、今まで一緒にがんばってきた怜志が私の傍《かたわら》にいなくなるような気がして寂しくなった。でも、これで怜志を忘れるわけでもなく、怜志が私たちのことを忘れることもない。これから先、私の生きる意義や値打ちをどう考えたらいいのだろうか。目標を失ったような自分自身をどうしたらいいのか悩んだ。

五　ありがとう

◆ありがとう

あの日からやがて三年になろうとしている。振り返ってみると、長いようで短い毎日であった。

まず最初の悩みは、事故原因だった。死の状況や原因がどうしても知りたかった。しかし、すでに何度も書いたようにその問題は、裁判でも認められた通りである。

次に、私を襲った悩みは、どうして怜志《さとし》はたった十九年の命だったのかということだった。何が悪かったのか?怜志本人のことについて、考えても思い当たることはない。本当に優しく努力を惜しまない子だったのに、なぜ死ななければいけなかったのか。因果応報という言葉があるように、日本人は死の原因を求めたがる。もし、死の原因があるとすれば、それは父親の私のせいだったかもしれない。ならば、どうして私は生き長らえているのだろうか。考えても答えは見つけられなかった。もしかしたら、私の罪悪をすべて背負って、怜志は死んだのではないかとも思った。

死者には人権はないのだろうか。殺されるということは、最大の人権侵害である。交通事故であれ、戦争であれ、幸せに生きるという人権を奪われることである。だが、死者は戸籍から抹消され、およそ人権に関することはすべて認められなくなる。それでも、人権は存在するのではないだろうか。生きている人間は、死者の声を聞くこと、聞かなければならない義務があると思う。死者は、自らの気持ちや思いを聞いてもらう権利があるのではないだろうか。戦争で亡くなった人、事故で亡くなった人、病気で亡くなった人、すべての死者は、社会から忘れられず、その思いを残す権利があると思う。それが死者の人権である。福岡の飲酒運転で亡くなった子どもたちの声を多くの人々は聞いたはずである。聞こうと思えば聞こえるのである。だから、飲酒運転撲滅の気運や世論が高まったのではないだろうか。

私は、今まで聞けなかった亡くなった人々の声が聞こえるようになってきた。ニュースから流れてくる悲惨な事件や事故を見るたびに、被害者の声が聞こえてくるようになった。以前は、関係ないという意識が強かったと反省している。現代社会に暮らしている私たちには、情報が溢《あふ》れているのに想像力が不足し、人の気持ちさえわからなくなってきているのではないだろうか。

私は、あの日以来、およそ「欲」というものがほとんどなくなってしまった。おいしいものを食べたいとも思わないし、ブランド品がほしいとも思わない。毎日、一汁一菜の食事で十分である。大金持ちになりたいとも地位や名誉がほしいとも思わない。余生を生きているという感覚である。おかげで焦燥感や嫉妬心もなく、毎日が砂時計のように過ぎていく。私は、何歳まで生きたいという意欲がない代わりに、何歳で死ぬのだろうと考えている。それまでに自分でなければできないことをやり遂げなければいけない。ものの考え方には、裏表があり、真実はひとつでも、見方や考え方は二つあるのである。死を待ちながら生きるのか、死を忘れて生きるのか。死ぬから生きるのか、生きているから死ぬのか。生と死は、正反対のものではなく、ひとつのものである。

ある時、先祖の過去帳を書いてくれと頼まれたことがあった。明治初期のものだった。木の札に書かれた人の名前を順に読んでいくと、まず四女が亡くなっていた。たぶんまだ幼児であったのではないだろうか。その後も娘や息子が次々と亡くなっていた。子どもも多かったに違いない。そして、父である本人が亡くなっていた。その次が妻であった。最後に、長男が亡くなっていた。その間はわずか十数年である。当時、人々は、死と直面しながら毎日生きていたことが窺《うかが》える。現代社会は、死なないことを当たり前として生きている。亡くなれば、何が原因か、責任の所在はどこにあるのかが問われる。

病気と事故や事件では、まったく違う問題であるが、そこにある「死」というものの意味は同じである。

運がいいとか、悪いとかいう人もいる。確かに、運が悪かったといえば、誰の責任も関係なくなる。しかし、人の人生や命を、運がいいとか悪いとかで片付けることができるのだろうか。

あの世で幸せになっている、という人もいる。あの世があるのだろうか。肉体が存在しないのは事実だが、魂だけの世界が本当に存在するのかどうか証明した人はいない。宗教の世界観を安易に受け入れることもできない。

そんなことをどんなに考えても、なぜ怜志が死ななければならなかったのかの結論が出ない。自分を納得させることができなかった。夜、オリオン座を見ると怜志がいるように思ったり、月を見ては怜志がいるように思った。満月は、怜志が大きな口を開けて笑いながら左目から涙を流している顔に見えるようになった。

そんなある日、突然気付いた。どうして死んだのかではなく、反対にどうして生まれてきて、十九年生きてきたのかを考えるべきであると。怜志が生きてきたこと、それは、私を幸せにするためではなかったのか。怜志がいることで、私はどんなに幸せだったか、どんなに楽しくて生き甲斐のある十九年間だったかをふり返った。走馬燈のように怜志の思い出が脳裏に蘇ってきた。小さくて女の子のように可愛かった頃、小学生になってサッカーをしていた頃、中学生になって生意気になってきた頃、高校生になって頼り甲斐が出てきた頃、大学に合格して満面の笑みで喜んでいた頃、どれをふり返ってみても私は幸せな気持ちになる。怜志は、私の命よりも大切な存在だった。だから、怜志は、私を幸せにするために生まれてきたのだ、と思った。私ばかりでなく、家族や友人を幸せにするために生まれ、懸命に生きてきたのだ。一日でも一時間でも長く生きて輝いていたのだ。しかし、その限界がとうとう訪れた。大学へ登校する途中で、突然とぎれてしまったのだ。

そう考えることで、私は私自身を納得させようと思った。死んでしまったことではなく、生まれてきてくれたこと、懸命に生きてくれたことに感謝しようと思った。

「ありがとう。本当にありがとう。私は、怜志のおかげで幸せというものを感じることができた。」

そう呟きながら、怜志に手を合わせるようにした。

子どもは、親を幸せにするために生まれてくる。親が子を幸せにするのではない。大人が子どもたちを幸せにするために犠牲になるのではなく、子どもたちが大人を幸せにするために生まれてくるのである。子どもたちがいない世界を想像してみよう。暗黒の欲望うずまく不幸な世界であろう。

怜志が、生きていればもう大学四年生である。教員採用試験も受けたにちがいない。合格しただろうか。絶対、現役で合格してみせると見栄を張っていたが、本当に努力して合格していたことだろう。

「大学の同級生のあきちゃんから、合格しましたって、うれしい電話があったよ。」

妻はまるで自分のことのように喜んでいた。私もうれしかった。同時に、もうそんな時期なのかと思った。卒業式ももうすぐである。あっという間の三年間だった。

私は、四年前、怜志がまだ生きていた頃、怜志が立派に成長してくれたことが、私の生きた値打ちだと気づいていた。私は、仕事をすることによってどれだけ社会のために貢献できたか、ということが人の生きた証だと思っていたが、実は、子どもを慈しみ育てることも同じように、いやそれ以上に値打ちのあることだと思った。どう考えても私が残した業績は、怜志だと思った。今まで長い歴史の中で、人は子どもを育てることに大きな努力を費やしてきたのではないか。そうするなら、お金持ちになることや高い地位に上り詰めることより、子どもを立派に育てあげたという業績の方が尊敬されていいはずである。私の両親もそうであった。私たちを育ててくれたということは尊敬に値することである。育児や子育ては社会的にもっと尊重され、敬意を払われるべき重要な値打ちがあると思う。

私の妻には素晴らしい特技があることを最近になって初めて知った。遠くから聞こえてくる娘の車の音がわかるのである。一緒にいるのに、私には聞こえない。しかし、妻は、

「ほら、明日美《あすみ》が帰ってきた。」

というのである。すると、玄関のガレージに車が入ってくるのである。何度も試してみたが、私にはまったく聞こえないのに、妻には百パーセントわかるのである。きっと、待つ生活が長かったからであろう。子どもの帰りや夫の帰りを待つ間に、特殊な能力を身に付けたのかもしれない。待たせてばかりで申し訳ないと思うと同時に、もうどんなに待っても怜志は帰ってこないと思うと、それが切なくてたまらない。私も土曜日は、一人で家族の帰りを待つ身である。夕食の準備をして待っていると怜志がふっと帰ってこないかなと思う。娘が帰ってくるのも待ち遠しい。その娘もやがて家を出て行くであ

ろう。

これからの私は、どう生きればよいのか。娘の明日美がいる。一生懸命に私を支えてくれている。弱音を吐くわけにはいかない。かといって、熱い情熱を燃やすこともない。静かに平凡に時を重ねていくだけだろう。そして、お世話になった方々に感謝しながら、怜志に「ありがとう。」と言い続けて生きていくだろう。死ぬことは怖くはない。待ち遠しいくらいである。

私の命が終わるとき、怜志と再会できるだろうか。再会できることを楽しみにしている。きっと怜志はニヤニヤと照れくさそうな笑みを浮かべて待っているに違いない。

「オヤジ、遅かったね。」

「怜志、元気そうね。寂しくなかった？」

「いいや、友だちがいっぱいできたけん。」

再会できたら、そんな話ができるに違いない。私は、また大きなハンバーグを作って食べさせてあげたい。でも、

「こがん大きなのば作って、なん考えとっと！」

と叱られるに違いない。

怜志、僕の子どもでいてくれて、ありがとう。

感謝しているのは、父親の僕の方だ。

再会できるときを信じて、生きていこう。

今からの命をどう生きていこうか。怜志、教えてくれないか。怜志は、とてもがんばったけど、オヤジは、これ以上がんばることもできそうもない。これから先に、どんなことがあっても幸せを感じることはないだろう。たとえ宝くじが当たって大金持ちになったとしても、立派な勲章がもらえたとしても、名誉ある地位についたとしても、そんなことは何の幸せでもありはしない。自分がけがをしたり、事業に失敗したりしたのであれば、またいいことがあると思ってがんばることもできるが、どんなにがんばっても怜志は帰ってはこないじゃないか。何をどうがんばって、どう生きればいいのだろう。

僕は以前から、「無為自然」が好きな言葉だった。目標に向かって努力する、

事故の3日前　友人の携帯で

という生き方も素晴らしいが、ごく自然に自分のしたいことをやっていて、それが自然に人のためにもなるというそんな生き方がしてみたい。醜い欲望や憎悪にまみれた事件を見聞《みき》きするたびに、毎日静かに暮らす心がどんなに大切なのか考えるようになった。少なくとも、また怜志に会えたときに恥ずかしくないように生きていきたい。

怜志、本当にありがとう。

怜志との再会を信じて、もうしばらく砂時計のように時を重ねて生きていこう。

六　追悼

友人　大村　詠一

姉　高濵明日美

今を精一杯に生きる　～友の死から自分の生を考える～

熊本大学教育学部四年
エアロビック選手
大村詠一

二〇〇四年十二月一日――それは、私が一生忘れられない日となりました。その日、私が大学で一番親しんでいた友達は、帰らぬ人となりました。もうあれから三年の月日が経ちましたが、未だに実感が沸ききれぬ自分がいます。私は、彼―高濱怜志君―から、自分が持ち合わせていなかった価値観や考え方、行動力を学びました。怜志君との思い出や彼との出会いで学んだものを追悼の意を表しながらご紹介させて頂きたいと思います。

◎怜志君との出会い

彼と初めて対面したのは、熊本大学教育学部の推薦入試のときでした。しかしながら、ただでさえ人見知りである私が、入試という緊張感の中自分から声をかけることはできず、初めて会話を交えたのは大学に彼も私も合格し、同じ学科での生活がスタートしてからでした。声をかけたのも、友達も多く社交性の高い彼の方からでした。私が高校のころエアロビックというスポーツで世界大会二連覇をしたということを、テレビ等で見たことがあったらしく、

「君、あの大村君やろ？エアロうみゃーもんね。」

と、爽やかな顔をしながら、語尾がまるで猫が鳴いているような独特の熊本弁で声をかけてくれたのを覚えています。彼はよく、

「詠ちゃんの笑顔の爽やかさには敵わん。」

などと言ってくれていましたが、彼も人柄の良さが溢れた顔をしていたと私は思っています。「顔にはその人の人格が表れる」という言葉がありますが、本当によくできた言葉だと思います。そんな顔と誰でも友達にしてしまいそうな明るさに惹かれて、すぐに彼と仲良くなり、現在大学で最も信頼をおいている友の一人―黒木恵史君―との三人で行動を共にしていました。

◎私と糖尿病と怜志君

もしかしたら知っている方もいらっしゃるかもしれませんが、私は1型糖尿病と呼ば

れる病気を八歳のとき発症し、現在も治療中です。この病気は現在の医学では完治することはなく、私はこの病気と一生共生し、インスリン注射を体に投与し続けることになると思います。発症当時は「なぜ自分だけ？」と、病気を受け止めきれず、周りからの心配の声が同情にしか聞こえぬ時期もありました。

「病気だなんて可哀想に。」

誰もがこのようなフレーズで、私の病気に接し、その言葉に一憂していたのを覚えています。そんな私に怜志君が言った言葉は、

「詠ちゃんはえらか〜。俺も負けてられんばい。」

でした。本当に嬉しく、励まされる言葉でした。病気のことも積極的に聞いてくれて、一緒に昼食を食べるとき、恋愛話をするのと同じように病気の話をすることも、しばしばありました。

◎キャンパスライフ

ご両親に話すと、驚かれることもありましたが、怜志君の大学での授業に対する態度は、尊敬せずにはいられませんでした。授業は無遅刻・無欠席、予習・復習も行って、

取れる単位の授業は、他の授業が詰まっていても頑張って受けていました。同じ学科の友達の中で、一・二を争う授業数だったと思います。本来は、それが当たり前でなくてはならないのかもしれないが、現状としてそれができている学生は自分も含め、あまり多くないと思います。そんな中、教員であるお父さんに追いつき・追い越せで頑張っていた怜志君の姿は同じ学科内でもお手本的存在で、きっと四年後は教員採用試験に合格していい先生になっているだろうなと思わずにはいれませんでした。また、家庭教師やガソリンスタンドでのバイトなども頑張っていると聞き、自分もエアロビックを言い訳にせず、怜志君に負けないよう頑張らなくてはと思ってばかりの日々でした。

◎私とエアロビックと怜志君

怜志君が頑張っていたのは勉強だけではありませんでした。教員になったら体力がいるからと自分に筋力トレーニングの方法を聞いては、密かに家でやってきて、

「詠ちゃん、見てみて！ちょっと大きくなったやろ〜」

と自慢げに腕を見せてくれ、ときには大学で一緒にトレーニングしたりすることもありました。私が大会のときには温かいエールを毎回送ってくれ、

「詠ちゃん、将来はオリンピックで金メダル取らなんばい。」

とハードルを上げられていました。ただ、そこで終わらないのが怜志君で、私はエアロビックで北京五輪に行くだろうから、自分たちはＢＭＸで北京に行くんだと恵史君と二人で、本当にＢＭＸを買って練習をし始めた行動力には驚かされました。北京五輪をまもなく控えましたが、エアロビックはまだ正式種目入りすらできていないのが現状です。怜志君が上げたハードルを私が越せるかは怪しいですが、まずは正式種目入りを目指してこれからも頑張りたいと思っています。

◎青年海外協力隊

あるとき、掲示板に貼ってあった青年海外協力隊のポスターを見て、怜志君から「自分は教員採用試験に受かったら、一年特別休暇をもらって、カンボジアに青年海外協力隊として行こうと思ってるんだけど、一緒に行かんね？」と誘われ、困惑したことがあります。当時は世界のことより、まず日本のことをしなければとか、せっかく教員になって、一年目から外国になんて行けるだろうかと思ってしまう自分がいて、話を流してしまいました。それまで私は、自分も国民の税金などの支援のおかげで高い薬も比較的安く手に入れることができ、生きていられるにも拘わらず、ボランティアやチャリティーとは疎遠な人間でした。しかし、怜志君と話す中で救える命、できる支援に国境はないんだということを感じました。今、カンボジアを含む諸外国で路地裏などに住み、生活のため学校に行けなかったり、犯罪に巻き込まれたりする子どもたち―ストリートチルドレン―が描いた絵をカレンダーにするストリートチルドレン芸術祭という取り組みに参加させて頂いている自分がいるのも、怜志君との出会いが一役かっていると私は思っています。

◎突然の別れ

その日の一限目の授業はコンピュータを使った情報の授業でした。同じ学科の理科専攻の友達がぞろぞろと集まる中、怜志君が来ていなかったのは皆の話題となっていました。皆がメールを送るも、授業が終わっても返事は返ってこず、かわりに教務からの電話が入っているだけでした。折り返し電話をかけてみると怜志君が大学に来ていないかの確認で嫌な胸騒ぎがしていたのですが、考えないようにして次の授業を受けながら、怜志君からのメールを待っていました。しかし、メールは返ってこず、教務に聞きに行くことにしました。待っていたのは、警察からの死亡確認の連絡でした。正直、何の冗談を大人たちは言っているのだとしか思えないぐらい衝撃的で、受け入れきれない、というより受け入れたくない事実でした。私にとって友を亡くすのは初めてのことで、ただ泣くことしかできませんでした。お葬式に行っても、今にも起きてきそうな怜志君を見て、実感が沸かないまま今に至っています。お葬式に並ぶ人たちを見て、怜志君が愛されていたことは簡単に分かり、なんて人の命は重く、尊く、そしてなんて脆いのだろうと感じました。

◎怜志君の死によって

私は怜志君の死で、人間の死なんていつ訪れるのか分からないということを、強制的に感じさせられました。彼の人生は確かにあまりにも短すぎましたが、彼は人一倍努力をし、充実した毎日を過ごしていたと思います。そんな彼の毎日を思い出すと、自分は今日できることを明日へ、明日できることをまた明後日にと先延ばしにし、努力を怠ってはいないかと考えさせられます。いつ死んでも後悔しない毎日を過ごせているか？そう問いかけると、はい！とは答えられない自分がいます。私は、この先どんな合併症を起こしてしまうかもわかりません。低血糖や高血糖で倒れる可能性だってないわけではありません。今やれることは今やれるうちに！今を精一杯に生きて、充実した毎日を送りたいと思っています。怜志君に上げられたハードルを飛び越えられるよう日々努力していきたいと思います。

◎最後に

いじめや自殺、犯罪などが毎日のように騒がれる最近ですが、どうか命をもっと大切にして下さい！そのためにも自分を大切にして欲しいと願います。受け売りですが、自分を大切にできない人が、どうして自分以外を大切にできるでしょうか？悩みがあるなら、誰かにＳＯＳを出し、どうか生き抜いて欲しいです。世の中には生きたくても生きれない人だっているのですから！

怜志《さとし》へ

高濵　明日美

怜志がおらんくなってもう丸三年だね。今怜志は天国で何してる？

怜志が高校生になった時、姉ちゃんは大学で東京に行ったから怜志とほとんど会ってなかったね。帰省した時会う感じだったから今でもたまにその延長のような気がするよ。また一時《いっとき》たったら会って話せる気がしてしまう。でも、話したくても、もう怜志はいないんだよね。何でも話せた怜志ともう話せない。会いたいけど、会えないね。

姉ちゃんが東京から帰省したとき、ニヤニヤして「おかえり」って言ってくれたね。見るたび見るたび背は伸びて男らしくなった外見に驚きつつも結局中身は甘えん坊のいつもの弟のままでうれしかった。寝るまでよく部屋で親には内緒の話したよね。家族のこと、恋愛のこと、友達のこと、バイトのこと、学校のこと・・・。姉ちゃんが怜志とだから話せたこともあるように、怜志にも姉ちゃんだから話せたことあるって勝手に思ってる。このままきっとお互いが結婚しても仲良しでいれると思ってたし、いくつになっても頼り合える姉弟でありたかったな。姉ちゃんいつも友達に怜志が・・って話してて、姉ちゃんの友達みんな怜志の事知ってたよ。後から聞いた話だけど、怜志も友達に姉ちゃんの話してたらしいじゃん。姉弟自慢と笑いのネタにお互いしてたし恥ずかしいけど、嬉しかったよ。

二人で出かけるようになったのは怜志が大学生になってからだったね。うちは田舎だから車がないとどこにも行けなくて、ふたりとも免許取ってすぐだった時、明日美の運転は心配だから怜志が運転するならいいよと夜中にママの車借りてコンビニ行ったの覚えてる?夜中に二人で家を出れたことが楽しくて、ビールと大きなプリンとおでん買うだけに何軒かコンビニはしごしたよね。悪ノリする姉ちゃんに呆れた顔しながらもいつも付き合ってくれよったね。ありがとう。あともう一つ覚えとる?怜志がバイク買って後ろに乗せてくれたこと。確か天気のいい日で図書館に連れてってて頼んだ。それでバイクの後ろに乗せてもらって、姉ちゃんがわざと手を腰に回してギュってひっついたら、照れて文句言いながらもニヤニヤしてた怜志の顔思い出すよ。昔は姉ちゃんの真似してついてきてたのに、いつの間にかどっちが上かわからんくらい怜志は自分で何でも出来るようになって姉ちゃん付いて来いって感じだった。でもやっぱり中身はまだまだ・・・。怜志が恋愛事とか相談してきたって話は姉ちゃんと怜志のひみつ。お前もまだまだガキやな（笑）

葬儀でたくさんの友達が泣いてる様子を見て、死ぬのは怜志でなくて姉ちゃんでもよかったんじゃないかと何度も思った。親にとっては同じ子供の明日美と怜志。どちらでも親の悲しみは同じはず。必ずどちらかが死ななければならない運命だとしたら毎日毎日を一生懸命に生きていた怜志は生きるべき人で、だらだらと我儘《わがまま》に生活していた姉ちゃんのほうが死ぬべきだったんじゃないか・・・。こういう風に考えてしまったこと、もちろん誰にもいえなかった。そう言葉にしてしまうと怜志の死は何の意味も持たないよね。でもその考えが頭から消えなくて友達に一度だけ話したことがあるんだ。もちろん怒られたけど。「明日美が死んだら私が悲しいたい、そやんこと二度と言わんで！」

確かこう言われた気がする。くだらない事を口にしてしまったと姉ちゃん反省しながらそう言われた事が嬉しくて涙堪《こら》えるのに必死だった。そんな姉ちゃんに怜志もきっと怒ってただろうな。

もし姉ちゃんのほうが事故で突然いなくなってたら怜志はどうしてた?三年がたった今、姉ちゃんは毎日変わらず生きてる。毎日仕事して、御飯食べて、寝て、たまに遊んで。生活は何にも変わらないのに、寂しい。四人家族なのに三人しかいないから寂しいよ。

怜志の死で気付かされたこと。友達、家族、今ある環境、命への感謝。けれど、怜志の命の重さでそんな当たり前な事に気付くことになったのが悔しい。
泣いても何も変わらない。なら笑って感謝して人の為に何か出来る生き方がしたいと思うよ。結局人に助けられて生きてる。怜志のことを悔やむより、姉ちゃんは笑って話したい。思い出して笑いたい。怜志の死は悲しくて悔しいけど怜志がいてくれたときは幸せだった事だからみんなで笑って話したいと思ってる。今怜志の話するときは、みんな笑顔だよ。姉ちゃんはいつまでも怜志の姉ちゃんだから、怜志がみんなに自慢できる姉ちゃんになるけんね。みんなに笑顔を残してくれてありがとね。

姉ちゃんより

第二部　いのちをつなぐ

七　自分の命と向き合う

◆食道がん

平成二十年三月、合志南小学校長としての異動内示があった。三年間鹿本教育事務所に勤務していたので、三年ぶりに学校現場へ戻れることになったのだ。暗くなってから自宅に帰ると妻は仕事でいなかったので、真っ暗な室内の電気をつけて、息子の仏壇に向かった。うれしいようなうれしくないような複雑な心境でしばらく怜志の写真をみたあと、手を合わせた。「さて、どうしよう、どうすればいい？そうね、何か少しはできるかもしれない、そうそう命を大切にする学校にしなくちゃねえ、僕にはもうそれしかないから、怜志にも手伝ってもらおう・・・。」とつぶやいた。

地位や名誉も何もほしくない、偉くなりたいわけでもない、ただただ怜志に負けないようにがんばって生きようと思っているばかりなので、食卓をごちそうで飾ることもなく、台所に置いてあった夕食をレンジで温めて食べた。テレビはいつものようにバラエティばかりでつまらない。風呂に湯を張りながら妻の帰りを待っていた。テレビからはずっと笑い声が聞こえてくるが、もうお腹をかかえて笑うことはなくなった。

妻が帰ってきてこたつで食事を始めたので、私もこたつの中でテレビを見ながら、四月から校長になることを話題にすると、学校の規模や環境より「どこにあるの？」と学校の場所をしきりに気にしていた。校長になったと聞いても、妻は別に喜びもせず、飲んだときの送り迎えをしてもらうことも多いので場所が気になるのだろう。私もことさら嬉しいわけでもなく、ただ静かに自分のやるべきことと自分にしかできないことを自問自答しながら日々を過ごすしかないと思っていた。

世間の人は、校長はとても地位が高いと思っている人もいるし、高給をもらっていると思っている人もいるようだがそんなことはない。また、とても難しい仕事を忙しくやっているわけでもない。しかし、逆に何もできない、何もしないわけではなく、校長の人柄ややり方によって学校は大きく変わっていくものでもある。だから、難しいのである。一般の企業では上司の指示が通るのが普通だが学校はそうではない。校長が職員を採用するのでもなければ給与を支給するのでもない。だから人間関係が実に微妙なのである。学校がどんな学校であるか、とても気になったがそれはとりもなおさずどんな職員がいるのか、どんな子どもたちや保護者がいるのかということにほかならない。それが不安なだけである。

四月一日、辞令をもらっていよいよ学校に着任した。教頭先生は新任でしかも女性であったが、非常にきびきびとして利発な言動で頼りになる先生であった。総理大臣よりも官房長官が実際の政治を動かしているように、教頭は扇の要であるから、校長より苦労も多いがやりがいもある職務である。職員会議も時間はかかったが無事終わった。春の暖かい日差しの中で、期待と不安を胸にかかえて少し紅潮した気分で過ごす毎日。毎年、春休みはこんな気持ちで過ごしてきた。しかし、例年と違うのは校長室で一人だということだ。

入学式の日を迎えた。今まで入学式で緊張したことはなかったが、さすがに校長になると緊張した。入場してくる一年生はかわいいものであるが、それぞれの子どもたちに良さがあり課題もあるので、これからの学校生活を想像しながら責任の重さも感じた。息子の在りし日の姿を思い出しながら、この子たちのいのちを守り育てるために自分のすべてをかけることを決意した。

授業が始まり徐々に学校生活に慣れてくるにつれて、学校に対する不安はなくなってきた。職員も一人一人個性があり課題もあるとしても、みんなが子どもたちのことを思いながらけんめいに仕事に励んでいる姿が見えてきたし、子どもたちも保護者もキラキラ輝くすてきな笑顔と瞳を見せてくれていた。なんていい学校なんだろうと思った瞬間、僕の不安は希望へ変わった。自分にしかできないことは何だろう。それは息子の命を生かすことだ。息子が天国でどんなことを願っているのかを思い出しながら努力するしかない。心の中で僕の目標を「命を大切にする学校を作ろう」と決めた。具体的に何をすればいいのかまだわからなかったが、目標ができるとすっきりとした気持ちで意欲がわいてきた。

校区は新興住宅地なので、児童数は六〇〇人を超えていて毎年増加を続けていた。子どもたちは元気がよく明るかった。全校集会で体育館に集まるだけでも時間がかかり賑やかだった。そこで、校長あいさつや校長講話のときは、興味を引きつけて静かに聞いてもらうことが第一の課題だった。子どもの前に立つときは事前によく考えて話すようにした。

特に思い出に残った全校集会がある。それは「逆立ち」である。校長講話の時間が始まるとすぐに、私は体育館のステージにあがって逆立ちをした。三十秒ぐらい逆立ちできただろうかわからないが、体力的に限界までがんばってみた。子どもたちは非常に驚いてみていたが、逆立ちが終わると一斉に拍手がわいて大騒ぎとなった。私は、体育館が静かになるのを待って話し始めた。

「校長先生は五十歳を過ぎたお年寄りですが、どうして今も逆立ちができるのだと思いますか。小学生の頃、ぼくはね、逆立ちの練習をがんばったんです。逆立ちをしたいと思って毎日練習したので、逆立ちができるようになりました。それからずっと時々逆立ちをしていましたので、今でも逆立ちができます。皆さんも小学生の頃にがんばると何でもできるようになります。そして小学生の時にできるようになったことは、大人になってても年寄りになってもずっとできるのです。勉強だけではなく運動も音楽も絵も何でもいいので、今がんばってみてください。大人になってからではできません。小学生だからできることがたくさんありますよ。」

その日の昼休みに、職員室で「逆立ち」が先生たちの話題となり、一年担任の先生から笑いながらお叱りを受けた。

「校長先生、一年生は教室に帰ってから大騒ぎで授業ができませんでした。みんな教室で逆立ちを始めたんです。逆立ちがしたいといってやめないんです。もうあんなことはやめてください。」そう言いながら、一年生の先生は笑っていた。

担任の先生には迷惑をかけたが、それだけインパクトがあったのだと思った。ねらい通りだったので効果的であったが、一年生には講話の真意は伝わらなかったようだった。とにかく私は愉快だった。このようなことがあるので学校はおもしろい。

息子が亡くなって以来、仕事に対する意欲や楽しさを感じたことはほとんどなくなっていたが、子どもたちの喜怒哀楽がつまった学校での生活は、教師も喜怒哀楽の連続であり生きているという実感を持てる毎日に変わっていった。入学式に始まり運動会や遠足、陸上大会、学習発表会など次々に行事が続くので、あっという間に年末を迎えることになった。私はすっかり学校にもなじんで、毎日を楽しんでいたのであっという間に一年がおわろうかとしていた。

十二月になると昼も夜も会議が続いて多忙だった。そのせいか就寝前にカゼとは違う咳が出るようになった。冷たい布団に入ってしばらくの間だけ出る肺がしびれるような咳だったので、病院嫌いの私でさえ不安に思っていた。

年が明けて一月になると今度はのどに違和感があった。ご飯を飲み込むときや焼酎のお湯割りが喉を通るとき、何かひっかかる感じがあった。何か小さな一ミリぐらいのおできができているような感じだった。病院に行けば「小さなポリープがあります」と言われるのではないかと想像した。

私は、メタボで高血圧症だったので定期的に通院して薬を飲んでいた。一月にも診察があったので地元の病院に行ったときに咳や喉の違和感について相談してみた。すると四十歳代の男性担当医からはこう言われた。

「それはタバコの吸いすぎではないですか？やめたらいいですよ。どうしても気になるなら耳鼻科に行ってみたらどうですか。」

私は「自慢じゃないが三十年以上タバコを吸っているから、タバコの吸いすぎでないことは自分でわかる。自分でおかしいと思うんだから間違いない。」と思ってさっそく翌月に地元の耳鼻科へ行ってみた。すると、鼻からカメラを挿入した映像も見せながら「何の異常もありませんので、これから先は食道や胃ですから胃カメラで検査してみてください。」と診断された。そこでまた内科の病院へもどって胃カメラの検査予約を取った。

三月になって地元病院で胃カメラの検査を受けた。仕事があるので午前中の早い時間に終わるようにした。検査が終わって待合室にいる間、卒業式や人事異動など年度末の行事予定のことを考えていた。すると、突然受付ではなく診察室から名前が呼ばれた。中へ入るといつもにやけたような笑みの担当医の表情が違っていた。申し訳なさそうな緊張した表情である。これは何かあったかなと急に不安になった。すると、小さな写真を手に持って僕に見せながらこう告げたのだ。

「これが胃カメラの写真ですが、食道に腫瘍が見つかりました。悪性かどうかわかりませんが、うちの病院では治療ができませんので大きな病院を紹介します。すぐに診断を受けていただいていいですか。この写真は封筒に入れておきます。」

自覚症状も痛みもないが何か異常があるという予感から受診したので覚悟はしていたが、はっきりと言おうとしない担当医に尋ねた。

「がんですか。」

すると医師は、0点の答案用紙を子どもに返すときの担任のような顔と声で

「悪性かどうかはわかりませんので、大きな病院でもう一度くわしく調べてください。いつ頃行けますか。できるだけ早い方がいいと思います。」

としか言わないので、私は、これはがんに違いないと思った。しかし、病状の重さや治療法などまったくわからないので、動揺するより受診できる日はいつがいいかを考えながら病院からまっすぐに学校へ出勤した。

卒業式も近いし出張も多くなるので、病院の診察は早めに済ませておく方がいいと思

い、翌日には大学病院で受診することにした。突然、紹介状を渡されて行くように言われたので、何もわからないまま病院へ行き、診察を受けることになった。

　車が渋滞するので、いつも出勤する時間より早く大学病院へ行った。受付の案内に従って消化器外科へ向かった。大きな病院なので表示をよく見ながら消化器外科へたどり着く。診察室前の待合室も廊下の長いすも満席にしか見えない。初めての受診では待ち時間も予想できないし、今後の展開も予想できないので、ひたすら待つしかない。今までは自宅と学校を往復するだけの生活を続けてきたようなものだったし、教員になってから大きな病気することもなく、まして入院することもなく過ごしてきたので、病院の待合室での時間が苦痛でしかなかった。待ち時間を予想して自宅から持ってきた雑誌を読んでみたが、すぐに読み終えて腰や肩も痛くなってきた。一時間経っても呼ばれない。まわりの患者さんにも興味がない。待合室の患者数が少し減ったような気がする。二時間経った。

「高浜さーん。診察室6へどうぞ。」

　何も悪いことはしていないが、どきっとして背筋がぴくっと伸びた。一番奥の診察室へノックをして入ると、ベテランの女性医師が座ってこちらを振り向かれた。すぐにこう告げられた。

「紹介状は見ました。胃カメラの結果、腫瘍があるようですが、詳しい検査をする必要がありますので、今週中に検査をしてもいいですか？」

私は、自分の体よりも仕事のスケジュールが第一に気がかりだったので、さっそく手帳を取り出した。出張や校内行事、職員会議などをはずしながら検査を入れるようにした。幸い三月上旬は隙間が多かったので、三日間は検査のために午前中は病院に通うことができた。胃カメラと生検、造影ＣＴなどだったが、診察も検査も初めてのことでよくわからないまま、まな板の上の鯉だった。そして、最後の金曜日の検査が終わったあとで診察があった。十二時をとっくに過ぎていたが、消化器外科の待合に座っていた。患者もずいぶん少なくなった頃、「高浜さん。診察室６へどうぞ。」と呼ばれた。長いすに待つ患者がまばらで暗いトンネルのような廊下の奥に診察室があるように見えた。ノックをして診察室に入ると、ベテランの女性医師が穏やかな表情で私を迎え入れ、おもむろに次のように話し始めた。

「高浜さん、食道には三カ所腫瘍がありました。胃カメラで腫瘍の一部を切除して検査したところ、やはり悪性でした。ですから手術する必要があります。」

私は、悪性と言われてすぐに、がんだと思った。しかし、医師は「がん」という言葉を最後まで使わなかった。がんと言われればショックを受けて動揺するのが普通である。がんになれば助からない、死ぬ病気であるという認識が一般的だからである。しかし、私はそうではなかった。負け惜しみでも強がりでもない。息子を亡くしてからは、ずっと死んで息子に会いたいと思いながら生きてきたからである。息子が迎えにきてくれたのかもしれないと思った。医師の説明が続いた。

「治療方法についてですが、食道がんは初めに手術をするよりも、抗がん剤を投与して腫瘍を小さくしたあとで手術する方が効果的です。それが一般的な治療になっています。まず一週間入院して抗がん剤を投与します。その後退院していただいて二週間休薬します。次にまた入院していただいて一週間抗がん剤を投与します。その後また退院していただいて、しばらく体力が回復するのを待って手術をします。手術後は一ヶ月ぐらいの入院になります。それでよろしければ、さっそくですが最初の入院はいつがよろしいですか。」

がんと言われても冷静だったが、いつから入院するかときかれたら慌ててしまった。手帳をみながら「早いほうがいいんでしょうか。」と尋ねると「もちろん早い方がいいです。」と言われ、そんなに病状が重いのだろうかと不安になりながら、頭の半分で三月の出張と行事を考えた。三月下旬は卒業式と職員の異動内示がどうしてもはずせないので、その前の一週間に入院して抗がん剤の治療を受けることにした。その後は、春休みは職員の転出入や職員会議があり、そして入学式は休めないので、入学式が終わってから二回目の入院をすることにした。そして、五月なってすぐに手術のために一ヶ月入院することにした。医師は、とうとう「がん」という言葉を使わなかったが、これはがんの告知をともなう外来の診察だった。二十分か三十分だったような気がするが、病状の説明から治療方法、入院日程の決定まで終わってしまった。待ち時間は長いが診察時間は短い。入院手続きについては看護師から詳しい説明を受けて入院説明用の冊子をいただいた。医師や看護師は慣れているかもしれないが、患者である私は短い時間にこれだけのことが処理できたものだと自分自身に感心しながら学校へ出勤した。がんの告知を受ければ動揺して、何も覚えていない人もいる。だから、誤解や行き違いがないように家族も同席してカンファレンスをするのだろうが、私はそんなことないと信用されたのかな、なんて自分にいいように理解して自分で自分を励ましながら、午後から学校へ出勤した。出勤するとすぐに教頭先生に入院について伝え、対応をお願いした。私は教頭先生に任せることに不安はなかったが、教頭先生からすれば、人事異動や文書決済など面倒なことになるので嫌だろうと思った。

その日の夜、自宅で夕食を食べながら、妻に診察の結果を伝えた。がんであるだろうということはすでに話していたが、間違いなく悪性であり手術しなくてはいけないこと、来週から入院することなどを話したが、よく理解できないようだった。病気のことは普段から興味を持って学習することはないので、がんのことがすぐ理解できるはずはない。本人の私でさえわからないのだから、妻は反応の仕方もわからないらしく箸を止めてしばらく沈黙していた。

来週から入院して抗がん剤治療だというのに私は毎日の喫煙と晩酌をやめることはなかった。痛くも痒くもないのだから止める気にならなかった。医師からは「食道がんの主な原因は酒とタバコですから、タバコはすぐに止めてください。タバコで肺が癒着して手術できなくなることもありますから。」と優しく脅されていたが、男は弱い生き物である。明日から止めようと思いながら一週間が過ぎた。

日曜日に娘の車で大学病院まで送ってもらって入院した。五十三歳になって人生初めての入院である。刑務所に収監されるような不安を感じながらも覚悟を決めて冷静な気持ちでベッドに掛けた。持ってきたものは、洗面道具と下着とノートパソコンだった。パソコンは卒業式の式辞を書くために持ってきたのである。酒もタバコももちろん持って来なかったので、眠れないのではないかとちょっと不安だった。しかし、その夜は一滴の酒もなく、一本のタバコもないのに、消灯と同時に熟睡した。

翌日から抗がん剤による化学治療が始まった。食道がんの場合は、点滴によって二十四時間投与するので、いつも腕に点滴の針を刺して、点滴ポンプと抗がん剤を点滴スタンドに取り付けて一緒に生活する毎日だった。副作用で、すぐに便秘となり苦しんだ。その後は食欲不振で何も食べたくないようになった。おかげで一番気がかりだった禁酒禁煙が楽にできた。一週間の間、酒もタバコも飲まないのにそのことで苦しむことなく、酒もタバコも楽に止めることができた。一週間の入院では副作用に苦しみながら、病院のベッドで卒業式の式辞を書き上げた。一週間も学校に行かなかったことはなかった。六歳で小学校に入学して以来、毎日学校で過ごしてきた。教員になったので大人になってからもずっと学校で過ごしてきたのである。理由のない不安を振り払うように式辞を考えていたが、何もしないでも入院生活の時間は早い。パソコンを出して考えられる時間は多くはなかった。入院中は暇だから仕事しよう、なんて考えが甘かったことを反省しながら日曜に退院した。

翌日の月曜日、朝早くから学校へ出勤した。やっぱり学校はいい。かわいい一年生が教室からたくさん手を振ってくれた。私は、ただひたすら目前の仕事をこなすことだけ考えながら校長として初めての卒業式を迎えることになった。そして、次のような式辞を述べた。

＊＊＊

卒業式を待ちわびたかのように例年よりも早く桜が満開となり、卒業生の皆さんを心から祝福しているようです。

本日は、合志市副市長様を始め、多くのご来賓の皆様にご出席いただきまして、このように盛大に卒業式を挙行できますことに心からお礼を申し上げます。

さて、卒業生の皆さん、卒業おめでとうございます。卒業生の皆さんに、私の体験を通して気づいたことをお話いたします。

私は、四年前大切な息子を交通事故で亡くしました。息子は当時、十九歳。中学校の理科の先生になりたいといって懸命に勉強し、熊本大学教育学部に合格したばかりでした。また、青年海外協力隊に入って人のためになることをしたいとも言っていました。

ガソリンスタンドのアルバイトもしながら、たくさんの友達と夢や希望に満ちあふれた楽しい毎日を一生懸命に生きていました。しかし、バイクで大学へ通学途中、大型トラックにぶつかって一瞬のうちにすべてが終わってしまいました。すべての努力も無駄になりました。

それから私は、息子の無念を思うとくやしくてさびしくてたまらない毎日を過ごしました。また、私が息子の代わりに死にたかった、息子の命を守れなかった、と自分自身も責め続ける毎日でした。息子の遺影に向かって、「どうして死んだんだ。」と何度も問いかけ続けました。何のために生きてきたのか、なぜたった十九年の命だったのか、悩み続けました。

それから、一年以上過ぎたある朝、私が起きると、息子が居間のソファーに座っていました。

「おお、帰ってきたね、どがんしとった?」と私はうれしそうに尋ねると、息子は、

「んん、忙しかつばい。今、同窓会の世話ばしよる。」

と言うのです。私は、息子に、

「人のお世話をすることは勉強より大切なことだけん、がんばれよ。」

と言って励ましたつもりでした。

息子は、悲しんでも苦しんでも悔しがってもいない、それどころかたくさんの友達のことを考えて明るく前向きにがんばっていたのです。そんな息子に、夢で出会えたことがうれしくて、私自身も少しずつ前向きな心で生きられるようになっていきました。

そして、ある日、あの夢は私が息子を励ましたつもりでいたのに、本当は息子が私を励ましにきてくれたんだ、ということに気づいたのです。

それまで私は、何で死んだんだと息子を責め、自分を責め、運命を恨んでいました。でも、息子が生まれがんばって生きてくれた十九年間を思い出しながら、自分がどんなに幸せだったかがわかりました。そして、息子が亡くなってから三年近く過ぎて、やっと仏壇の息子に向かって「ありがとう。」と手を合わせることができるようになりました。「私を父として生まれてきてくれて、私は本当に幸せだった、ありがとう」と。

「ありがとう」の言葉がこんなに重いとは思いませんでした。この「ありがとう」というたった五文字のありふれた言葉にたどりついたおかげで、私は、もう一度がんばろうという気持ちになれたのです。

この経験から、卒業生の皆さんにお願いがあります。それは、心の片隅でいいから

「ありがとう」という気持ちを決して忘れないでほしいということです。

これから青春を生きる君たちの前途は、私が生きた時代に比べると、生活の上でも人間関係でも多くの苦難が待ち受けているに違いありません。大きな壁にぶつかったり悩み苦しんだりすることが必ずあるでしょう。そんなとき、「ありがとう」という気持ちが少しでもあれば、人としての優しい生き方ができるはずです。そして、絶対に死んではいけません。生きぬいてください。ただ生きているのではなく、生きぬいて行ってください。

私が、この学校に着任して一年。初めて、卒業生の皆さんに心から「ありがとう」と言いたいと思います。

運動会、修学旅行、南小フェスティバル、人権集会、委員会活動、部活動、登校班など、思い起こせば、皆さんががんばっていた姿が浮かんできます。卒業生の皆さんのおかげで、合志南小学校は今年度一年の成長がありました。本当にありがとうございました。

また、保護者の皆様、子ども様のご卒業を心よりお祝い申し上げます。今までも子育てのご苦労があったと思いますが、これからがもっと大変な時期になります。でも、子どもは親を困らせるために生まれてくるのではありません。親を幸せにするために生まれてくるのです。子どもこそがこの世界の希望なのです。今日の卒業式は、お互いに「ありがとう」の気持ちをもって、親子で向かい合ってほしいと思います。

最後になりましたが、ご来賓をはじめ地域の皆様、本当にありがとうございました。私は、この一年間、合志南小学校が皆様に支えられて今日があるということを心から実感しました。今後とも「誠意、創造、努力」の校訓のもと、卒業生とともに、本校の歴史を地域の皆様で支えていただきますようお願いいたしまして、式辞といたします。

平成二十一年三月二十四日　　合志市立合志南小学校長　高　濵　伸　一

＊＊＊

初めての卒業式での式辞は、本当に心を込めて話すことができた。だから、私自身が生まれ変わって生きていく心のターニングポイントになったような気がした。

年度末の人事異動と辞令交付、新年度の職員会議、入学式が終わり、学校の新しい年度がスタートした。私の化学治療も二回目がスタートするので一週間の入院となった。抗がん剤投与の方法も副作用も経験済みなので不安もなかった。二回目の抗がん剤投与が終わると一クールの終了となる。楽勝だ、と思っていたらそう単純な問題ではなかった。

まず、脱毛が始まった。ある朝目覚めると、枕にたくさんの頭髪ついていた。脱毛することは知っていても突然始まるので驚いた。しかし、元々禿げている頭であるから悩みやショックはなかった。次に、食欲不振は一回目よりさらにひどかった。一回目に苦しんだ便秘は、薬を飲んで事前に対応したので良かったが、食事はほとんど食べられなくなった。そして、一週間の抗がん剤投与が終わって退院するときには、体に力が入らないでいつも横になっていたい気分だった。

退院したら翌日から学校へ出勤した。駐車場から校長室まで歩くと息切れがする。校長室から体育館までが遠い。体力が落ちていると思ったが、やはり賑やかな学校の子どもたちの声を聞くと元気が出てくる。がんばらなくちゃいけないと思う気持ちが湧いてくる。しかしすぐに五月になった。手術と入院の前にやるべきことを考えていたが、その時になると何もできないまま病院に行くことになった。

三度目の入院であるが、今回は手術があるので何となく落ち着かない。でも、一つだけうれしいこともあった。それは担当看護師である。二ヶ月前に初めて入院したとき、どんなにかわいくて優しい看護師さんがいるんだろうと期待していた。ところが真っ先にやってきた担当看護師は若い男性だった。

「なあんだ、男かあ。かわいい女の子を楽しみにしてたのに、もう帰る。」

と私はにやけた顔で言うと
「そんなこと言わないでくださいよ。他にも美人はいっぱいいますけど、一応高浜さんの担当になりましたので、よろしくお願いします。」

と困ったような顔で答えてくれた。本当に素直なイケメンだった。

担当看護師といっても交代があるので、一週間に二日ほどの担当の時間しか雑談することはない。すると不思議な縁があった。息子と同じ年齢であり、息子が大学で友人になった大村詠一くんとも同級生だったのだ。そんなこともあってお互い徐々に気を許して親しくなっていった。

私は、がんの告知を受けても死ぬのが怖いと思ったことはなかったが、手術が近づくと恐怖心が大きくなってきた。死ぬのはいいけど手術は怖い。首の部分を二十センチぐらい切って腫瘍がある食道をすべて切除する、みぞおちから下も二十センチぐらい切って胃を切って細い管（胃管）にして食道の代わりとしてあばら骨（胸骨）の下で縫合するのである。あばら骨の下の食道を切り取ったり転移しているリンパ節を切除したりするために右脇の下も切開するので、傷が三カ所もあるのだ。予定時間は八時間ぐらいの予定だったので大手術である。

手術の二日前、私は悩んでいた。それは、最後に何を食べようか、ということだ。これで死ぬわけではない。手術が失敗して死亡する確率は三%だそうだからきっと死なない。だけど術後には、胃も切除するので食事ができないことはわかっていた。だから、最後に何を食べようかと悩んでいた。病院食以外で食べたいものを探して院内や病院の周りの店を考えた。しかし、こんなときは何も思いつかないのである。ラーメンも食べたい、餃子も食べたい、唐揚げも食べたい、焼肉も食べたい、何でもあるのに決まらない。結局、病院内のレストランでエビフライを食べた。エビフライの単品を注文してじっくりと味わった。大きなエビフライはおいしかったが、どうしてエビフライになってしまったのか、今もわからない。人生はそんなものだろう。大きな夢を抱いて努力したのに、結局ほんの小さな仕事をやり遂げた幸せで満足して人生が終わるのだ。エビフライのおかげでその日は病室の夕食を半分残してしまって、申し訳ないことをした。

手術前日、担当看護師くんに尋ねられたのは、手術室へはどうやって行きますか?ということだった。すぐに意味がわからなかった。初めての手術なので何を選べばいいのか、意味がわからなかったのである。私のけげんな顔を見て、彼はこう聞き直した。

「ストレッチャーか、車いすか、歩いていくか、ということです。」

私はどうしてそんなこと訊くのか不思議に思いながら、こう即答した。

「僕は別に体はどうもないから、自分で歩いて行きますよ。」

すると、担当看護師くんは、口元に笑みを浮かべながらこう言うのです。

「それでは、明日は僕がいないので、代わりに手術室までの付き添いは若くてかわいい看護師さんにお願いしておきますね。その方がいいでしょう。」

私は、笑いながらこう返事した。

「それはうれしいなあ。三途の川を渡る前の最後のお見送りはやっぱり女の子がいいです。」

私が手術でどきどきとして怖がっているだろうと察して、看護師くんがこんな会話で和ませてくれているのだろうと思った。手術前の準備を整えて、その日の夜、私は不安なのに意外とぐっすりと寝ることができた。

翌朝早く、妻と娘がやってきた。私は手術着に着替えて病室を出た。荷物をまとめて娘に預けた。手術室へ持って行くのはメガネだけ。若くて優しい看護師さんに先導してもらって妻と娘と一緒にエレベーターに乗った。手術室へ入るとひんやりと冷たかったが、予想よりも広かった。手術室のナースに案内されて入室し手術台の脇までやってきた。妙に落ち着いているなと感じたが怖かった。ナースがマニュアル通りの慣れた口調でこう言った。

「メガネをはずしてください。」

私は、すぐにメガネをはずしてトレーに置いた。するとナースは

「それからパンツをはかれているなら、脱いでください。」

と言うのである。私が黙って素直にパンツを脱ぐと、ナースはパンツをビニール袋に入れて、私物は家族に渡すと告げた。私は、青い手術着だけの裸になった。そのとき私の心の中で何かが起こった。本当に完全に無条件降伏した瞬間だった。今、自分は校長でも父でもない、ただのがん患者であり、手術台の上に寝ているヒトの肉体である。それ以上でも以下でもない。入院中でも心の中には、自分の年齢や学歴、職業、立場などがプライドとなっていた。社会においては、人として当たり前であろう。プライドがなければ生きることも仕事をすることもできないだろう。でも、病院では逆である。医療者の前で患者は履歴も職業も身分も地位も財産もすべて関係なく裸の患者なのだ。手術台

に座って「明日、目覚めるだろうか」と一瞬思ったが、すぐに意識をなくして今は何も覚えていない。

ふと意識がもどったらすごく寒かった。裸だから寒いのだろう。私は、ストレッチャーに載せられて運ばれているようだ。ぼんやりと天井が見えるが、体も頭も動かせないので周りは全く見えない。状況はわからないが、まわりで複数の人の声が聞こえたので、私は「寒い。」と声を出した。すると、妻の大きな声が聞こえてきた。

「あすみ（娘）、パパがしゃべったよ。声が出たよ。」

私は、寒いと言ったことが伝わらなかったことに腹が立った。寒いと言ってるんだから毛布でもかけてくれたっていいだろ。だが手術前に家族そろってのカンファレンスで担当医から言われたことを思い出した。

「もしものことですが、手術で声帯を触るようなことがあれば声が出なくなる危険性もあります。」

それで、私の声が出たことを妻が真っ先に喜んだのだろう。寒いから毛布でもかけてほしいと思ったのだが、何となく暖かくなった。ＩＣＵに入ったようだ。そこでまた寝込んでしまったので何も覚えていない。天井には大きな照明があって一日中明るいので、ときどき目が覚めるが何時だかわからない。麻酔や痛み止めの薬が効いているのだろうが目が覚めてもすぐに寝てしまう。目が覚めたときも天井を見るだけだが、音だけはよく聞こえるので、看護師が忙しそうに動き回っているのは感じられる。

翌日になったのだろう。目が覚めたとき、ナースが教えてくれた。

「昨日の手術は夜八時までかかりましたが、無事終了しましたよ。」

私は、目が覚めたので生きているとわかった。三途の川を見ることも渡ることもなく、何も記憶のないまま生きているのだ。そしてまた寝てしまった。またぼんやり目が覚めると天井が見えた。誰かがのぞき込んでいた。ナースではない。誰だろう・・・。

息子の怜志だった。「怜志が迎えにきたのか？」と思った。よく見ると、怜志はニヤニヤと笑っている。父親を馬鹿にしたときの笑い方である。「見舞いに来てみたら、痛そうねえ。へへへ。」と言いたそうに笑っている。体中にドレン（管）や点滴がつながっていて身動きできない僕を笑っているので、怒って「なんだこの野郎！」と声を出そうとしたが、声が出ない。怜志は、手を小さく振りながら帰って行った。追いかけようとしたが、体はまったく動かない。あの世から迎えに来たと思ったのに置いて行かれてしまった。

それは夢だと思えなかった。間違いなく怜志がいたのである。それからしばらくその意味を考えた。私は、がん告知を受けたとき、怜志があの世から迎えに来た、死ぬんだと思った。そして、あの世で怜志に会えるのを楽しみにしていたので、死ぬことは怖くはなかった。しかし、私の前に現れた怜志は、私を見て笑っていたのだ。私は死ぬのではなく、手術で助かるのだろう。だから怜志は笑っていたのだ。成長して大人になった息子が寂しくて父親を迎えにくることがあるだろうか。息子は、あの世で父親の私を待っていたのではなく、がんである私があの世へ来ないように、私が咳をして体の異変に気づき、がんが手遅れになる前に手術で命が助かるように教えてくれたに違いない。つまり助けてくれたのだ。だから、術後で苦しんでいる私を見て、良かったねと笑っていたのだ。

ＩＣＵは一泊二日で終わり、一般病棟へストレッチャーで運ばれた。体のあちこちからドレン（管）が十本ぐらい出ておりその先には赤黒い血や黄色い体液が溜まっている。酸素ボンベと点滴ポンプと心電図などたこ足配線でがんじがらめになっての移動だった。一週間は個室で緻密な看護をうけた。翌日は、例の男性担当看護師がやってきて「高浜さん、歩きますよ。病棟の廊下を一周しましょう。」というのだ。私は「おい、手術したばかりなのに歩かせるなんて、何か恨みでもあるのか？」と思ったが、彼は明るい笑顔で私を病棟一周五十メートルぐらい歩かせてくれた。私は、自分の足で歩いたのに痛くもなく苦しくもなかったので、がんばるぞという自信も湧いてきた。ところが、その翌日から苦しい日が続いたのだった。

胸の痛みが酷くなり一日中続いた。微熱も続いた。担当医が調べたところ、胸の中に炎症があって膿がたまっているので痛むのだった。そこで、私の背中から穴を開けて膿を出そうと試みたが失敗。結局、抗生剤の点滴で対応することになった。看護師が毎日抗生剤の点滴を持ってきてくれた。痛くて眠れない夜は三日続いた。胸を切って膿が溜まっているので仰向けに背中を伸ばすと痛い。四十五度ぐらいベッドを立てて痛みに耐えながらウトウトして過ごした。

そんなときによく眺めたのは、壁につるした千羽鶴だった。その千羽鶴は、勤務している小学校の子どもたちが作ってくれたものだった。教頭先生が病院に届けてくれたとき、「やっぱり小学生だからでこぼこして鶴らしくないのもあってかわいいねえ。」と、私がつい口にしてしまったら、教頭先生は笑いながらこう教えてくれた。

「一年生は初めて鶴を折ったんですよ。担任がほとんど折り直したそうです。児童会役員が全校児童の分をまとめてつないでくれたんですが、落ちそうなのもあります。」

私は、心の中では千羽鶴でがんが治るとは思っていなかったので、飾っているだけのつもりだった。だけど、痛くて苦しい夜を過ごしながら鶴をよく眺めていたら一つ一つが子どもたちに見えてきた。いろんな子どもたちの顔を思い出した。ガラスを割ったので校長室へ謝りにきた男の子、発達障害があるので毎日気がかりだった子ども、担任からよく叱られている子ども、次々に思い出しては胸が熱くなってきた。今まで学校の子どもたちは他人だと思っていたが、急に変わってしまった。本当に私を心配している子どもたちがたくさんいる、心配してくれなくてもわが子と同じようにかわいい子どもたちばかりだ。もう一度学校にもどって子どもたちに会いたい、子どもたちのためにがんばりたい、心からそう思えた。私と学校の子どもたちとは、血が繋がっていると言わないが、命がつながっていると言ってもいいのではないか。東日本大震災のとき、津波に流された学校の子どもたちのランドセルが土砂の中から出てくる様子をテレビの映像で見たとき涙が流れて止まらなかった。ぜんぜん知らない子どもたちの死であってもこんなにも悲しいのはなぜか。命が繋がっているからだ。ベッドで死と隣り合わせで寝ている私は、千羽鶴を通して子どもたちと命が繋がっている。お金も地位も名誉も何もいらないから、もう一度学校へ行って子どもたちのためにがんばりたい。子どもたちの笑顔をみたい。心からそう感じた。教員になって初めてそう実感した。私は、担任をしている頃、子どもたちと戦っていた。学習も生活も部活動も成績を上げるために必死に子どもたちと戦っていたが、子どもたちを愛することはなかったような気がする。千羽鶴をずっと眺めながら毎晩深く反省させられた。そして、生きる気力が体内から湧いてくるようだった。

私は、ひとりぼっちで過ごす夜が怖かった。このまま死ぬのだろうか。死んだとしても世の中は何も変わらないし、すぐに忘れられるだろう。生まれたことも生きてきたことも何の意味もないことだったかもしれない。死ぬことは怖くないが、ひとりぼっちになることが怖いのだ。いじめられて自殺する子どもの気持ちがよくわかる。学校では絶対にひとりぼっちの子どもを作っ

長女と著者。合志南小学校の全校児童が折ってくれた千羽鶴。
（平成21年6月1日　熊本日日新聞掲載）

てはいけない。ひとりぼっちになるのではなく、ひとりぼっちは作るものなのだ。学校に戻ったらひとりぼっちの子どもも先生も作らないようにしなくてはいけない。私は、子どもたちに支えられている。象やカバのような折り鶴も混じった千羽鶴がそれを教えてくれた。今だけでなく、今まで出会った子どもたちはみんな私を応援してくれたのに、私は子どもたちのために何もできなかった。かえって悪い先生だった。懺悔し反省するためにがんになったのだろう。今までの思い出を振り返りながら、結論の出ない命の問題をぐるぐると繰り返し考え続けていた。

抗生剤は、種類を変えながら毎日切れ目なく投与が続けられた。三日目になって少し痛みが治まってきた。担当医は、溜まっていた膿が不思議なことになくなったと教えてくれた。微熱もなくなった。それから二日後に四人部屋に戻ることができた。私は、千羽鶴のおかげで助かったのだと思った。確かに抗生剤の効果があったのかもしれないが、私が元気になりたいと思ったのは、抗生剤のおかげではなく、千羽鶴を折ってくれた子どもたちのおかげである。自分が一人ではない、みんなと命が繋がっていると思えたとき、私に生きる力が湧いてきた。頭が痛い、お腹が痛いというのは薬や注射で治すこともできるが、ひとりぼっちの辛さや寂しさは、人の心で癒やすしかないのだ。千羽鶴で病気が治るはずがないと思っていた自分が恥ずかしくなった。人の心を癒やせるのは、人の心しかない。そのことを人生の中心においた生き方をしようと決意した。

食道がんの手術のための入院は五週間だったが、あまり長く感じることもなく退院の日を迎えた。退院するにあたって医療者へのお礼の手紙を書いた。

＊　＊　＊

拝啓
梅雨入りし、紫陽花が静かだけど美しく存在をアピールしています。まるで病院の看護師の皆様のようだと思い出しているところです。
さて、今回が33日、その前に8日間が2回、計49日の長い期間にわたって入院させていただきまして、本当にお世話になりました。担当医の先生方はもちろんのこと、看護師の皆様、検査技師の方々、掃除や食事のお世話をしていただいた方々、病院事務の方々、売店やレストランの方々など、思い起こすとお世話になった皆様の多さに驚愕しているところです。
今回の手術及び入院の体験から、私は多くのことを学ぶことができましたので、お礼状を書くにあたって、文章が長くなりますが、気づいたことや思ったことをできるだけくわしくお知らせする方が、より感謝の気持ちを伝えることができるのではないかと思いました。

1　患者の立場で気づいたこと

患者としてこれからどうなるのかという不安が最も大きいので、先の見通しを持てるような説明や助言はとてもありがたいと思いました。いつまで、何の目的でどんな治療を行い、いつどのような手術を行って、その後はどのように快復する予定である、などの説明をしていただいたときは、安心することできました。担当医の先生は忙しいので、かわりに看護師から説明していただいたこともありましたが、医師とかわらない十分な内容の説明でした。

医療（医師）・看護（看護師）・医療事務（職員）・食事など職種の違いはあるものの患者からすれば、同じ病院の職員ですから、何か不満があれば「病院」に対する不満となるのです。患者は、病気のことを心配しながらも、仕事のことや家庭のこと、経済的な問題、保険のことなどいろんなことを考えていて、しかも一人一人その不安な内容が違うことがよくわかりました。

そこで、縦横の連携や協働がどのように進んでいるかが問題となりますが、医療に直接関係のある医師と看護師、看護師同士の連携やコミュニケーションは非常によくなされていると感心しました。学校では、まだまだばらばらです。報告・連絡・相談が十分になされていないのでは、保護者から不信感を招くことになります。

ひとつ心配だったのは、看護師さんがみんな若かったことです。もし、夜勤などの勤務がハードなので、仕事が続けられないのだったら、せっかくの経験、キャリアが活かせないのではないでしょうか。この病院の場合は、特に、看護師の皆さんに治療をしていただいたように感じましたので、是非、高齢になっても看護師を続けてほしいと思います。

2　担当医の先生方へ

この病院に入院した当初、感じたのは、「データ重視だな」ということでした。検査結果の数字で出たことが最も重視されているので、患者の言い分や見た目、医者の経験や予想などでの治療はなされないと思いました。医師も一人ではなく、チームプレーで治療するので、正確なデータに基づいた治療が当然のことだと思います。でも、学校では、その逆で、正確なデータはないに等しく、担任が経験とカンで子どもたちを評価している面が多いのです。実際、人間そのものを判断するためのデータは存在しないから仕方ないのです。

先生方も、最新医療器械を駆使してデータを集めるかと思えば、昔ながらの道具を使って、私の体に穴を開けて膿汁が出たのを喜んだり、穴があかないで落胆したり、とりあえずやってみる、というような治療もあって、非常に愉快でした。痛いこともありましたが、基本的に先生方に看ていただくのは楽しかったと思います。私は、自分の病気をエンジョイできるなんて予想していませんでしたので驚きでした。先生方に治療していただきながら、空想したのは、杉田玄白や平賀源内などの大昔の科学者の姿でした。きっとその精神は脈々と続いているのではないでしょうか。

辛いはずの入院生活を楽しんでいるのは私だけではありません。他の患者さんもほとんどの人が明るく前向きで、病気のことも素直に話していらっしゃいました。理由として考えられるのは、①不安の裏返しで明るく振る舞う。②医師や看護師の対応で明るくなる。③病気を自覚した人間の強さ。などでしょうが、私は、②と③が大きいと思います。特に、看護師さんたちが明るく、冗談を言いながら、患者を心で受け止めてくれていたことは大きな理由でしょう。同時に、患者さんも強いと思いました。私よりもずっと高齢の方々が痛みや苦しみを平然と受け入れていらっしゃるのを見て、いざというときの人間の強さを知りました。

先生方がやっていらっしゃるのは、当たり前のことかもしれませんが、学校の職員として見習うべきことばかりでした。学校では、当たり前のことが忘れられているようです。結局、どんな仕事でも基本は変わらないのだと思います。基礎的・基本的な事柄を一つ一つ積み重ねていくことでしか結果は出ないということを先生方から学ぶことができました。本当にありがとうございました。

3　看護師の皆様へ

入院したころは元気もあったので、迷惑をかけないように気を付けていましたが、手術を受けてみたら、もう自分一人ではどうにもならない体になって参ってしまいました。それで、ふっと気づいたのです、「赤ん坊に戻ったつもりで、痛いときは痛い、いやなときはいや、って甘えていた方が気持ちも楽になるし、体も早く快復するのでは？」ということに。

それからは、入院生活がものすごく楽しくなりました。何人もの看護師の方からも「我慢しなくていいんですよ。」と言われましたが、その意味がだんだんわかってきました。

看護師さんの名前を覚えようと思ったのもそのひとつです。次の担当は誰だろうと楽しみになりました。お一人お一人の性格や印象などを書くと一方的で偏った見方になるのでやめますが、すべての看護師さんが個性的でそれぞれにいいところ、素晴らしいところ、素敵なところ、かわいいところ、感心するところなどのチャーミングポイントを発見することができました。

しかし、残念ながら実現できなくて、後悔していることが二つあります。

一つめは、私服ファッションコンテストです。4人くらいの看護師さんの私服姿を拝見しましたが、まるで別人のように素敵でした。ファッション雑誌から飛び出してきたような感じです。

二つめは、うしろ髪だんごづくりテレビチャンピオン競争の開催です。女性看護師の九割ぐらいの方は、髪のうしろは、おはぎのようなダンゴになっています。毎日のことだから、きっと手早くできることだろうと思いました。そこで、早さを競うコンテストと美しさを競うコンテストを行うと想像するだけでわくわくして楽しくなります。ちなみに夜勤明けにダンゴがくたびれている看護師さんはご本人にも疲れが見えましたので、後ろ髪だんごによる疲労度チェックを婦長さんが心がけられるのもいいかなと思いました。

最後に、誰にも言わなかった私の心の中をお話をします。

最初、食道がんだとわかったとき、私は、「息子が迎えにきた。」と思いました。私は四年前、十九才の息子を交通事故で亡くしました。いつもその息子のことばかり考えて、私は、息子はあの世で友だちをたくさん作って楽しく過ごしているとばかり思っていました。でも、昨年、私の父（息子の祖父）が亡くなったとき、次は僕の番だと思っていたので、自然に「息子が迎えにきた。」と思ったのでしょう。

でも、入院していろいろ考えているうちに考えが変わりました。まず、担当看護師が息子と同じ年齢の男性看護師だったことと彼のご両親が教師であったことから、彼を私の息子と重ね合わせてみるようになりました。そして、彼が一生懸命に看護してくれる様子をみながら思ったのです。「とても優しかった息子が父親の私を迎えにくるのはどうもおかしい。きっと逆だ。息子は、私が気づかないでいた食道がんを教えてくれて、私を助けようとしたんだろう。きっと私にもっとがんばって生きろ、と言っているにちがいない。」私は、生きなければいけないのだと考えが変わったのです。息子と同じ年齢の看護師くんの背中から、私はそれを教えられました。

もともと死ぬのは少しも怖くありませんでした。それは、息子が先に行って待っているからです。そのうえ、もう思い残すことは何もないのです。手術は怖かったんですが、入院して月日を重ねるうちに、だんだん怖くなくなりました。それは、患者さんや看護師さんのおかげだと思います。私より重い病気の患者さんも明るく前向きだったので驚きました。また、あの世の息子から手術が怖いなんて言ったら笑われるし、いつか息子に会うときに「精一杯がんばったけどだめだった。」と言いたいと思ったら、ちっとも怖くなくなりました。「せっかく病気を教えてやったのだからがんばれよ！」という息子の声も聞こえました。そして、息子は笑顔で病室にも現れてくれました。

「僕が息子の代わりに死にたい。」とずっと思っていたのに、手術もできないで即死だった息子の代わりに、私が手術を受けて長生きしていることが申し訳ない気もしました。命というものは、どうして交換してあげることができないのでしょうか。交換できるものなら、息子を生き返らせてほしいものです。交換できない命を少しでも長く延ばすことも大切ですが、「命をつなぐ」ことがもっと大切だと思います。私に代わって息子がバトンを受け継いで生きていくことが私の幸せだったはずです。

今、私ががんで死んだとしても、近い将来にがんの死亡率がゼロになれば私の命をつないだことになるでしょう。医師の先生方も看護師の皆様もいつかは亡くなるでしょうが、今の努力が百年後の命を守り、救うことにつながっているとしたら、こんなに素晴らしいことはないと思いました。

入院した頃は、運が悪いだとか仕事面での大きなマイナスだとか、いろいろ考えていました。でも、今はたくさんの人との出会いや自分の命と向かい合えたこと、ますます感謝の気持ちを持つことができるようになったことなど、私の人生にとってはとてもプラスになったなあ、と感じています。これからあと何年生きるのか、非常に微妙なところですが、今回の入院や手術の経験をしないで生きるのと、今回の経験をしていきるのでは、残りの人生の生き方も変わっていくでしょう。

そんなことを考えながらの一ヶ月でしたが、何と言っても一番感謝したいのは、看護師の皆様です。本当にありがとうございました。看護していただいたことばかりでなく、人生の中で出会うことができて本当に良かったと思える皆様ばかりでした。担当看護師さんをはじめ看護師の皆様との出会いに心から感謝しています。

また、近いうちにお世話になるだろうと思いますので、そのときは、どうぞよろしくお願いいたします。また、勉強させていただきます。

平成二十一年七月一日　　高濱　伸一

◆一〇〇キロウォーク

退院の日、娘の車に乗って病院からだんだんと田舎の風景になり自宅が近づいてきた。まわりは田畑ばかりで田舎の香りがする。田植えが済んだばかりの田んぼでは小さな稲が太陽を浴びて逞しく光り輝いていた。私が農家だったら今年の収入はゼロだろう。がんは命を左右するだけでなく、経済や心理に大きな影響がある病気だと気づいた。

自宅療養はせず、翌日からすぐに出勤した。心の中には働けることへの感謝と喜びがあった。しかし、実際に動き出してみると苦痛や疲労が大きかった。胃管になって小さくなったので食事の量が入らないのである。少し食べただけで喉が痛くなって飲み込めない。無理すると胃がよじれるような吐き気と痛みがやってくるので、消化するまで2時間以上動けなくなる。また、食事の量が極端に少なくなったので糖分の吸収が良くなり、血糖値の調整がうまくできなくなった。そこで、低血糖状態になって体の力が抜け汗だくになって意識が遠くなることが時折起こるようになった。その反面、十キロ以上体重が減ったので、高血圧症だった血圧が正常に下がったのだ。それまで服用していた高血圧の薬を中止するという利点もあった。仕事は、教頭先生はじめ先生方の思いやりや教育委員会や校長会の配慮もあって順調に取り組むことができた。しかし、徐々に疲労も溜まって無理が利かなくなっていった。

手術が終わってから担当医に「食道のまわりのリンパ節五カ所に転移があったのできれいに郭清したが、今後再発しないように念のためにもう一度抗がん剤の化学治療をしておいた方がいい。」と勧められていたので、夏休みに一週間入院することにした。抗がん剤には慣れているからだいじょうぶだという安易な気分でいたが大間違いだった。まず、点滴針を通した血管が痛くて腫れあがり黒く変色したので差し替えることになった。さらに、食事もほとんど食べられなくなったばかりか、歩くと多少ふらつきもあるようになった。

一週間の抗がん剤投与を終了して退院したが、翌日から出勤すると椅子に座っているのさえ苦痛だった。体がこんにゃくのように力が入らない。座っているだけでも息苦しくて大きな息をしていた。そこですぐに病院へ行ったところ「白血球が異常に少なく、感染症にかかる心配があるので、このまますぐ入院してください。」と言われてしまった。それから一週間点滴をしながら入院して体力回復を図ることになった。こんな状態だったので、以後の抗がん剤治療も中止になった。そして、私は体力に自信をなくしてしまった。退院後は、体力や体重を回復するために、痛くても苦しくてもできるだけたくさん食べるように努力してきたが、体重もまったく増えないままだった。

秋になり人事異動を考える時期になって、私はやっと自分自身のがんという病状と身の振り方を考えるようになった。信頼できる書物を読んだりインターネットで調べたりして、食道がんの病状と今後の治療について考えた。

まず、私のがんのステージ3という進行状況から五年生存率は三十％ぐらいと思われるので、死亡する可能性の方が高い。危機管理として考えれば最悪を想定することが重要である。「そんなことはないだろう」ではなく「あるかもしれない」と想定して対応を考えることにした。次に、がんが再発や転移し入院したり手術したりしたらどうだろうか。校長としての職務も果たせないうえに、教頭先生はじめ多くの先生方にも余計な負担をかけ、子どもたちのための教育に専念できない状況になる。さらに、休職しても教諭として復職後の年齢を考えると体が動かない教員は役に立たないだけである。学校の邪魔になる存在になることが不本意である。最後に、経済的問題も退職金で乗り越えられそうだった。

だから、思い切って退職するのが学校のためにも自分のためにも一番いいのではないかと考えるようになった。誰にも相談しなかった。相談しても、辞めるなと言われるに決まっているし、真摯に私の気持ちを理解し共感してくれそうな人が思い浮かばなかったからだ。こんなときは、家族がかえって遠く感じることも多い。物理的距離と心の距離は同じではないのだ。秋の数ヶ月間一人で迷い続けたが、人事異動の事務が始まる年末には退職を決意していた。

年度末、校長として二回目の卒業式を迎えた。人生をやり直すつもりで意欲を持って赴任してきて二年間、予想外の出来事が次々に起こったが仕事としては何もできなかった。退職することを決めていたので、最後の卒業式となった。そして、次の式辞を述べた。

＊　＊　＊

卒業式式辞

あいにくの雨になりましたが、本校自慢の桜が開花し、卒業生の皆さんを心から祝福しているようです。

本日は、合志市副市長様を始め、多くのご来賓の皆様にご出席いただきまして、このように盛大に卒業式を挙行できますことに心からお礼を申し上げます。

さて、卒業生の皆さん、卒業おめでとうございます。卒業生の皆さんに、有名な人の話や教訓ではなく、私の体験を通して気づいた普通の人のことをお話いたします。なぜなら、ほとんどの人は普通の人として生きていくからです。

私は、昨年の五月に食道がんの手術をして一ヶ月以上入院しました。そのとき、病院でケンジさんに会いました。ケンジさんは、私の家のすぐ近所の人で、ＰＴＡや消防団などで親しくしていた普通の方です。病状を尋ねると、

「すぐに手術はできないそうだから、一旦退院します。」

と、いつものようににこにこと明るい表情で答えてくれました。

それから、半年後、ケンジさんは、膵臓ガンのため五十六歳で亡くなりました。私はびっくりしてお悔やみにいくと、奥さんと娘さんは、涙をうるませながらも

「納得して亡くなったと思います。」

と明るい表情でおっしゃいました。納得して亡くなるとは、どういうことなのか、自分の人生と重ねてずっと考えました。そして、条件が三つあると気づきました。

まず第一に、自分のやりたいこと、つまり「夢」に向かって精一杯努力することが必要です。私の場合は、学校の先生となって理想の学校を作ることが夢でした。まだ夢の途中ですが、三十二年間ずっと学校で仕事をがんばることができて満足しています。

第二に、人の役に立つこと、人のために尽くすことができたかということが必要です。家族や友だちから「あなたがいてよかった」と思われることが必要です。私は、自分の子どもから「今の私がいるのはお父さんのおかげ」と言われたのが一番うれしかったことでした。

そして第三に必要なものは、感謝の心です。自分のために苦労したり心配したりしてくれたすべての方々への感謝の気持ちがあれば、死ぬときも怖くはありません。

亡くなったケンジさんは、最後の半年間、家族との時間を大切に過ごし、たくさんたくさん話し合ったそうです。そして、農業をがんばりながら両親や家族や友だちを大切に生きてきた自分の人生がまちがっていなかったと確信し、納得して死を迎えることができたのだと思います。

私が、手術をしたときは、肺が炎症を起こし、一週間原因不明のまま、傷口からは膿が吹き出し、痛みが続いて寝ることもできませんでした。そんなとき、合志南小の子どもたちの千羽鶴が励ましとなって私の命を救ってくれました。合志南小の子どもたちは、私の命の恩人です。その恩返しにこれからは、「この合志南小学校の子どもたちが事故や病気で奪われることが絶対にないように。」とありとあらゆるものに、いつも祈り続けます。

私の病気はまだ治ったわけではありませんので、理想の学校を作りたいという私の夢の実現はひとまず終わりにします。でも、その代わりに皆さんが夢の実現に向かって努力して生きる姿を、私の夢にしたいと思います。きれいな桜は本校の自慢ですが、これからもっと大きくきれいに咲き誇る子どもたちこそ最も大きな自慢です。

卒業生の皆さんは、この小学校で苦労したり悩んだりしたことも多かっただろうと思います。でも、ひとりひとりをみているといつも明るく素直に一生懸命に生きている、と思いました。本当によくがんばりました。これからはもっと苦しいイバラの道が待っているかもしれませんが、先ほど述べた三つの条件を忘れないでください。

夢に向かってがむしゃらに生きていく気持ち、人のために役立つ努力、感謝の心、この三つが、ケンジさんのように最期まで納得できる生き方の条件だということを忘れないでください。このように普通の人の生き方の中にも大きなドラマや感動があります。

皆さんには、自分の人生の主人公として胸を張って一生懸命に生きぬいてほしいのです。

保護者の皆様、子ども様のご卒業を心よりお祝い申し上げます。今までも子育てのご苦労があったと思いますが、これからがもっと大変な時期になります。子どもたちは、生きる価値があるから生まれてきたのです。子どもたちの夢を私たちの夢として、一緒に応援していきたいものです。

最後になりましたが、ご来賓をはじめ地域の皆様、本当にありがとうございました。この合志南小学校の歴史は、地域の皆様に支えられて今日があるのです。今後とも「誠意、創造、努力」の校訓のもと、卒業生とともに、本校の歴史を地域の皆様で支えていただきますよう心よりお願いいたしまして、式辞といたします。

平成二十二年三月二十四日　　　合志市立合志南小学校長　高濵　伸一

＊＊＊

私が退職することは人事異動に関わることなので、最後まで伏せていたが必要な人へは打ち明けていた。校長会では、退職のご挨拶もさせていただいた。県教育委員会の退職辞令交付式で感謝状をいただくときは、緊張するばかりでなく熱くこみ上げてくるものがあった。寂しさや悲しさもあったが感謝や安堵もある不思議な感動だった。

学校では退職するにあたって次のような挨拶文を配布させていただいた。定年退職ではないので驚いた職員や保護者もいたが重大事件ではないので、プリントの配布で済ますのが一般的だろうと思った。

＊　＊　＊

感謝のことば

この度、定年を待たず退職することにいたしました。ここに至るまでの私の教職生活は、私自身だけの努力ではなく、多くの上司や先輩などに支えられ、応援していただいたおかげだと感謝しております。ですから、自分勝手に退職を決心することの後ろめたさもありました。しかし、病気の克服を第一に考え、新しい生き方を選択することにいたしました。校長の職務は、闘病生活をしながら簡単にできることではありませんし、再度入院等によって、多くの皆様にご迷惑をかけることも本意ではありません。学校のために全力を傾注することができない自分自身を省みても心苦しいばかりでしたので、思い切って決断した次第です。

合志南小学校の玄関を入ると、校訓「誠実・創造・努力」の石碑があります。石碑をみながら、創立以来、児童・保護者・教職員・卒業生・地域の皆様など多くの方々の学校への思いやこれまでの歴史を走馬燈のように思い浮かべることができます。学校とは、単なる建物や教育機関ではなく、人々の夢や願いが長い時間積み重なった心のよりどころではないでしょうか。本校に着任以来、石碑の前に立って、私は学校のために子どもたちのために何ができるかをいつも考えさせられた二年間でした。

省みれば、自分の力でできたことは何もないのに、ただ地域の方々や保護者の皆様、教頭先生をはじめ教職員の皆様のおかげで、校長として時を過ごしていたばかりですが、合志南小学校と校区への思いは、大きくなるばかりでした。自分自身の夢は今日で終わりにしようと思いますが、今後は、合志南小の子どもたちの夢の実現を楽しみにしていこうと思っています。一年生が卒業する五年後までは、合志南小の子どもたちの命を守っていただけるようにすべての神仏や自然などありとあらゆるものに祈念し続けます。(そのあとは、子どもたちの命は自分で守ってほしいと思います。私の力では五年ぐらいが精一杯です。)

今ここに至って、無念ではありますが、未練はありません。かえって新しい人生の始まりにあたって心を躍らせているほどです。体力づくりやボランティア活動、経験のない職種の仕事などやりたいことはたくさんあります。病気の状況を踏まえながら、できるところから全力で挑戦していこうと計画を立てているところです。また、雑念や欲などは何もありません。ただあるのは、お世話になったすべての皆様への感謝の念ばかりです。本当にありがとうございました。そして、美しい自然の移ろいへの感動と、暖かい日差しを浴びて自分が生きているという実感を、日々肌で感じております。やがて、合志南小学校の桜が、どこよりも美しく艶やかに花開くことだろうと楽しみにしながら、明鏡止水の心境でおります。

最後になりましたが、皆様のご健康とご活躍を心より祈念いたしております。短い間でしたが本当にありがとうございました。

＊＊＊

四月一日から私は毎日が日曜日になった。高齢者がよくそう言っていたが、五十代で毎日が休みになると嬉しくも楽しくもない。朝はいつものように起きるが、ゆっくり朝食を食べて普段着に着替える、新聞を読んでテレビを見る、今日は何をしようかと午前中考えて、昼食をとると眠くなる、買い物に出かけるとお金が必要だ、しかも知り合いに会うのはもっと嫌だ、夕方下校する子どもたちを見ると切なくなる、夜は雑誌やインターネットを見ながら翌日の実行できない計画を立てる、こんな毎日がしばらく続いた。

体重は、手術前は七十キロを超えたメタボだったが、術後は六十キロ以下に落ちた。しかも胃を切ったのでまだ十分に食べられないから体重は増えない。カツ丼を食べたかったが、もう一生食べられないだろうとあきらめた。

何かしなくてはいけないと思っていたが、仕事をする体力はないので趣味やボランティアの活動に参加したいと思っていた。しかし、平日に外に出たり遊んだりする勇気が出なかった。みんな働いているのに私が遊んでいるところを見られるのがいやだった。だから、平日にデパートや商店街を出歩くこともできなかった。

しかし、自宅で過ごすのも飽きてストレスが溜まって苛立つようになった。そこで、まず体力を回復するために散歩をすることにした。近所を歩くと遊んでいると噂されるのが嫌なので、市外の公園や森などへ飲み物とパンを持って出かけた。収入もないのにランチなんて食べられないからだ。お昼になると公園のベンチでパンをかじりながらお茶を飲んでいた。すると、どこへ行っても自分一人ではなく、失業中のような若い男性やお年寄りもお昼の公園で過ごしていた。こうして平日の昼間に散歩することなんかなかった私は、社会で働いていない人が意外と多いことに気づいた。それは悪いことではない。一人一人さまざまな事情があって生活しているのだから当然である。三十年以上教師として勤務したことしかない私は、そんなことも実感できていなかったことに愕然とした。退職して半年でやっと私は、教師であったことを忘れ生まれ変わったつもりで一からやり直そうと決意することができた。

そして、私は、散歩ではなくウォーキングというスポーツマインドに変えて熱中していった。最初は、五〜六キロのファミリーハイキングのようなイベントに参加していたが、徐々に物足りなくなったので、十キロ以上のウォーキング大会にも参加するようになった。インターネットでウォーキングイベントを検索する過程で、知り合いもできて友達も増えた。職業も年齢も履歴も信条も関係なく付き合えるので、私にとって非常にありがたいウォーキング友達だった。

また、近所にある弁天山のまわりにウォーキングコースを発見したのでさっそく歩いてみた。低山なので登ってみることにした。五分も登れば息切れがして苦しかったが、ゆっくり時間をかけて登っていくと十分ほどで頂上に着いた。時間はあっけなかったが体力的には非常に苦しかった。頂上の展望台から眺めてみると三百六十度まわりの山々が見えた。鞍岳、阿蘇、俵山、立田山、金峰山、二ノ岳、三ノ岳、小岱山、八方ケ岳と見回しながら、生まれて初めて山に登りたいと思った。人生で今までやったことないのは登山だろう。ここから見える山を来年までに全部登ってみようと決心した。今日は弁天山に登ったので、登山スタート記念日だ。何事もゼロから始まり、一歩ずつしか前へ進めない。だから低い山から順番に登っていくことを目標にしようと思った。こうして登山を始めた私は、翌年には阿蘇高岳まで登頂することができるようになった。こうしてウォーキングと登山に熱中した一年間を過ぎると体力や筋力が手術以前よりも高まったようだった。

そんな体力に自信がついた退職2年目、ウォーキングで知り合った先輩の影響を受けて、私は大きなチャレンジをすることにした。その先輩は、私より十歳年上であるが私より健脚だった。その彼のブログをインターネットで読んで驚いた。百キロウォーク大会を完歩されたのだ。その苦労と喜びにふれて、何かふつふつと心の中に湧いてくるものがあった。私は、食道がんの手術をしたとはいえ、まだ五十代で若いんだからできないこともないだろう。二十四時間で一〇〇キロ歩き続けたときの気持ちはどうだろう。すごいなあ、と尊敬すると同時に、自分もやってみたいと思う小さな灯火がともった。それから百キロウォークについて調べてみた。彼が完歩したのは、福岡県行橋市から大分県別府市までの国道十号線を土曜の正午から二十六時間以内に一〇〇キロ歩く大会だった。制限時間を計算すると私にも歩けないことはない速さである。私は、二十キロを何度も歩いた経験があったので、練習すればどうにかなる、いやどうにかしよう、目標を持ってチャレンジしてみようという思いが徐々に強くなっていった。

二〇一二（平成二四）年十月六日土曜日の午前十時、私は行橋正八幡宮の境内に立っている。受付を済ませ、神社に参拝し、ゼッケンをつけてスタートを待っている。とうとうここまで来てしまった。どうしてこんなことになったのだろうか。

一〇〇キロ完歩した先輩に助言してもらって歩くつもりだったが彼はドクターストップがかかって欠席だったので、一人で境内の隅っこの岩に腰を掛けて心の準備をしていた。初めてなので完歩できるかどうかも何時間かかるかどうかもわからないし、食事やトイレなどの展開も予想できない。事前に郵送されたコース地図と説明書をもう一度読み直しながら、持参品をチェックした。雨は降らないだろうがレインウエアもリュックに入れてある。夜は冷え込むだろうから薄いウィンドブレーカーも入っている。夜間はヘッドライトの使用が義務づけられている。タオル、コップ、ティッシュペーパー、足にマメができたときのための絆創膏も入れてある。水はペットボトルを水筒がわりにして給水ポイントで補給すればいいが、私は食事が問題なのだ。手術によって胃が小さくなっているので一度にたくさん入らない。水を飲めばその分の食べ物は入らない。無理して食べたら痛くなる。しかし食べないわけにはいかない。そこで、栄養補助食品として薬店にある固形のクッキーやジェル状のものをいくつか準備した。あとはコンビニで購入すればいいが、どこで何が必要になるか予想もつかない。低血糖になるかもしれない。脱水症状を起こすこともある。そんな心配や不安を一つずつチェックしながら、私はもっと大きな興奮を覚えていた。今朝、別府駅に車を置いて特急で行橋まで来た。この見知らぬ土地から人生初の一〇〇キロウォークに出発するのである。心の底から徐々に情熱が湧きあがってきた。

人がまばらだった境内が人にあふれて賑やかになった。スタートラインの横断幕の前で記念写真を撮る人が多い。そんなに大きくない普通の境内にはジグザクにロープが張られ、ゴールの目標タイムの速い順に並んでいく。到着してから境内ではずっと女性のアナウンスが続いている。開会式が始まるときには身動きできないほどの人が集結した。みんな楽しそうであった。確かにそうだろう。これは、娯楽イベントまたはお祭りである。しかし、私はそんな楽しい気持ちにはなれなかった。自分の人生と命をかけたレースを前に高ぶる気持ちを抑えながら、一人静かにスタートを待って座っていた。

五、四、三、二、一、スタート。正午ちょうどにスタートした。目標タイム順に三分おきにスタートしていく。応援の拍手がわき上がる。スタートする人の歓声も聞こえる。私は、胸のゼッケンやポケットの中身を確かめながら、少しずつ前進していき、三十分後にスタートした。前後左右に選手がいる状態でしばらく狭い歩道を歩いて行くと地元の人々が両脇に並んで拍手と声援をくれると照れくさい。思い返すと私はスポーツ関係のイベントでこんなにも拍手してもらったことはない。私への拍手でないことはわかっているが、それでもこの年齢でアスリートになった気分を味わえるとは想像していなかった。

まわりの選手とテンポを合わせてひたすら歩いた。しゃべる相手もいないし、初めてみる景色ばかりでコースの見通し立たず、何も考えることもできずひたすら歩き続けるしかない。やがて海に出た。砂浜を歩いた。自衛隊の飛行場に着いた。順調だった。水もよく飲んだが胃痛はない。国道の歩道をひたすら歩く。夕日が赤かった。まだまだ歩ける。車の通りも多い。あたりが暗くなってきた。リュックにつけた夜間点滅バッジの青いＬＥＤがチラチラと光り始めた。私は頭にヘッドライトをつけて足下を照らした。スタートで数珠繋ぎだった選手の列も徐々に数十人単位のまとまりに間隔が空き、頭のヘッドライトと背中の点滅バッジが蛍のように上下しながら進んでいく。左側歩道を歩いているので後ろから車のライトがどんどん私を追い越していく。中津駅の第一チェックポイントまでは、両側にテンポや住居が並んでいて明るいが、初めての道なのでどこを歩いているのかわからない。万歩計を見ておおよその見当はつくが第一チェックポイントが遠い。もうすぐだけどまだかな、次の信号かな、違うもう少し先だ、と一人でつぶやきながら歩いた。すると、突然気づいたら三七キロの第一チェックポイント中津駅だった。

ゼッケンのチェックを済ませたら、すぐに休憩所にスローモーションで腰をかける。足の関節がギギーと音をたてる。いただいた半分のバナナを食べる。それだけでもお腹が膨らんで痛みを感じたが、お昼も食べていないのでもっと食べないといけないと思いながら、ゆっくりと靴と靴下を脱ぐと、マメはできていない。一度座ると立ち上がる勇気が出ない。リュックからゼリー状食品を取り出して一口飲む。これ以上食べると胃痛がして歩けなくなるのがわかっている。夜の八時を過ぎているが、この調子なら制限時間内にゴールできるだろう。二十分以上休憩したのでそろそろ出発しよう。これからが本番だから。

立ち上がるときもゆっくりとスローモーションだった。六二キロの第二チェックポイントをめざしてまた歩き始めた。駅から国道十号線の広い歩道を歩くと、うどん、牛丼、ラーメン、ファミリーレストラン、コンビニ、ガソリンスタンドと次々に現れる。そうだ、今日は、土曜の夜だった。若いカップルや子ども連れの夫婦、年配の夫婦など楽しそうに食事をしたり、幸せそうに笑ったりしている。今の私はどうだろう。幸せだろうか。すれ違う人からどう見えるのだろうか。ゼッケンを付けた選手も食事をしている人がいる。私も食べられるものなら食べてみたいが、食べたら歩けなくなる。でも、疲れてきたのでアイスを食べよう。ソフトクリームと違って、氷のアイスなら甘くて元気が出るが喉が渇くことはない。多くの選手でごった返しているコンビニへ入ってアイスを買った。炭酸のコーラも飲みたいが、炭酸が胃で膨らんで痛いし喉も渇くので、我慢してゴールの後で飲むことに決めていた。中津を離れるにつれて店舗もコンビニも減少し暗くなってきた。コースを歩く選手の姿もまばらになってきた。

私はどうしてこんなところを歩いているんだろう。去年は、ここを歩くなんて想像もできなかった。三年前に食道がんの手術をしたときも退職を決断したときも、一〇〇キロウォークを歩くなんて思ってもみなかったのに、こうして夜中に国道十号線をとぼとぼと一人で歩いている。ここを歩くために今まで生きてきたのではない。息子が亡くならなかったらどうだろう。がんにならなければどうだろう。退職しなければどうだろう。きっとここを歩いていない。定年まで学校で教師として働き続け、退職後は趣味を楽しんで孫と遊ぶ生活を想定していた。私の両親は「自分たちには学歴がないから、お前が勉強したいなら借金してでも大学まで行かせる」と私に言って懸命に働いてくれた。私は、教育への憧れやロマンを抱いて教師になった。そして、結婚し二人の子どもに恵まれた。想定通りの人生のはずだった。しかし、息子の事故死によってすべてが狂ってしまったのだ・・・。

この第一四回一〇〇キロウォークのホームページを読んでいたら、こんな言葉があった。「これまでがこれからを決めるのではない。これからがこれまでを決めるのだ。」

つまり、今までの出来事や評価によってこれからの将来が決まっているわけではなく、これから何を目標にどのように努力するか、人生の未来をどう切り拓いていくかによって、過去の評価が決まるということだ。私が教師として働いてきたことも、息子が亡くなったことも食道がんになったことも、私が退職したことも、すべてが無意味だったのではないし恥ずかしい人生の汚点でもない。これから私がどう生きるかによってその評価がかわるのだろう。これから社会や教育のために生きれば教師であったことが高く評価され、子どもたちの命を守る取り組みに尽力すれば息子が亡くなったことの意義が認められるし、ボランティア活動に熱中できるのは退職したからだといえるだろう。がん患者であることさえ私の人生の汚点ではなく勲章にすることができる。そのためには今から目標をもって努力して生きることが必要なのだ。ああ、もうだめだ、どうなってもいい、なんて諦めたらいけない。今までの人生を意義あるものにするために、今からの生き方を意義あるものにしよう。「これからの生き方が、これまでの人生の価値を決めるのだ。」真っ暗な国道十号線を歩きながら、そんなことを考え続けた。

何キロ歩いたのか、何時間歩いたのか、徐々に考えるのを忘れて人生を振り返っていたら、宇佐を歩いていた。赤い欄干の橋を通り過ぎて宇佐神宮の前を歩く。昼間は観光客も見かけるが、深夜は街頭だけの薄暗い歩道を歩いているのは十人ぐらいの一〇〇キロウォークの選手だけ。しかも疲れているのでみんな静かにうつむいている。リタイア地点を表示した看板が妙に気になる。リタイアする選手が椅子に座ったりシートに横になったりしているのを横目に見て歩く。道路標識ではすでに別府まで五〇キロ切っている。半分以上歩いた。もういいだろう、リタイアしてもいいだろう。でも、ここまで来たのだからせめて宇佐の第二チェックポイントまでは歩きたい。足は同じリズムで勝手に動いている。足を止めるには勇気がいる。もっと速く歩くには強い命令がないと足も動かない。下半身の感覚はあまりない。ただ目と脳だけが働いている感じがする。時速五キロぐらいで歩いているだろうか。計算上は五キロで歩いていないとゴールできないが、スピードが落ちているようだ。暗い直線道路を朦朧とした頭と体のまま歩いて宇佐駅を通り過ぎた。その先は暗闇が待っていた。第二チェックポイントが近いはずなのになかなか着かない。暗闇の砂漠でオアシスを探しているように遠い。足が壊れそうな気がする。真剣にリタイアを考え始めた。一〇〇キロ歩くなんて、こんなことに何の意味があるのだろう。世のため人のためになることもない、ただの遊びじゃないか。完歩したからといって堂々と自慢できるようなことでもない。第二チェックポイントでリタイアするかどうか決めよう。だけど、まっすぐな道路なのに先まで真っ暗である。お先真っ暗って、私の人生と同じだ、へへへ。そんなことを考えながら、足元を照らすヘッドライトの明かりだけを見て歩き続けた。

するとと、突然まぶしくて大きな仮設ライトで照らされたテント村が現れた。係員が誘導灯を振って大きな声を出している。宇佐市の第二チェックポイントだった。並んでゼッケンのチェックを受けた。六二キロ歩いた。歩くことができた。ほっとした。夜中の一時、真っ暗で真っ直ぐの二車線の国道十号線を大型トラックや乗用車が間を空けて飛ばしていく。その国道の脇のドライブインの跡地に発電機で仮設ライトが照らされて十張りぐらいのテントが並んでいる。閉店になったドライブインの店舗では、臨時でうどんやカレーが販売されている。選手は何人も並んでうどんを受け取っておいしそうにすっている。私も食べたいと思ったが、胃が食べられない。一番端のテントには受付の表示があったので、何だろうと思って近づいていくとリタイア受付だった。奥のブルーシートには疲れ切った選手が何人も横になっていた。大型バスを待っているのだ。私は見てはいけないものを見たように引き返した。自分で決心し、自分で申し込み、自分一人で家を出て、今はここまで歩いてきた。そう簡単にリタイアするのは恥ずかしい。少し休めば体力も回復するだろう。私は、休憩するための場所を十メートルぐらいのテントの中を探した。ほぼ満員だったが一人座れる場所があったので、靴を脱いでシートの上にあがってリュックを下ろし、靴下も脱いだ。マメはできていないが、足全体の筋肉が張っていて関節が痛い。クラッカーを食べてお茶を飲んだ。睡魔がやってきた。ちょっとのつもりで横になった。場所が狭いので猫のように体を丸めてリュックを枕にしてしばらく寝ることにした。十五分ぐらい寝れば体も頭もすっきりするだろう。休んだ時間もこれから順調に歩けたらすぐに取り戻せる。残り三八キロだから24時間以内の記録でゴールできる。体も足も疲れ切っていたので、感覚がなくなったように地面に溶けていった。しかし熟睡することはできなかった。寒い。汗ばんでいた体は冷えてきた。私は、ゆっくりと起き上がって、靴下をはき、靴に足を押し込んでひもをしっかりと結んだ。さあ歩こうと思って右足を一歩前へ出した。すると、膝の関節がギリギリと響いた。痛みに顔をゆがめながら今度は左足を出した。また膝が錆びた金属のような音を立てた。私は、一歩一歩足を出すたびに痛みに顔をゆがめながら前へ進んだ。十メートル、二十メートル、三十メートルとスローモーションで歩いてやっと休憩テントから国道の歩道まで出た。その先のコースは暗闇に向かって真っ直ぐに延びていた。立ち止まってゆっくりと足を屈伸してみたが痛いだけだった。

私は、もうこれまでだ、と諦めた。悔しさのために涙がじわりとこみ上げてきた。また、諦めるのか。息子を亡くして人生を諦めた。がんになって命も諦めた。仕事も辞めて夢も目標も諦めた。そして、今度は一〇〇キロ歩くと言いながら、やっぱり完歩できなくて諦めるのだ。振り向けば、すぐそこにリタイア受付のテントがある。縁石に座り込んで悩んだ。そのとき、怜志のことで頭がいっぱいになった。幼い頃の思い出や亡くなる前の声も聞こえてきた。私は、怜志に言った。

「怜志、お前が生きていたら、一〇〇キロ歩こうなんて思わなかった。怜志は、夢を諦めるなと言ったけど、僕は、命を大切にする学校を作りたいという夢を簡単に諦めてしまった。その羞恥心から毎日何をしていいのか、どう生きていいのか不安な気持ちで生きていた。だから何かを掴みたくてこの一〇〇キロウォークに参加したのに、また挫折して大きな後悔を抱え込むしかないのだろうか。おうい、怜志。もし今、僕を見ているなら助けてほしい。お願いだからもう一度、おやじを助けてくれないだろうか。」

息子の声は聞こえなかった。私は、一人で決心した。ここまで来たんだから、歩けるだけ歩こう、一キロでも先まで歩いて、どうしても歩けなくなったらリタイアすればいい。よし行くぞ。私は、歯をくいしばって足を伸ばした。立ち上がってゴールの方向を向いた。誰か知らない選手の背中に夜間点滅バッジの青いＬＥＤがキラキラ輝きながら遠ざかっていく。その先には真っ暗な闇が続いているだけだった。私は歩き出した。一歩一歩足を出すたびに膝が痛くてたまらないので、幼児ぐらいの速さで進んだ。後ろから選手がやってきて私を追い越していく。自分のヘッドライトの明るさだけを頼りに進んだ。

そのとき、怜志を感じた。私のまわりを飛び回っていた。私の背中をそっと押してくれた。すると、不思議なことに足の痛みが消えていった。歩くスピードも速くなった。峠に向かって上り坂なので、速いといっても時速四キロぐらいだろう。怜志のおかげだ。怜志が助けにきてくれたのだ。

「怜志、ごめんね、忙しいのに来てくれて、ありがとう。」

私がこう言うと今度は怜志の声が聞こえてきた。

「おやじ、歩くのを止めてもいいよ。夢は諦めてもいいんだよ。最初から何でもできることはないんだから。」

私は、こう言った。

「そう言ってくれると気分が楽になってきた。とにかく歩けるところまで歩いて、足が動かなくなったら止めることにした。仕事も夢も辞めてしまったのに一〇〇キロウォークも諦めてしまったら悔しいから、歩ける限りは一キロでもいいから前へ進んでから止めるよ。」

すると、怜志は明るい声でこう励ましてくれた。

「おやじー。夢は諦めていいんだよ。だけど夢を捨ててはいけないんだ。夢は諦めても恥ずかしいことじゃない、また一から始めたらいいんだから。新しいスタートラインに立たない方が恥ずかしいことじゃないの？そんなことより無理して倒れたら救急車で運ばれるよ。それが俺は恥ずかしいよ。ははは。」

そう言うと怜志は、私のまわりを走り回ったり、背中を押したりしてくれた。久しぶりに怜志に会えてうれしくなったのか、私の足取りは軽くなった。昔の思い出や今の生活を怜志と話しながらしばらく歩いていたら、体も心も熱くなってきた。足は勝手にリズムを刻んでいるので、止まるのも辛い。足が動く間は足に任せてこの峠を越えていくしかない。

すると、突然電話が鳴った。こんな夜中に誰だろうと思ったら、私が一〇〇キロウォークに参加する動機になったウォーキング先輩からの激励の電話だった。足は止まらないので歩き続けながら話した。

「どうしてるかなと思って電話しました。たぶん今頃が一番きつい時間だと思って電話してみたよ。休んだらだめだよ。とにかくゆっくりでも歩いた方がいい。体や筋肉は冷えたら動かなくなるからね。峠を越えたらあとはだいじょうぶだけど、おれは別府のゴールまでの直線道路がとてもきつかったよ。絶対最後まで歩けるからね、がんばって。」

私は、真っ暗で大きな国道を時折トラックが走り去って行くばかりで寂しかったので、本当にうれしくなった。すると、次々にウォーキングの友人から電話がかかってきた。ありがたかった。孤独感を癒やしてくれた。私の気分はゴールしたように明るくなった。こうして、立石峠を越えた。怜志も安心したのだろう、気づかないうちにいなくなっていた。国道十号線は、夜明け前の静寂に包まれて、私の吐息だけが聞こえていた。

第二チェックポイントから第三チェックポイントまでは二十キロばかりだったが、峠をいくつも超えなくてはいけなかった。コンビニもないので途中の休憩ポイントでいただいたカップ一杯のぜんざいが非常にありがたかった。空がだんだん青くなってきた。夜明け前の藍色の空は大好きだ。力が湧いてくる。大きい星も姿を消していき、空がオレンジ色になったが朝日は山の陰になって見えない。すぐに空は白くなり山の上に見えた太陽はまぶしかった。そのとたん急に熱くなってきた。汗が流れた。休まず最後の赤松峠を越えた。残りのゴールまでのコースは下りだ。九時過ぎに日出の第三チェックポイントに着いた。

水を飲んでいたら軽い便意がやってきた。しかし、仮設トイレである。汚いとは思わないが和式の便器でうんちをするにはしゃがみ込むことになる。足が痛くて、それができない。便意が去っていった。次の休憩ポイントまでうんちは持っていこう。「怜志、ありがとう。おかげでここまで歩けたから、残りの一〇キロは自分の力だけで歩いてみるよ。」と呟いて出発した。

別府のゴールまでの約十キロの道は緩やかで真っ直ぐである。あと二時間もあればゴールできるだろうと思った。ところが、歩き始めたら熱い太陽を浴びて広い歩道を何も考えないで歩いているると睡魔に襲われた。歩いているのに頭が朦朧として瞼が重くなってきた。ふっと一瞬意識がとんでしまう。そのたびに足がふらついて躓きそうになる。こんなに眠くなるとは予想していなかった。ふらふらとしながらとぼとぼ歩いて別府市に入っていくと、また便意がやってきた。疲労と睡魔と便意の三重苦になった。コンビニでトイレを借りるしかなかったが、すでにトイレも満室なので並んで待っていた。この時間は心身ともに苦痛の絶頂であった。やはり洋式で良かった。洋式でさえ立ち上がるのが辛かったからだ。

あと八キロ、あと六キロ、思考力はなく足の感覚もなくなった。軽いはずのリュックも重く肩まで痛かった。幽霊になった気分でひたすらゴールを目指した。しかしあと四キロを過ぎてからが最も苦しかった。一時間かからないはずだったが、膝がビリビリと痛みを増した。急ごうと思っても足が言うことをきいてくれない。やっぱり怜志の助けがないと歩けないのだろうか。直線道路なのに港や公園、駐車場などが次々にあるので、どこがゴールかわからない。ゴールはあそこ？違う、と何度も繰り返しながら亀のような歩みで進んだ。信号で止まると足が震える。屈伸するのも痛い。青信号に変わっても一歩が出ない。おじいさんやおばあさんでさえ、私を追い越していく。日曜のお昼になった。もうすぐ二十四時間になる。最低目標タイムの達成の直前になった。しかし、関節はギシギシと音を立てていた。止めることも急ぐこともできない。賑やかな別府市内のラスト一キロは最も長い道のりになった。三十分以上かかった。ボランティアの人が見えた。本当のゴールだ。的ケ浜公園に入る拍手をいただいた。中央に黄色いゴールテープがあった。また拍手が湧いた。「おめでとう。がんばりましたね。」と声を掛けられたので、「ありがとう。」と応えようと思ったが涙で詰まって声が出ない。恥ずかしいので必死で泣くのを我慢して笑った。ゴールで両手を挙げたときに写真を撮っていただいた。一人で来ているので、写真を撮っていただけるのは本当にありがたかった。もう足が動かない。木陰に座り込んでそっと涙を拭いた。完歩証には二四時間三分二秒のタイムが記録してあった。

完歩することができた。怜志、ありがとう。自分の力でやり遂げたという喜びも湧いた。でも、それ以上に感謝の気持ちが大きかった。怜志のことを一番に思い出した。そして、応援してくれた人、電話をくれた人、病院で出会った人、がん患者として知り合った人、そして家族。私は、とっくに死んでもおかしくないのに生きている。そのうえに一〇〇キロも歩くことができた。私は、挫折して夢を諦めたと思っていた。でも、一〇〇キロ歩こうと決意したのだから、夢を捨ててはいなかったのだと気づいた。人はどんな境遇にあっても夢や希望を持たなければ生きていけないのではないだろうか。退職した私は何かを求めていた。その何かとは、自分が目指すべき目標だった。犯罪被害者遺族としての活動、がん患者としての活動、教師であった経験を生かした活動などを生かして目指す目標が見えてきた。完歩したことで自信がでた。意欲も湧いた。がんになって早期退職をしたことの挫折感を少しは克服できたような気がした。でも、

別府のゴールで涙をこぼした

ゴール地点から別府駅の駐車場までの一キロを歩いて帰らなければいけないことに気づいたときは、絶望的な気持ちになった。

＊＊＊

行橋別府一〇〇キロウォーク感想文「新しいスタートラインに立つために」

ゼッケン番号1668　高濱伸一　　記録24時間03分02秒

100㎞ウォークに参加して何が得たいのか、自分でもよくわからなかったが、とにかく挑戦してみたかった。100㎞歩き通したあとに、何かがつかめるような気がした。

私は、8年前に当時19歳の大学生だった息子を交通事故で亡くした。私と同じ教師になると言って、教育学部に進学したのだった。心には熱い夢があふれ何事にも努力し、誰にでもやさしい息子だった。だからこそ、私は、死ぬほど悲しく辛く、やりきれない日々を過ごした。代わりに死にたいと思いながら、むなしい毎日を送っていた。そんなある日、息子が私の前に現れ励ましてくれたおかげで、私は息子に「ありがとう」と感謝することができるようになった。そのことによって、私は立ち直ることができた。

それから4年後、私は食道がんの告知を受けた。5年生存率3割程度であった。手術と抗がん剤で、気力も体力もなくなり、退職を決意した。私に残ったのは、挫折感だけだった。がんと闘うための体力を身につけようとウォーキングを始めた。当初は2㎞歩くのがやっとだったのに、日々距離を伸ばし、1年後には1日20㎞歩くことも平気となっていた。しかし、挫折感を払拭することはできず、人にも会いたくない、大きな声で笑うこともない、という毎日が続いていた。

そんなとき、100㎞ウォークに出会った。「これからがこれまでを決めるのだ」という言葉が私をとらえた。そうだ、今までのことを振り返るよりも、これからの人生をどう生きるのか、ということが重要なんだ。100㎞を完歩できたら何かがつかめるような気がして参加を決心した。

大会当日、61㎞のチェックポイントまでは順調すぎた。予定よりも早いスピードで歩き通し、20時間でゴールできるかもしれないと思った。ところが、休憩したあと足が動かない。右ひざが痛い、足が前に出ない。それでも何とか子どものような歩みでゆっくりと前へ進んだ。私は、「息子よ、頼むから力を貸してくれ。」と歯を食いしばった。すると、不思議なことに足が前へ出るようになった。足を止めてはいけない、ゆっくりでもいいから前に進むしかない。

私は思った。「息子は、夢も希望も命も奪われ、今の私と比べものにならないくらいに辛くて苦しくて悔しくてたまらなかったんだ。」と。真っ暗な国道10号線を歩きながら、こみあげてくる怒りで嗚咽した。息子との思い出をひとつひとつたどりながら、ただひたすら前へ前へ歩き続けた。

　日出のチェックポイントまで来たとき、すでに足は限界に思えた。「息子よ、残りは自分の力で歩くから手助けはしなくていいよ。親爺の意地もみせてやる。」そうつぶやいて、鶴見岳を見上げた。青い空だ。あの空の向こうの天国で、私の息子はがんばっている。ここまできたら、ゴールできないことはない。残り12㎞は、必ず歩けるはずだと思った。しかし、１００㎞は甘くない。あと４㎞の標識を過ぎたとたんに、右ひざに激痛が走り、右足が曲がらなくなった。止まっても激痛、歩き出しても激痛が続き、歩幅は30㎝ぐらいになり、顔は苦痛でゆがんだ。最後の２㎞は１時間近くかかったような気がする。すぐ先にゴールが見えているのに、まるで蜃気楼のように遠かった。

　それでもなんとかゴールにたどり着いたとき、スタッフの拍手に喜びがこみ上げてきて、「ありがとう」と声にならないお礼を言った。胸を張ってゴールラインを超えた。すぐに、夜中に電話で私を応援してくれたウォーキング仲間に、ゴールの報告と感謝の電話をかけた。空を見た。息子が笑っている。「親爺もえらいよ。」とほめてくれている。ゴールしたあとの私の心から挫折感はなくなっていた。

私は、ＮＰＯ法人「いのちをつなぐ会」を設立し命を大切にする社会づくりに取り組む決心を固めた。これからが、これまでを決めるのだ。私は、息子の夢といのちを次の世代へつないでいくために生まれ変わるのだ。これまでの人生は挫折したのではなく、これからの人生のために耐えなければならない苦悩であり、超えなければならない坂だったのだ。１００㎞ウォークでゴールすることが、再び人生の新たなスタートラインに立つことにつながっていた。ゴールの喜びは、再出発の決意でもあった。そうだ、私がこの大会に参加したのは、挫折を乗り越え、新たなスタートラインに立つためだったのだ。

ゴールしたあと別府駅までの道のりはさらに長かった。１００㎞ウォークで声援をしてくれたすべての皆さんのことを思い出しながら、一歩一歩感謝して歩いた。そして、早く帰って仏壇の息子に完歩を報告したいと思った。「ありがとう、本当にありがとう。」と手を合わせながら。

○参加したウルトラウォークの記録

平成24（２０１２）年　行橋別府１００㎞　24時間03分02分（初参加）

平成25（2013）年	行橋別府100km	21時間45分34秒		
平成26（2014）年	行橋別府100km	21時間10分36秒		
平成27（2015）年	糸島三都110km	24時間14分31秒		
平成27（2015）年	行橋別府100km	22時間18分51秒（還暦）		
平成28（2016）年	行橋別府100km	リタイア（雨）		
平成29（2017）年	糸島三都110km	23時間38分24秒		
平成29（2017）年	行橋別府100km	21時間39分18秒		
平成30（2018）年	糸島三都110km	23時間28分32秒		
平成30（2018）年	行橋別府100km	熊本地震のため中止（申込済）		

◆がんの再発

退職してからふらふらふらと過ごしていたのは、自分探しの旅だったかもしれない。退職すればきっと挫折感を払拭できないで後悔するに違いないと予測していたが、退職を決断したのは学校や子どもたちのことも考えてのことだった。退職後、「合志南小学校の子どもたちの命を守ってください。」と寺社仏閣に訪れるたびに手を合わせていた。人吉球磨三十三観音もすべて回ったし、近所の神社には何度も手を合わせた。信仰心のない私なので、何にでも祈った。退職後の五年間続けたので三千回は祈った計算になったが、その間に子どもが亡くなったというニュースは聞かなかった。五年間というのは私が在職したときの子どもたちが卒業するまでという意味である。しかし、残念ながら卒業後に病気で亡くなった子どもがいた。非常に悲しかった。

退職後の私がボランティア活動で参加していたのは、犯罪被害者支援センターや県警関係、熊本県生涯学習センターや学校、がんサロンネットワーク熊本や病院関係、リレーフォーライフジャパン実行委員会などである。たくさん足を突っ込んだため大変だったが、たくさんの知り合いもできたし、様々なボランティア活動の様子が運営や活動に参加できたので有意義だった。そして、活動に参加しているうちに自分が本当にやりたいことは何だろうと考えるようになった。命について考え悩みながら、命を大切にする社会づくりのために必要なことは何だろう。

犯罪被害者遺族やがん患者である自分自身と同じ境遇の人々との交流から気づいたの

は、子どもたちとの交流がないということだった。例えば、がんになった人は病院へ行き、社会から隔離されたような状態になる。同時に、がん患者も家族も病気のことを隠そうとするので体験を語ることはほとんどない。しかし、私が出会ったがん患者は明るく前向きの生き方をされている人ばかりで、亡くなってしまった方々も最後まで素晴らしい生き方であった。これを知らないで生きている普通の人は、命がどんなに大切でしかも儚いものかを考えないで生きている。子どもたちにもがん患者など生死に直面した人の話を聞いてほしいと思った。ボランティアで知り合った方々にそんな話をしていたら、多くの賛同者がいて協力してくれることになったので、NPO活動の団体を結成することにした。賛同者に理事への就任をお願いしたり、NPO法人設立方法を調べたりして毎日を意欲的に活動的に生きていた。

そんな二〇一三(平成二五)年一月のことである。突然声が出にくくなった。何か喉に詰まったような感じで、初めはカゼかと思ったが、他に症状がないのにいつも声が出にくいので嫌な予感がした。一月の診察日に先生に伝えたところ、目の色が一瞬変わって、「CTを撮りましょう。」とおっしゃった。

再発が見つかった。手術して切り取ったリンパ節のあとに再発が見つかったのだ。がん細胞は手術するほど大きくないし、放射線治療と抗がん剤の併用が効果的な治療なので、二ヶ月入院することになった。担当医から食道がんは三年ぐらいで再発することが多いと言われていたが、その三年を過ぎ四年目になっていたので、もうだいじょうぶだろうと安心していた。だから、最初のがん告知より再発のショックの方が大きかった。しかも、食道がんは再発や転移を繰り返し死亡するケースが多いことも知っていたので、もうこれで私のがんが治ることはない、と思うと何となく苛立つのだった。

また、ＮＰＯ法人の設立を悩んだ。やる気を出していたがもうこれから再発や転移を繰り返して死ぬのに多くの人に迷惑をかけられないと思った。だけど、理事を依頼した方々から、協力するからやれるだけやってみたら？と励まされたので、退院後にもがんばってみる決心をした。

入院中の治療は、毎日十五分の放射線照射を三十五日続け、同時に抗がん剤を一週間投与し二週間休薬し、また一週間抗がん剤を投与するというものだった。入院生活も抗がん剤も慣れているが、僕の担当医も看護師も変わってしまったので、不安しかなかった。しかも病院の建物自体が広くて新しく新築になったのと同時に雰囲気も変化していた。再発したことのショックと二ヶ月間ウォーキングも登山もできないことの苛立ちから、看護師と喧嘩したり勝手に外出したりすることもあった。

そんな中で、私が楽しみにしていたのが、フェイスブックだった。ほぼ毎日のように投稿することで友達も増えていった。「患者の見た目」という題を付けて入院生活で気づいたことを次のように書き続けていた。（一部は内容の重複などのため省略しているので、番号がとんでいるところがある。）

○二月一二日　その一「患者の見た目」

私は、医師の先生の診断と治療を信頼していますので、抗議しているのではなく、聞いて欲しいことがあります。

私は、がんになったときから死を覚悟して毎日を生きてきました。ですから、私にとって一番大切なものは命ではなく時間です。どうか時間を大切に使えるようにいつ何をするのか早く決めて知らせてください。今のわたしにとって、長く生きることではなく、悔いなく生きることが最も重要なのです。

今、私の声がかれています。医師は、何の感情もない言い方で「声は治らないだろうと思います。」とおっしゃいましたが、僕が歌手ならそれは死の宣告と同じ重さがあります。僕は歌手ではありませんが、人前でしゃべれなくなるとしたら非常に大きな失望です。生きるために、治療が必要だから、リスクも当然だと思っているお医者様、死なないことが生きることではないのです。生きる価値は患者にそれぞれ違うのです。指一本なくすより死を選ぶピアニストもいるかもしれません。その気持ちを聞く耳を持っていることは医者としての必須条件だと思います。でも、忙しすぎてお医者様も看護師様も病状以外の患者の心や冗談の相手ができなくなっていませんか?体温、脈拍、血圧、画像診断などのデータだけで管理されて、ファーストフード店と同じくマニュアル通りの対応しかできない病院になってしまいます。病院だけでなく医療行政にも同じことをお願いしたいと思います。

治療づけで一年間生きるよりもやるべきことを精一杯がんばった一ヶ月を生きたい、と願っている患者は多いはずです。医者は、科学者でありながら、宗教家でもあり、演出家でもあり、家族でもあり、竹馬の友でもあることが必要です。

どうぞ私の命だけでなく、私の人としての尊厳と人生を見守っていただきますようお願いいたします。

そんな願いを込めて「患者の見た目」を綴りました。

○二月一四日　その二「入院」

私が病院にお見舞いに来たときは、エレベーターがいつも遅いと思っていたけど、患者になるとちょうどいいのだとわかりました。元気なときの自分がはずかしくなりました。

フェイスブックで毎日あいさつしたり会話したりしている皆さんに感謝します。病棟でカーテン一枚お隣との患者さんとは話したことないから寂しいです。人間関係は物理的な距離じゃなく、心の強さで近くなりますね。

私は、熊本城マラソンボランティアで参加する予定でしたが、入院のためできなくなりました。入院前の打ち合わせのときにいただいていたボランティアジャケットを娘に頼んで返納してもらいました。挫折感でいっぱいです。マラソン選手は無理なのでボランティアで参加したかったけどそれさえリタイアです。だから、ゴールした選手よりリタイアした選手に「また来年おいで」と心から応援したいと思います。リタイアの辛さが人一倍わかるからです。

○二月一五日　その三「がんの呟き」

新聞やテレビCMで、今日はポイント五倍や大バーゲンがとても気になって、ラーメンやハンバーガーのＣＭも懸命に見て食べたくなって、諦めるまでにコマーシャル時間以上に長い時間がかかります。できないことがたくさんあります。

これはがん腫瘍の呟きです。「がん腫瘍の俺様が何故怖いか、わかるかい？痛くて苦しくて死ぬかもしれないからじゃないよ。痛くないからだよ。普通のけがや病気は痛いから病院で治療するけど、がんは死ぬ寸前まで痛くないから、怖いんだよ。あんたが治療しないならあと半年で死ぬとしたら、びっくりするだろう。あんたも痛くなくても調べてみてごらん。僕の仲間が着実に増殖しているからね。ヒヒヒ」

◯二月一六日　その四「患者になる」

四年前に手術したときのことです。

患者には、傷の痛みや死の恐怖、生活の不安など様々な痛みと辛さがあります。しかし、もっとも辛いのは、自分が一人で何もできない、役に立たない人間なのだと思うことです。

だから、私は入院してもできるだけ何でも自分でするように努力していましたので、手術の朝も自分の足で堂々と手術台のまで歩いて行きました。でも、そこで、看護師さんから、「ここでパンツも脱いてください。」と言われたとき、力が抜けて、すべてを任せようと諦めました。時にはすべてを人に委ねて、甘え切って、助けてもらわなければ生きられないのだと思い知らされました。術後は赤子に戻ったように素直な気持ちで、看護師さんにも家族にも職場にも甘えることができました。辛かったけど、それが患者なのです。

私は、人の役に立たない辛さを実感できたので、感謝の気持ちが湧いてきました。退院後、人のために生きることが人生の目標になりました。体の痛みは、注射や薬で和らげることができますが、人の役に立たない人間であるという挫折感や失望感の辛さは、人の心でしか癒やすことはできません。素直に家族や友人の思いやりや励ましに感謝する毎日です。

○二月一七日　その五「わかったつもり」

今朝は雨。どんよりとグレーに濁った景色を見ると寒く感じましたが、昨日は晴天だったので暖かく感じました。病室にいると、窓からの一方的な情報や見た目の様子だけで判断するので、本当のことがわかりません。外に出ようとすると、点滴の輸液ポンプのバッテリー残量がある限りは歩いて行けます。犬のクサリと同じかなと思いました。電気が切れないようにコンセントを探しながら移動します。でも、一番大切なのは命のバッテリーを切らさないことです。生きる気力という命のバッテリーです。

時間外出口まで行くと寒さが身にしみました。やっぱり窓越しに見た目だけでは本当のことはわかりません。入院してそんなことに気づいたけど、入院する前も同じだったような気がします。健康なときの方が、もっと一方的に自己中心的に物事を判断していたような気がします。健康だったとき、弱い人や恵まれない人の気持ちがわかってなかったとやっと気づくことができました。「わかったつもり」でした。「つもり」ということの怖さを知ることが大切だと思います。

○二月一八日　その六「車と人」

若い頃、こんなことを聞きました。結婚相手を選ぶ条件は、車を買うのと同じで、デザイン（ルックス）、エンジンの性能（経済力）、インテリア（性格）が条件だそうです。でも、一つだけ違うものがあります。それは結婚する相手には尊敬の念がなくてはいけないということです。車を尊敬して買う人はいないけど、人は尊敬できないと一緒に暮らせないからです。確かに若い頃は愛が大切かもしれないが、老いると家族関係は、尊敬する心が大切だと思います。

しかし、病室にいると、尊敬のどころか医療費の無駄遣いといわれ、社会的にも政治的にも尊敬を集めるどころか、マイナスの存在だと思われていないでしょうか。そこで、死を目前にした患者さんに出会うと「今まで生きてきたことが尊敬に値するのです、今、生きていることにあなたの値打ちがあるんですよ、せめて明日まで生きましょう。」と伝えたくなります。

○二月一九日　その七「おしゃれ」

東北大震災のあと、ある理容組合の方たちが、ボランティアで被災地へ散髪に行ったそうです。食べ物にも困っている人々が散髪で喜んでくれるか、心配しながらのボランティアだったそうです。でも、行ってみると、何もなくなった被災地の青空とこやさんがとても喜ばれたそうです。さっぱりして元気が出た、気持ちよかった、おしゃれを思い出した、など感想は様々でしたが、皆さんは本当に明るい笑顔を取り戻すことができたそうです。お腹を満たすより心を満たすことができたのでしょう。

生物学的な命だけを守るのなら、衣食住を確保することで事足ります。でも、人間はそうではありません。ちょっとしたおしゃれや身だしなみで心が大きく立ち直るものなんです。私は、今日、だるい体だったが朝からシャワーを浴びて、ハゲ頭を石鹸で洗って、がんサロンのお友達の顔を見てきました。それが元気になるために必須だと思ったからです。点滴だけじゃ病気は治らないのだと思います。

五年前に亡くなった父を病院に見舞いに行った時、「昨日、お風呂に入れてもらった、気持ちよかったー」と言っていましたが、これが、私が最後に聞いた父の言葉でした。病人だからこそ、きれいにさせてほしい、おしゃれが必要だと思っています。

○二月二〇日　その八「少年院」

居眠り運転で多くの命を奪った少年に判決が下りました。私は交通事故で息子を亡くしたので、被害者の気持ちは痛いほどよくわかります。ですから、たとえ少年が死刑になっても反対するつもりはありません。

しかし、一方で知ってほしいこともあります。私は、入院を先延ばしにしてまでも、以前から依頼があっていた少年院に講話に行きました。澄んだ目をしている子、明るい笑顔の子、うつむいたままの子など様々でしたが、多くの子が涙を浮かべて私の話を聴いてくれたので、本当に感謝しています。その時の感想文が昨日届いたので紹介します。

「私は今まで、平気で自分を傷つけるようなことばかりしてきました。でも、身近な人のことを考えると、そんな自分は命を粗末にしてきたのだと思います。私は講師の先生の息子さんみたいに親孝行でもないし、良い子でもないけど、家族や友達のために生きていかないとだめだと感じます。講師の先生に比べたら、私の失敗や苦しみは小さい。私もしっかり生きて前へ進まないといけないと思いました。入院前に私たちに話をしに来てくれた先生の願いと思いをしっかり受け止め、次へと私たちがつないでいこうと思っています。」

「講師の先生は、少年院にいる私たちに会うまでどんな気持ちでいたのかなと思いました。加害者である私たちに伝えたいことは何だろうと思いました。でも、それは憎しみの言葉でもなく、生きてほしい、夢を持ち続けてほしいという温かい言葉でした。私が生きていてもいいのなら、生きていて必要としてくれる人がいるならがんばれると思いました。生きていても幸せを感じることができるなら生きていきたいと思いました。」

「今日の講話の中で、『生まれたからには命を大切にすること』『生きているとは誰かが自分を必要としているからだ』『夢はあきらめてもいいけど捨ててはいけない』という言葉が心に残りました。自分は失敗だらけの人間だけど、今、生きていられるは、親や周りから支えられてきたからだということ、自分は一人じゃないんだと思いました。これから何があっても自分を大事にし、命を大事にし、家族もみんな大切にしていかなければならないと改めて思いました。」

感想を読みながら、私の方が励まされ涙がこぼれた。少年たちにはもう二度と会うこともないだろうけど、応援していきたいと思いました。法の厳罰化は、被害者や遺族からみれば当然のことですが、それだけですべてが解決するわけではないと思っています。

◯二月二二日　その九「就労」

初めて抗がん剤を投与した四年前と今回を比べると、副作用の苦しさが全然違う。今回の方が辛いのはなぜか考えました。

まず、手術後で体重も大幅に減少していること。次に通常でも食べる力が落ちていたこと。更に放射線療法を併用していること。そして、最後に決定的だと思うのは、自分自身の心のありようです。四年前は仕事がありました。しかも年度末の重要な仕事が重なっていました。だから、一日でも早く退院するために、階段を登ったり早寝早起きに努めたりしていました。抗がん剤投与の入院以外は、休まず職場で過ごしました。小学校入学以来、毎日毎日学校で過ごしてきたので、学校という職場が大好きでした。昨日、学校から講話の依頼があったので病院の外出許可をもらって、久しぶりに学校に行くことができました。退職したけど、やっぱり学校は好きなんだと思いました。私は自分が根っからの教員であることを身にしみて感じました。今回の入院では、仕事のストレスもないし、ゆっくり治療に専念できる環境にあるけど、それがかえって良くないのかもしれません。

がん患者の大きな悩みの元も希望の源泉も仕事かもしれないと思います。勘三郎さんも美空ひばりさんもどんな病状でも舞台に立とうとしました。その時に本当の生きる力が生まれていたのだろう。今も病院でがんと闘っている私の知り合いの先生ももう一度教壇に立ちたいと言っていました。

どうか、政治・経済・行政・民間企業などでご活躍の健康な指導的立場の皆さん、がん患者から仕事を奪わないようにしてほしいのです。もう一度、帰れる場所、必要とされる場所を奪わないようにお願いしたいと思います。

○二月二三日　その十「がんと家族」

以下は、お見舞いに来てくれた女性がん患者さんのお話です。

～私が乳がんになって入院したとき、高校生の息子が「お母さんのために何ができるか教えて」と聞かれたのよ。私は、「お母さんのことは心配しないで、今やっていることをそのままがんばってほしいわね、お母さんの病気のせいでじゃましたくないから」って言ったんです。息子は「わかった、がんばるから」と言って高校の寮へ戻って行ったんです。言われたとおり毎日、勉強も部活もがんばっていたけど、心の中では母親のことが心配で心が潰れそうになってたらしく遂に折れちゃったんです。寮の先生や友人の励ましや慰めでどうにか立ちなおったんですけど、私も家族に心配かけまいと必死で副作用とたたかっていたので、息子の気持ちもわからなかったんです。

主人が「家族の僕らにできることをさせてもらう方が僕らにもいいことなんだから」と言われ、家族に何でも甘えようと思えました。私もがんばったたかってたけど、家族も一緒にがんとたたかっていたんです。

高濱さんも自分一人でがんばらないで、甘えていいんですよ。〜

私はそう言われて家族のことを思い浮かべました。老いた母はどうなるだろう、娘は幸せになれるだろうか、案じても仕方ないからしばらくは甘えさせてもらって明るく治療を乗り越えることにしようと思って、目頭が熱くなりました。

がん患者が十人いて、それぞれに家族が五人いたら、がん患者が五十人いると考える必要があると思いました。

○二月二六日　その一一「ボランティア」

私が本格的にボランティアに取り組んでまだまだ日が浅い。しかし、気づいたことがずいぶんいろいろとあります。

その中で一番驚くのは、本当に献身的に人のためにボランティアに取り組む人は、自分自身がとても苦しい思いをした経験があったり今も苦しい生活状況だったりしている人が多いということと、募金や寄付に喜んで協力してくれる人は豊かな人ではなく貧しい境遇の方々が多いということです。経済的に豊かな人は、自己犠牲はせず趣味や娯楽のような楽しいボランティアを好まれるようです。苦しく貧しい体験を持つ人は本当に困っている人を見つける特技があるようです。医療関係の従事者にもこの二つのタイプがいるような気がしますがどうでしょうか。

○二月二七日　その一二「がん患者の不安」

がん患者の多くは、がんの告知を受けた時ショックで頭が真っ白になった、ぼうっとしてよく覚えていない、などの反応が多いようです。がん患者ではない人からみれば、それは死への恐怖からだというとらえ方をするでしょう。確かにそうです。

しかし、私はがんの再発で入院をして初めて気づいたことがあります。それは、多くのがん患者の苦しみは死への恐怖ではなく、先が見えない不安なのではないか、と。抗がん剤を何度投与しても治る見込みがないので、次は○○療法、次は○○療法と試していくしかない患者も多いのです。私も今の治療で治りますとは言われていません。治る可能性があります、と言われています。そんな治療が何年も続いている人が身の回りにも多いのです。「もし死ぬなら・・・」と言いながら妙に表情が明るいがん患者が多いのは、いつも死と一緒に生きていると感じている心の強さだろうと思います。がんの治療が、穴を掘っては埋める、埋めた穴をまた掘る、という悪循環になったとき、死より怖い不安に患者は押しつぶされそうになるのです。

今日も、大阪へ治験の薬をもらいに行くという若い男性のがん患者が見舞いに来てくれた。私が「体に悪いものを食べたいんですよね。」と言ったもんだから、お見舞いに炭酸飲料を持ってきてくれました。さすがにコーラじゃなくてジュースでしたけどね。炭酸をがぶ飲みできませんが、喉がジカジカしたが久しぶりにおいしくいただきました。でも、自分より重くて辛い病状のがん患者の彼に励まされたことの方が辛かったのです。すでに彼は治療法がないと医師から告知されているのに私の前では笑顔を絶やしませんでした。

がん患者は、死が怖いからおびえている臆病者ではありません。生きるために一生懸命耐えて努力しているけど、いつ死ぬか、いつ治るのか、先が見えないことが不安なだけなんだと思います。私もがんが再発して初めてこれから先がどうなるかわからない不安に気づきました。だから、健康な人でその気持ちを理解してくれる人はほとんどいないだろうと思っています。

○二月二八日　その一三「新聞広告」

イメージだけのお買い物をしました。

病院の売店で新聞の朝刊を買うとき、広告チラシの入っているものをわざと選んで買います。ごみになるだけですが、広告チラシの情報も必要だからです。本当に買い物に行くのではありません。

ヨーグルトが九九円なら安い、カレーは週末に残った野菜を整理したり忙しいときの手抜きをしたりするために必要だから買っておこう、シュークリームは妻の好物なので九九円のときに買ってあげよう、ブロッコリーも熊本県産が九九円になっているが、トマトはまだ高いなあ、と想像しながら広告チラシをみてエア買い物をするのです。

僕が毎日夕食を作っていたので、妻は一人で偏った食事をしているだろうと思いました。別に妻を心配しているわけではなく、自分自身の生活をこのまま失いたくないだけなのです。心まで入院させてしまいたくないのです。だから、明日も新聞広告のチラシを使って出所してからの更生をめざして努力しようと思います。

○三月四日　その一四「医師の仕事」

僕は、今までずっと、医者の仕事は人の命を助けることだ、だから、大切な仕事なんだと思っていました。でも、昨夜、ふと主治医の顔を思い出して浮かんだ言葉は、「先生、僕の命をむだにしないでください。」でした。患者同士で「もうだめだったら追い出されて、死に場所を探すことになる。」という会話をしたばかりだったからかもしれません。死ぬのは仕方ないことです。自然の成り行きです。だけど、むだな命、むだな人生にはしたくない、と思うのです。緩和ケア病棟へ転院していく患者さんには「あなたの命はむだではありませんでしたよ。たくさんの人を幸せにした人生でした。がん医療の進歩にも役立ちました。」と心の中で言うことにしました。医者にとって命を救うのは当たり前の仕事ですが、医者の大切な仕事は、患者の命を一人でもむだにしないことではないでしょうか。だから、死なない方法だけでなく、人生の価値や生きる喜びを気づかせてくれる医者であってほしいと思います。

○三月五日　その一五「言葉」

学問の基礎基本は、むかしから読み書きそろばんでした。特に、言葉の力を身につけることがとても大切なことでした。言葉によって相手の心を理解し、言葉によって相手に自分の心を伝えることができるのです。しかし、その言葉が記号化しマニュアル化し、命のない言葉になろうとしています。

例えば、ハンバーガーショップやファミリーレストラン、コンビニなどでは、パターン化された言葉しか聞けません。作り笑いで「お召し上がりですか、お持ち帰りですか」といわれても感動も喜びもありません。お年寄りには「お元気そうですね。」とか、子どもには「車に気をつけてね。」などのあいさつや言葉かけがある方が人としての言葉の力があるだろうになあ、といつも思います。実は病院でさえ、例外ではないようです。検査点検項目のマニュアルをチェックすることが第一で、患者の気持ちや背景まで思いやる余裕はないようです。さらに、家庭では「めし、風呂。」しか言わない夫、テレビから視線をそらさないで返事する妻、スマホとだけ会話する子ども。心と心で触れ合うような会話はどこで聞けるのでしょう。意外と病院の門の外でタバコを吸っている不良患者さんが本音の言葉を使っているかもしれないと思って苦笑してしまいました。

人の心と心をつなぐために、最も大切な「言葉の力」を育てていきたいものです。それが人間らしい社会づくりの第一歩だと思います。

○三月六日　その一六「患者の心の中」

四年前、食道がんの手術をしたとき、ＩＣＵで寝ていたら亡くなった息子が現れました。私はうれしくて微笑むと、息子は何も言わないでニタニタと笑っていました。「何がおかしい？迎えに来たのか？」と私が訊いても答えてくれないのです。ますます意地悪でバカにしたように笑いながら去って行きました。迎えにきたのかと思って喜んだのに、わざわざ天国から親父のことをからかいにきたのか、と腹立たしくなりました。でも、あとでよく考えてみたら、私を助けにきてくれたのだろう、と気づいて感謝しました。

息子のことをいろいろ思い出してみました。自宅で焼肉をするときは、私がいつも豚バラ、鳥肉、ウインナー、並の牛肉、そして特上の国産牛を少しだけ買ってきます。野菜と一緒に安い肉をどんどん子どもに食べさせてから、最後に国産牛のカルビーを冷蔵庫の奥から持ってきて焼くのです。すると、「えっ、もう食えない、だまされたああ」と息子はいつも怒っていました。上の娘はずる賢いので、そんなことはお見通しで、いつもちゃんと胃袋を残しているので、弟を笑いながらおいしい国産牛を食べていました。どうしておいしい国産牛だけを息子にたくさん食べさせなかったのかと後悔しています。

私は、息子と約束をしていました。「スーパーのまずい焼き鳥じゃなくて、本当の焼き鳥をカウンターで食べよう。」と。上の娘が大学を卒業して東京から帰ってきたら家族みんなで食べに行こうと待っていました。息子は「いつになったら焼き鳥食べに行くの？」と言って怒っていました。それから二ヶ月後に息子は亡くなってしまったので、とうとう約束が果たせませんでした。私は、今もまだ悔やんでいます。息子が親父と飲みたいと言ったのに、どうしてすぐに行かなかったのでしょうか。

三年前退職してから、体力づくりも兼ねて登山に行くようになりました。汗を流して息を切らせあえぎながら頂上に着くと、息子の存在を後ろに感じることがあります。背中を押してくれたように感じます。見上げると山の上の大きな青空を息子が飛び回っているように感じることもあります。

昨年秋に一〇〇キロウォークに参加したときは、六二キロ地点で膝が痛くて歩けなくなりました。悔し涙を流しながら「助けてくれ」と息子に頼んだら、痛みが和らいでゆっくり歩けるようになったのです。夜中の国道一〇号線を息子のおかげで歩けたのです。ところが、そんな息子が、今度の入院では一度も現れてくれません。娘が毎日来てくれるので遠慮しているのか、たいしたことないので心配していないのか、わかりません。しかし、一つだけ間違いないことは、息子のおかげで死ぬことも怖くないし、がんであることも手術も入院も辛いことは何もないということです。いつかは息子に会える、それを待っているだけのことだからです。だから、入院していても一番気になっているのは、自分の病状よりも、息子に会えるかどうかということなのです。

この病棟に入院している患者さんは、それぞれに年齢も性別も病状も違うし、心の中はみんな一人ずつ違うだろうと想像できます。今までの人生も家庭も何もかも違うのだから、今の心境も悩みもぜんぜん違うのが当然でしょう。患者さんは、ベッドの上でいったいどんなことを考えているのでしょうか。患者さんを見ていると、熱、血圧、食事、お通じ、薬以外に話したいことがたくさんありそうですが、なかなか聞いてくれる人がいないのです。となりの患者さんが何か気になっていることを話したさそうだったのに、看護師は気づかないまま行ってしまいました。とても寂しい気持ちになりました。そう言えば、私自身も今回の入院では何でも話せる看護師さんに出会っていません。

○三月七日　その一七「主人公」

昨日から男性高齢者の新しい入院患者さんがいらっしゃいました。知らず知らずに看護師さんとの会話を聞いていました。それでいろいろわかったのは、この男性はまだ検査中だという理由で病状をはっきりと知らされていないこととほかの病院からこの病院に回されてきたことです。

この人が話したいことと看護師さんの反応をまとめます。まず、今までどんな治療をしたかという話では手術は難しいので抗がん剤治療だけだったようです。しかも、食事が喉を通らないので風船を使って食道を開いたので良くなったそうです。私はそんな状況からこのお年寄りは助からないと思いました。だけど、そのことを誰も本人に告知しないでいるようです。年金が足りないのでテレビでNHKは見ないと主張しているけど、それでも料金は支払わないといけないということを知らないようです。看護師さんは、のれんに腕押しの「ふうん、そうなんですねえ。」という返事を繰り返しています。仕方ないかもしれません。人の生活をとやかく批評することもできません。老人は、若い頃ゴルフが得意でシングルプレーヤーだったと何度も自慢していましたが、看護師さんはシングルプレーヤーがすごいことなのにその意味がわからないみたいでした。最後に、老人はがんならがんだと教えてほしいと盛んに訴えていましたが、看護師さんの口からそんなことは答えられません。そして、入院や点滴の注意を告げてやっと立ち去ることができました。私は、それまでの会話を聞いていてイライラしていました。医療の素人の私でさえこのお年寄りが何を話したいのかがわかるのに、看護師さんは自分が伝えたいことを伝えるのに精一杯のようすだったからです。お年寄りは話したいだけで回答は求めていません。寂しかったり不安だったりすることが聞いてもらえるだけでうれしいのです。もっと無駄な世間話を上手にしてあげてほしいと思いました。それも治療になるはずです。私は、自分が老いてきたのでそれがわかるようになりました。そして、そのお年寄りの話を聞きながら、一人の男性の人生を映画でも観るように次々に浮かんできました。人生の主人公は、あなたなんですよって心で叫んだら、その映画は終わりました。

啐啄同時（そったくどうじ）という言葉があります。卵の中から雛が殻を破るのと同じ時間に親鳥が外から殻をつついてあげるという意味です。一番それができないのが、学校の教員。次が両親、その次は公務員全般。医者や看護師もやっぱりこれが苦手なのです。聞いて欲しいことを聞いてくれたときが、一番嬉しいのに、どうもいつもずれているように思えて仕方ないのです。看護師さん一人あたりの担当患者が増えているので忙しいのでしょうか。接遇や心理学、言葉遣いなどの研修はないのでしょうか。看護の効率化や個人情報保護などが優先されているのでしょうか。四年ぶりに同じ病院に入院している私は、無駄話が減ってしまったことがとても悲しくなりました。

○三月八日　その一八「主体的な患者」

僕は四年前、がん患者となって手術し、再発したので二度目の入院生活をしています。そこで、大きく気持ちが変わったことに気づきました。それは、初めてのがん治療では医師と看護師にすべてお任せするしかないと思っていましたが、がんという病気と付き合いながら多くのがん患者との交流なども通して、今は「主体的にがん治療に取り組みたい」と思うように変わったということです。

初めての手術後、退職したのも再発に備えたためでもあります。ウォーキングから登山にも出かけるようになり、ついには一〇〇キロウォークまで完歩するまでに体力と気力を高めてきたのは、再発に立ち向かうためでもあったのです。だから、今はショックでもなく落ち込んでもいません。むしろがんに立ち向かって行く気持ちが強いのです。こんな気持ちのがん患者さんが非常に多いように思います。

そこで、これからのがん治療や看護は、国民全員を主体的な患者に育てることが重要だと気づいたのです。具体例からいえば、検温、血圧や体重測定、食事の量、飲んだ薬のチェックなど簡単なことは、患者本人が行う方が主体性を高めることになります。また、私の場合は、前回の抗がん剤治療の経験から便秘を心配していたので、その対策としてどんな薬や浣腸があってどのような効果があるのかなどを助言していただくと自分で判断しながら服用することができるのです。だから、いちいち様子を聞きながらあとから小出しにしてこんな薬もありますなんて言われるとがっかりします。知っていれば自分で考えて自分で治療法を判断できる自信があるのに、医療者から信じてもらえていないと思うからです。助けてあげる医療者、助けてもらう患者という関係ではなく、助け合うパートナーとしての関係でいたいと思うのです。

運動も同じで、手術前の人には手術後はできるだけ動く方がいいんですよ、と言いながら、私が何ら副作用のないときにでも、「階段は用心してください。」と言われます。階段は、私にとっては登山への準備運動であり生きる気力を奮いたたせるための方法なのです。運動の適切な内容や量の情報を正確に教えていただく方がありがたいと思います。同室のある患者さんは手術の写真と体内から出てきた石を貰って帰ってこられました。何がどうなっているのか正しく詳しく知りたいと思う患者さんが多いのです。

また、がん患者は、死について考える時間をいただいているので、多くの方が死に方を考えることができる心の余裕を持っています。それを逆にみると、生き方を常に考えているということでもあるのです。まずは、患者を信用することを前提に治療や看護にあたってほしいと願っています。

また、がんは特に予防から始まる医療だと思います。子どもから大人まで国民誰もががんになることを前提として、教育や啓発が必要です。そのことで、主体的に自己管理できる患者が増えれば、治療効果もあがるはずです。

特に若いがん患者も増えているので、仕事をしながらの入院や退院後の自己健康管理も重要です。私は、今後の治療方法の限界を決めています。延命だけの医療は拒否します。それは、ＱＯＬ（生活の質）を考えて、生きる時間を大切にしたいからです。死が早くなってもそれまでは自分らしく生きたいと思うからです。そこで、正確で多様な情報をできるだけ多く提供していただき、患者自身にもっと判断する機会を増やしていただきたいと切に希望してやまないのです。主体的な患者であることが、主体的な生き方につながるはずだからです。

○三月一一日　その一九「素敵なプレゼント」

今日は東日本大震災から二年、病院でも黙祷がありました。私にとっても特別な日になりました。素敵なプレゼントが届いたからです。それは、「きらきら・いのち 脳腫瘍の子どもたちの作品展」を主催している「さんさん家族の会」の小学生さあやさんからの素敵な絵のプレゼントでした。さあやさんからのこんなお便りもありました。
「高はまさんへ。こんにちは。高はまさんがすきな山をかきました。山の上には、小さな木をかきました。さくらんぼがなっている木には、鳥もかきました。てんとう虫もかきました。山の上の木は、いろんな色でぬりました。実がなっている木もかきました。」

そうです。私が登りたいと思っていた春の山を描いてくれたのです。私は、さっそく登りました。ベッドで目を閉じると、もうそこには鮮やかな色の景色が広がりました。森をぬけて、登山道を登っていくと、小鳥がさえずっています。つくしやさくらんぼも歌っています。緑色のさわやかな風が僕の頬をなでていきます。透きとおるような青空では、白い雲が、僕が登ってきたことを歓迎してくれました。決して高くはないけど、いのちに満ちあふれた美しい山の情景に、今までにない最高の感動を味わうことができました。

さあやさんが描いてくれた素敵な山の絵

二年前、東日本大震災で多くの皆さんが亡くなり、今も家族を亡くした悲しみが続いています。生きることの苦しさが続いています。僕は、それをどうすることもできません。でも、その気持ちを共有することはできます。共感することはできます。関係ないことではなく、自分のこととして考えることはできます。脳腫瘍やがんや難病の子どもたちのいのちを助けることはできませんが、祈ることはできます。一緒に喜んだり悲しんだりすることはできます。だから、せめて心だけでも一緒に生きていきたいと思います。二年前の三・一一は、「心は一緒に生きていく」ということの大切さを気づかせてくれました。小学校の校庭で泥まみれになった赤いランドセルを探すお母さんの姿をテレビで見ました。全然知らない人なのに私は涙が止まりませんでした。どうしてだろう。命が繋がっているからだと思いました。私たちは他人であっても命は繋がっているんだから悲しくなるんだろう。誰とでも気持ちは共有できるものなのです。私に、辛さを分かち合って生きる社会になるように、小さな小さな努力をしようと決心させてくれました。

今日という三・一一は、病気なのにまた、僕は大きな宝物をいただきました。いいえ、病気だからこんなに素晴らしい宝物がいただけたのかもしれません。十億円のゴッホより大切な大切なさあやさんの絵です。今は何も役に立たない僕が、こんなに幸せでいいのでしょうか。今日からいつでも天国のような春の山へトレッキングに出かけられます。ありがとうございました。

○三月一三日　その二〇「出会い」

ネットで調べてみたら、多良岳のマンサクはすでに咲いてます。坊ガつるも咲き始めているようです。赤川も咲いているでしょう。鞍岳の頂上付近にもマンサクがありますが、たぶん咲いていると思います。一昨年は、マンサクを探してあちこち登りましたが、いつも早すぎて満開のマンサクに出会ったのは四月でした。人に会うのもうれしいけど、花に出会うのもすごく嬉しいものです。なぜかというと、いつでも会えるわけではないからです。本当に一期一会だと思います。「また、来年会おう」と思っても会えることはめったにありません。

病床にいるとなおさら思いがつのります。会いたい人も会いたい花も思い出さない日はありません。たぶん私の人生を豊かにしてくれたのは、お金や地位ではなく、人や花との出会いだと思います。

○三月一五日　その二一「生きにくい」

昨年、あるがん患者さんが「がんが再発してからは、生きにくくなった。せめて半年ぐらい先までで、それ以上先のことが考えられないから。」とおっしゃったのが、心に残っています。今、自分自身が再発して入院したので、より一層強く実感することができます。昨年、がんサロンで花見をしたとき、「みんなで今年もまた桜が見られて、それが一番よかった。」とみんなで喜びましたが、今年は桜を見られず亡くなった方がいらっしゃいます。本当に無常を感じます。来年の桜を見られるだろうかと思うと、今年の花見はまた格別な美しさを感じるのです。

がんの手術した後、近くの桜を毎日探し回って写真を撮りました。何か焦っているような気持ちでした。今日見なければ来年は見られない、という焦燥感だけで生きていた時期だったようです。

そして、四年後にやっと落ち着いてきたところでがんが再発したのです。以前ほどの焦燥感はありませんが、「生きにくい」という感覚は実によくわかるようになりました。今日を大切に、と思いながらも病院でのんびりしています。退院してからも数ヶ月先の行事を目標にがんばるつもりですが、それほどギラギラとした情熱があるわけでもありません。今回の治療結果を見てから、また先のことを考えるとして、とりあえずは砂時計が落ちるように穏やかな時間が過ぎていきます。子供の頃、夜眠れないと柱時計の音がカチカチと大きく聞こえて、ますます眠れなくなったときと同じような感覚です。

○三月一八日　その二二「ベテラン患者」

今朝、看護師さんは、採血に苦労していました。私の採血を失敗すると後回しにして、向かいの患者さんの採血に行ったのに、これまた針が通らないのです。患者さんが、「ここの血管がいいよ。」と教えています。自分のことだから、詳しいのが当たり前かもしれませんが、病院で患者が看護師に採血を教えるのも変な話かもしれません。がん患者が増えると、何度も入退院を繰り返すので、ベテランの患者に成長していくのです。私も昨日一日、院内のセミナーに参加させてもらいました。医療従事者は忙しくて仕事に忙殺されていますが、患者は命がかかっているから真剣に学んでいるのです。そうなると逆転現象が起こります。患者の方が特定がんの知識だけはくわしくなるのです。もう「お医者様にすべてをお任せします」という時代ではないけれど、医者の中には「説明してもわからないくせに黙って寝てろ」みたいな体質が見え隠れする人もいるようです。医者ががんになったら、どんな態度を取るんでしょうか。

さて、私の採血に失敗すること四回。私の血管は、抗がん剤治療などの繰り返しで弾力がなくなったのが原因だと思われます。とうとう自信をなくした看護師さんは悲しい顔で選手交代となりました。次の看護師さんがファイト一発！今日は月曜日で雨、運勢も悪そうなので、昔懐かしいカーペンターズの「雨の日と月曜日は」を聴くことにしようと思います。青春時代を思い出して泣けるかもしれません。

○三月一九日　その二三「おじいちゃんの心配」

一週間ぐらい前にこの病室へやってきたおじいちゃん。ずいぶんな年齢のようです。食道がんのようですが、入院してまず歯科の診察があり口の中は血まみれでした。それで私はなんかすごく心配でしたが、どうも虫歯だらけで役に立たない歯ばかりのようです。ビールばっかり飲んでいた、と言い訳のような自慢のような説明をいろいろ話してくれました。胃カメラなどの検査は毎日続いていましたが、がんの告知されていないようでした。でも、私がすぐにわかったのは、おじいちゃんはお話が好きだということです。そこで何気なく近寄って窓から川を眺めながら、六十年ぐらい前の大洪水の話を聞きました。白川大水害のことは私も父から聞いていましたのでよくわかりました。私は生まれたばかりでしたが、当時住んでいた家が浸水被害に合いました。おじいちゃんは、大水害で家を流されたそうです。

おじいちゃんは、食事を飲み込めないので、鼻の管から栄養を入れて点滴もあります。

輸液ポンプも二つつないでいます。夜になると、このポンプの警報がピーピー鳴るのです。消灯後に暗くなってからピーピーとなるたびに、おじいちゃんは気の毒そうに「すいません」と看護師さんに謝っていました。「他の人の迷惑にもなってすみません」「この機械のバッテリーが悪いのかも」ともいいわけもしていました。看護師さんに「手を曲げたときに鳴るみたいですね。」と言われたのを気にして、「手を縛ってもいいです。」とも言っていました。私は、それを聞いて我慢できずにこう言いました。

「じいちゃん！じいちゃんは何も悪くない。この機械は鳴るのが当たり前、鳴らんと困る。病気してここに来てるんだから、謝ることは何もないよ。機械が鳴ったら病院がどうにかせんといかん。僕たちの機械もいつも鳴りよるとだけん、なんも気にせんでよか。病気を治すことだけ考えたらよか。」

　このおじいちゃんが入院してから三日目、看護師さんたちがこのおじいちゃんの昔話をよく聞いてくれるようになりました。すると、おじいちゃんもだんだん落ち着いてきました。そして昨日、がんと病状が告知がされたそうです。私が、どうだったね、と尋ねると、すぐに話を聞かせてくれました。小さいけどはっきりした声でした。

「食道の写真ばみたら、もう助からんと思った。覚悟はして来たから。・・・・・」

私が「じいちゃんは偉かねえ、覚悟できてるのはすごい。」と言ったら、照れくさそうなかわいい瞳で笑っていました。

戦前に生まれたこのおじいさんは、焼夷弾の降る空襲を生き抜いて、若い頃から自動車の板金塗装の仕事一筋にがんばってきたそうです。酒が大好きで、新市街でよく飲み歩いていました。ヤクザとも仲良しで、危ないめにも遭ったそうです。入院する前には、すでにご飯は喉を通らないのでビールだけを飲んで一人で暮らしていたそうです。奥さんとは離婚したそうですが、今日は息子さんとお孫さんもお見舞いに来てくれていました。おじいちゃんはとてもうれしそうでした。

今日は、おじいちゃんがお茶を飲んでいたので「何か飲みたいなら買ってきましょうか。」と尋ねてみました。すると、おじいちゃんは、

「昨日から薬が飲めなくなったから、アメば舐めるのもやめた、一日でも長く生きたいからね。」

と言っていました。私は、やっぱり普通のおじいちゃんだと安心しました。心の中で「覚悟は決めたと言っても誰だって死にたくないですよね。よくわかりますよ。」と心の中でつぶやきました。おしゃべり大好きな愉快なおじいちゃんは、ゴルフコンペで優

勝したことが自慢で、酒とタバコが好きで、私と同じ食道がんでした。その人生は幸せでしたか。僕にできるのは、せめて治療が痛くないようにと祈るだけでしたけど、お話はいろいろと聞かせていただきました。その後、おじいちゃんは転院して行ったのですが、たぶんほどなく亡くなっただろうと思います。

○三月二二日　その二四「ミヤマキリシマ」

夕方、夜勤担当の若い女性の看護師さんがやってきました。

「今夜担当です、よろしくお願いします。血圧を図ります。高くなりましたね。」

私は、具合が悪いと疑われないように即座に答えました。

「今、階段を登ってきたから血圧が高いのでしょうね。」

するとと、彼女は、

「すごいですね、私は四階まで登ると息が切れますよ。」

と言うので、私は自慢げに、

「僕はこの調子なら六月には、ミヤマキリシマを見るために山へ登れそうです。」

と、ちょっと大げさに言ってみました。

すると、彼女は、

「すごいですね、目標があって。」

なんて言うものだから、私はあきれて
「えっ、看護師さんは目標がないの？」

と驚いて尋ねてみました。

「ええ、しいて言えば、友達と飲みに行くことくらいかなぁ。」

私は、一瞬言葉を失いました。体は健康なのに目標のない看護師さんに看病してもらっているとは予想外だったからです。私は、友達のがん患者さんを思い出しました。みんな生き生きとしています。完治の見込みがない人、入退院を繰り返している人、病院から治療方法がないと宣告された人などたくさんの友達がいますが、目標や希望がない人は誰もいません。命ある限り歌いたい、今の仕事をやり遂げたい、もう一度職場に復帰したい、子供達の成長を見届けたい、少しでも社会に寄与したい、もう一度あの紅葉を見たいなど限りある命だからこそ、目標も希望も限りないものなのです。そこで、私は看護師さんに少し大きな声で怒ったように言いました。

「がんになったらいいですよ。がん患者には目標のない人はいませんからね。」

すると、看護師さんはどう思ったのかわかりませんが、苦笑いをしながら病室を出て行きました。

○三月二七日　その二五「息子と私」

本当は秘密にしておきたかったのですが、病院での最後の夜に書くことにしました。以前、大切なときに息子が天国から出てくると書いたことがあります。今回の入院では出てこなかったのですが、実は先週現れたのです。その意味がよくわからないので、ずっと考えていました。

息子は、二歳ぐらいの幼い頃の姿でした。息子は、小さくてかわいい体でベッドに寝ている私の体に力いっぱい抱きついていました。顔を私のお腹に押し付けて噛みついたような格好で、かわいい両手でしっかり私の体をつかんでいました。私は、どうしたんだろう、と思って幼い息子の顔を両手で持ちあげてみると、何か悔しそうな顔をしています。今にも泣きそうな顔です。何を怒っているのかわかりません。「おい、どうしたんだ？」と訊いても何も答えませんでした。それで、終わりでした。

私は、その後ずっと考えていましたが、意味がわかりませんでした。たぶん、私のがんの腫瘍をやっつけてやろうと、精一杯の力を込めて噛みついていたのかもしれないと思いました。だけど、どうしてもがんを治せなかったのだろう。それがあの悔しそうな悲しい表情だったのだと思いました。

でも、どうして幼い頃の姿で出てきたのか、それはなぞです。息子は、時々幼い頃の姿で私の前に現れることがあります。子どもを亡くした人に訊くと誰もがそんな経験をするのだそうです。実に不思議です。幼い頃から色々な年代で出てくるのは、それぞれの成長とともに思い出があるからでしょう。

先週、このようにして心待ちにしていた息子が出てきてくれたから、私は急に元気なって活動的になり外出もしています。だから息子に感謝しています。だけど、あの歯を食いしばった悔しそうな顔は何だったのでしょうか。やはりがんを完全に治すことはできなかったからに違いないと思いました。だけど、治そうとしてくれたとしたら、それだけでうれしくて仕方ありません。どの患者さんにもこのような何かがあるはずだと思いますが、カルテには残りません。このような患者を癒やす事例は、迷信や妄想だという見解もあるでしょう。でも、患者の心を癒やすための最も有効な方法は、患者同士の会話や励まし合いだということは間違いないと思います。

がんという病気は、退院したから治ったというわけではありません。今までこの病室の患者は皆「また帰ってくる。」と言い残して去って行きました。同じように私もまた再発や転移して入院することになるだろうと思います。それを覚悟のうえで、どのように折り合いをつけながら生きていけばよいのか、まだわかりません。明日は退院ですが、これで終わりではなく、これから始まるという感じがしてなりません。だから、今夜は息子と会話をしながら眠りにつくことにします。何か生きるためのヒントを教えてくれるかもしれませんから。

以上が、再発して入院したときのことを日記のように綴っていたフェイスブックの内容である。再発で入院した二ヶ月間は、模範的な患者ではなかった。むしろ問題児だった。看護師さんから何度注意されたかわからない。

しかし、二ヶ月の入院中にずっと心がけたのは、できるだけ早く体力を回復することだった。ウォーキングや登山が人生の生きがいになっていた。しかも、がんの再発もあったので、いつまで生きられるかわからないという日々だった。幸い手術はなく、抗がん剤と放射線の治療だったので、とにかく自由に動けるときは動いて、体力をつけようと思って運動を心がけた。病院内を散歩するのはもちろん、階段を登ることもよくあった。休薬期間には、外出許可をもらって病院を出て何キロも歩いていた。私には目標があったからだ。それは一〇〇キロウォークを完歩することだ。そして、退院後も練習を重ね、その年も一〇〇キロウォークを完歩することができた。春に二ヶ月も入院していたのに、秋には一〇〇キロ完歩できたのは、二つの理由があった。一つは入院中も目標を持って生きることができたこと。もう一つは、病院外に家族以外の友達がたくさんいて、ＳＮＳでコミュニケーションをとり続けることができたこと。

この経験から、入院患者に必要なことは「無理しないで」というより、目標を持たせることと多くの人々とのコミュニケーションを絶やさないことだと思う。

退院後すぐにがんサロンの花見に参加をして、フェイスブックに次のような投稿をしている。

〇四月四日　その三十一「花見」

今日は、花見でした。去年も花見をしました。去年参加して一緒に花を眺めたあの人が今年はいません。まだまだこれから人生を楽しめる年齢でした。「また来年も」と言いながら花見が終わったのに残念です。

僕のまわりには、命が危ない人がたくさんいます。退院したけど、自分自身もそうです。これは、いい表現ではありませんが、戦場にいるのと同じです。次々に戦友が倒れていく、自分もいつ倒れるかわからない、そんな中にいると、毎日命を感じて生きているのだなと、改めて自覚できました。

桜が散るように人の命も散っていきます。元気な人や成功した人は「夢は必ず叶う」とか「失敗は成功のもと」なんていう言葉が好きみたいですが、僕は大嫌いです。病気になるのも、事故や災害にあうのも、その人のせいじゃないのに、突然苦悩を背負わなくてはいけなくなるのです。今、成功している人は、努力の成果もあるでしょうけど、ちょっとばかり運がよかったっていうだけかもしれません。

人生は本当に不公平です。恵まれた人はどんどん恵まれるのに、不幸な人はどんどん不幸が重なっていくような気がします。でも、今ではそれを受け入れられるようになりました。がんのおかげかもしれません。もしものことがあっても僕は、天を恨まず、人生に感謝しようと思っています。

今日も「来年もみんなで花見ができるように」と約束をして閉会しましたが、そんな約束が守れるのかどうかわかりません。

八　いのちをつなぐ

◆出会いと別れ

食道がんの手術を受けて退職した私は、みるみるうちに体力も気力も回復しボランティア活動に取り組んでいった。その中で一番多かったのはがん患者との交流だった。熊本県でもがんサロンを設立しようという呼びかけがあり、私も積極的に参加して活動した。がんサロンの運営に積極的に参加し、私も二カ所のがんサロンのお世話をすることになった。

そんな毎日の活動の中で、私は多くのがん患者や医療関係者に出会うことができた。私は、がん患者や社会のために役立ちたいと思っていたのに、たくさんの方々との出会いによって、逆に多くのことを学び励まされる日々を過ごすことになった。そのとき気づいたことがある。今の社会では、がん患者は知らないうちに区別され阻害されているということだ。いや、学校では逆に子どもたちががん患者から隔離されているのではないかと思った。がん患者はかわいそうな人々ではない。むしろ強さやたくましさがあり、学ぶべき多くの体験を有しているのに、そのことを何も知らず学ばずにいるのは非常にもったいないことだと思った。子どもたちや健康な人に学んでほしいことがたくさんあるのに、お互いに触れ合うことも交流することもないのだ。私もそうだった。三十年以上学校教育に携わっていたのに、がん患者と知り合うこともないので何も知らなかった。入院して病院の中に出会ったり、がんサロンで出会ったりして、がん患者に励まされるとともに生きる指針を示してもらったのだ。そこで、がん患者と子どもたちをつなぐ活動が必要だと思った。しかし、それを行う仕組みも団体もないので、それを作ったらどうだろうと思いついた。思いつきをすぐに行動に移すと「思いつきだ。」と批判する人もいるが、何事も思いつきから始まるものだ。私は、成功するかどうかボランティア活動の友人に相談をした。すると、多くの人の賛同を得られたし、積極的に協力してくれるという人も集まった。しかも、理事として参加してくれることになった皆さんは、活動への意欲ばかりでなく、優れた能力や尊敬できる人格の持ち主ばかりだった。

私は、「NPO法人いのちをつなぐ会」の設立をめざして理事やがん患者、医療関係者などの皆さんの協力を得て準備を始めた。「いのち」と平仮名表記にしたのは、命という生物学的ものでも医学的なものでもなく、人の人生すべてを表すという意味である。その人が生きた思い、足跡、思い出、出会いなどを含めた「いのち」である。だから、

「つなぐ」というのも親子や家族の遺伝的なつながりを意味しているのではなく人と人の心と社会的つながりを表している。宗教や主義、民族や国家などを乗り越えた大切なものがいのちであると考え、互いに尊重し合う人が人とのつながりを強めて生きていこうという理念をもったNPO活動を目指している。

そして、二〇一二（平成二四）年十一月、設立総会を開催することができた。心配していた参加者は、百人を超えていた。設立趣意書、活動計画、予算案が満場一致で採択された。予算は会費で十万円、私の講演謝金から十万の寄付金を合わせて二十万でスタートすることにした。総会には地元のテレビや新聞の取材もあったので大きな広報活動になった。がん治療中の同級生や三十年前の教え子も来てくれた。非常にありがたかった。一緒に活動に協力してくれた方々や総会に出席してくださった方々への感謝の気持ちでいっぱいだった。これだけ盛り上がればきっとうまくいくだろうと思った。

そのときの「いのちをつなぐ会」設立趣意書は、次の通りである。

○「いのちをつなぐ会」　設立趣意書

今こそ、人間一人一人の「いのち」をますます大切にする社会をつくるべき時がきたと思います。特に、日本においては、３・11東日本大震災以降、命の尊重、環境や健康の重視、家族や郷土への愛情など人々の価値観や生き方も大きく変わりつつあります。このような状況をうけて、学校教育や社会教育その他の社会活動などで「いのち」を大切にする内容が重視されるようになってきています。

ここでいう「いのち」とは、ただ生物学的な生命のみを意味するのではなく、人々の生き方や思いを含めた広い意味での「いのち」をさしています。ですから、「いのちをつなぐ」とは、誰もが笑顔で幸せに生きることのできる社会を実現するという夢や願いを次の世代へと受け継いでいくことでもあるのです。

しかしながら、学校や社会教育団体などでは、学習教材や資料、講師や学習プログラムなどが十分ではない状況にあります。いのちをテーマにした研修会や講演会も多くなりましたが、いのちを大切にする社会づくりの啓発活動も十分ではありません。

そこで、私たちはいのちを大切にする社会の醸成を目的として、心と力を合わせて活動を展開することにしました。いのちの大切さを理解していただくには、いのちの体験をした方のお話をより多くの皆さんに共感していただくことで心のつながりを作っていくこと重要だと思います。事件事故や病気も災害も自分には関係ないと思うのではなく、お互いの境遇や心を理解し合い、いのちを尊重し合う人間関係を築いていきたいのです。

そして、今日ここに多くの方々のご賛同をえて、学校や社会教育諸団体、行政、ボランティア関係団体等に対して、いのちに関わる講師や学習教材を提供したり、社会啓発活動を行ったりすることによって、いのちを大切にする社会づくりに寄与することを目的とした「いのちをつなぐ会」を設立いたします。

とりわけ〝がん〟については、学校教育でまだ取り組まれていないのが現状であり、今後ニーズが高まることが予想されるので、「がん教育」として社会的に認められるような質の高い講師の派遣や学習教材の提供ができるよう取り組んでいきたいと思います。

このような考えから、本会の主な事業と目的とをまとめると次のとおりです。

①　学校等へいのちの大切さを実感したり共感したりすることのできる講師や教材を必要に応じて提供し、いのちを尊重する児童生徒の育成に寄与します。

②　社会教育関係団体への講師派遣や資料の配布、講演会等のイベントや研修会を通して、いのちを大切にする社会づくりの啓発に努めます。

③　児童生徒や社会一般のがんに関する科学的知識・理解を深めるとともに、がんになっても自分らしく生きることができる人づくりと社会づくりをめざします。

高い理想を掲げてＮＰＯ活動に取り組んだ。新しい仕事と人生を始めた気持ちだった。ＮＰＯ法人化をめざして設立総会を開催し多くの会員に集まっていただいたが、その後まもなく私のがんが再発し入院することになった。そこで、法人化を諦めようと思ったが、理事の皆さんからやってみろと励まされ「特定非営利活動法人いのちをつなぐ会」として正式に運営する組織となった。

いのちをつなぐ会の活動を始めて、最も忙しくなったのは私自身の講話が増えたことである。自分で決断して退職したくせに、学校で子どもたちに話す機会が増えたことはやっぱり楽しかった。というより嬉しい気持ちが強かった。私は、いつも子どもたちに励まされ元気になった。

しかし、本当に目指していたのは、いのちの学習やがん教育の推進だった。講演も大切なことであるが、誰でもすぐにできるわけではない。だけど教室での子どもたちとの出会いや体験を語ることなら、がん患者にとっては取り組みやすいのである。その先にはがん患者と子どもたちのふれあいを通して命を実感するという学習がつながっていくだろう。授業で知り合えたがん患者の死の知らせを聞けば、子どもたちは看取りに近い感情を体験することができる。学校でもできる看取りである。現代の子どもたちは、核家族で育ち、お年寄りの看取りを体験することがほとんどなくなってしまった。だから、死を実感できないのだ。死を実感できないのだから命の尊さも実感できないのではないだろうか。講演会で学校をまわると涙を流して聞いてくれる子どもがたくさんいたが、先生に尋ねると家族や友人の死を体験した子どもが多かった。子どもたちの心を育てるには、まず体験することが重要である。しかし、体験させられないことについては体験を共有することが必要である。そのために、当事者とのふれあい交流がなければいけない。がん患者と交流することによってがん体験を共有することができる。そこから学習が深まり、看取りによって命を大切にする心を身につけることができる。そんなカリキュラムを学校に取り入れてほしいと思って活動していた。

がん患者の立場からみると、がん患者が学校でがん体験を話し、子どもたちとの交流を深めることは嬉しいことである。病気になったことによる挫折感や疎外感から立ち直って自信や勇気を取り戻すことができるのである。人としての矜持を持って生きることにつながるのである。当時、いのちをつなぐ会には二十人以上の方ががん体験の語り手を希望して集まっていただくことができた。たくさんのがん患者に学校の教室に行って子どもたちと交流してほしかった。がんになると退院後も治療は長く続くし副作用もあるので、心の悩みも長く続くのだが、子どもたちに体験を話して聞いてもらうだけでも元気ができるのである。子どもたちからの拍手やお手紙をもらえば、どんな薬より有効なのである。しかし、予想外に学校からの依頼は少なかった。いのちをつなぐ会の語り手派遣事業の第一の目的は、がん患者を元気にすることだったが行き詰まってしまった。

私は、がん患者になってから自分一人の力でがんばってきたのではなく、多くの人に支えられて立ち直ってきた。いのちをつなぐ会にも多くの皆さんの支援と協力があった。そこで、私が出会って心から感謝している方々を紹介したい。すでに亡くなった方と亡くなっただろうと思われる方々ばかりである。私は、別れてしまった今も忘れないでできるだけ語り継ぐことが、私にとってのいのちをつなぐ生き方だと思っている。そこで、記憶を頼りにがん患者の皆さんの言葉や生き方を紹介したい。無名だったり仮名だったりしているので、フィクションだと思っていただいても構わないが、明るく強く生きて亡くなったいのちのあり方は真実である。

○病室の牢名主さん

二〇〇九（平成二一）年、私は食道がんになって人生で初めての入院をした。不安で胸はいっぱいだった。そんな私がバッグ一つの荷物を持って病室へ入ると、頭がつるつるで目がぎょろりとした患者が私のベッドの正面に牢名主のように座っていた。こちらを睨んでいるようでこわかった。入れ墨がないかと探したが見つからなかった。病室が静まりかえっていたので、付き添って来てくれた妻と娘と小声で話してさっさと帰ってもらった。すると海坊主みたいな彼が、ベッドに座った私に、

「昼間は、カーテンは閉めなすな。」

と言うのでカーテンは閉めなかった。すると、病室の患者四人が同時にお互いの顔をつき合わせて会話が始まった。病状がどうなのか、どんな治療をしているのか、そんな話が中心だったが初めて入院する私には興味深かった。私は、食道がんで抗がん剤治療のため今回は一週間の入院で、手術は翌月の予定だと話した。

私が手術する予定だと聞いて、その海坊主さんがこんなことを言い出した。「俺はいくつも病院をまわったばってん、どこでもＩＣＵの看護師は美人ばかり集めてあるとばい。手術が終わったらみんなそう言って帰ってくる。竜宮城だったってみんな言うもんな。」

するとと、隣のベッドの患者が、それにかぶせてこう言った。

「俺は、○○病院で手術したばってん、ＩＣＵの看護婦さんは美人だったなあ。」

同室の患者は、みんな大笑いをしながらも信じた。もちろん私も信じた。海坊主さんは、ヤクザのように怖そうな顔をしているが実に面白い方だった。二十四時間点滴がつないであるが、自分の病状についてはあまり話さないし愚痴もこぼさないでよくおもしろい話をしていた。

そんな海坊主さんが、三日後、若い主治医を呼んで語気を荒げて、こう言われた。

「先生、もうずっと飯は飲み込めないで点滴ばかりで、下痢ばかり、いつまで続くかわからん。もう死んでもよかけん、手術してくれんな、これじゃへびの生殺したい！」

そういえば、海坊主さんだけはいつも食事もなく、みんなが食事をするときはお茶の飲みながら笑い話をされていた。あとで考えると、きっと辛かったに違いないと気づいた。若い医師は、はっきりと返事もできないで海坊主さんをなだめていた。私は、海坊主さんの涙を堪えて訴える様子をみながら、手術の怖さより手術できない辛さも大きいというのががん治療であることを知った。そして、海坊主さんが怖い人だと誤解したことが申し訳ないと思ってますます悲しくなった。

それから約一ヶ月後、私は手術を受けるために再入院の日がきた。あの海坊主さんはどうされたのか、会うことはなかったが、ＩＣＵには美人ばかりで竜宮城のようだった、という話はしっかり覚えていた。それを思い出すと手術の恐怖も和らいだ。本当に手術が終わって意識がぼんやりと戻ってきて目を開けたとき、私は真っ先に美人の看護師さんを探した。最初はＩＣＵの天井と照明しか見えなかったが、私が目覚めたことに気づいた看護師さんがやってきて私の顔を覗き込んで、

「具合はどうですか。痛みはありませんか。今は夜の二時です。手術は十二時間かかりましたが、無事に終わりましたからもう安心ですよ。」

と優しく声をかけてくれたが、私は、手術の結果より看護師さんが気になっていた。心の中で「絶世の美女じゃない。普通の若くて元気な看護師さんだ。」と呟いてニヤリと笑った。そのとき、私はまだ生きていると感じることができた。また、寝返りもできないくらい身動きできないこともわかった。そしてすぐに眠ってしまった。

あの海坊主のような患者さんと病棟で出会うことはなかったので、その後どうなったのか知るよしもない。海坊主さんは食事が飲み込めないくらいの腫瘍があったとすればステージ4だったに違いない。手術できないと医師が言っていたとすれば食道が大動脈と癒着していたと考えられるので、そうであれば良くても余命半年ではなかっただろうか。後になってそんなことを考えて会いたくなった。私の命の恩人のような気がするか

らだ。入院したときの不安も手術の恐怖も和らげてくれた。私よりもっと重い症状だったにも関わらず、同じがん患者として会話することによって私を励ましてくれたのだ。これが私の出会った初めてのピアサポートだったと数年後に気づいた。（ピアサポートとは、同じ境遇にある人や同じ体験をした人が、お互いの気持ちを理解し合い励まし合って立ち直る活動のこと。）

実際にＩＣＵには美人ばかり集めてあるかどうか、その真偽のほどは、私の尊敬する海坊主みたいな患者さんの名誉のために詮索しないでいただきたい。でも、少なくとも私は今も信じ続けている。

○あきらめずに生きぬいた先生

私がまだ若い三十代後半の男性教員と知り合ったのは、がんサロンだった。彼は、「がん治療のための休職中なので暇です。そこで、県下のがんサロンを回ってがんの勉強をしているところです。」と自己紹介をしていた。私も学校を退職したばかりだったので、彼に興味を持った。彼はらんらんという名前でブログを更新していた。彼は、平滑筋肉腫というがんで、腫瘍を取っても次々にがん細胞があちこちから湧いてくるような病状だったが、若々しく明るい表情でみんなに語りかけてくれていた。彼の優しい笑顔は多くの人に好感を持たれていた。私は、いのちをつなぐ会の構想を話したところ大賛成してくれた。惜しみない協力を約束してくれた。

「ぼくは、死ぬわけにはいかないのです。もう一度教壇に戻って子どもたちに教えたいことがたくさんあるんです。」

そう力強く話す彼の瞳は、ダイヤのように澄んで輝いていた。私は、彼ががんについて子どもたちにどんな話をしてくれるだろうかと想像するだけでわくわくするのだった。

数ヶ月後の冬、再会したとき、彼はとても嬉しそうに笑顔でこう教えてくれた。

「来年の4月から復職することになりました。それで、年が明けたら少しずつ学校へ行って、慣らし運転をします。」

私は、自分のことのように嬉しくて復職までの手続きを詳しく尋ねた。私は校長だったので手続きのことばかり訊いていたが、彼はがんの病状の方は安定しているので、このままだったら仕事もできると嬉しそうに言いながら、口元はずっと笑っていたし目はキラキラと輝いていた。仕事をあっさり辞めてしまった自分と比べると彼の若さや仕事への情熱がとても眩しかった。だからといって自分のことを後悔する気持ちよりも彼を応援したい気持ちが大きかったので、春になって復職しがんサロンへの現れなくなる日が楽しみだった。

ところが、翌月彼に再会すると笑顔が消えていた。近況を訊くと、彼は静かに言った。「実は、再発が見つかったので、復職はできなくなりました。入院してもうしばらくがんと闘っていきます。」

彼のがんは内臓の間や裏などに何カ所も腫瘍ができるらしく治療は非常に難しいそうだ。今回はすぐに手術ができるものではないということなので、非常に心配になった。あんなに復職を楽しみにしていた矢先にこんな仕打ちをするなんて神仏を恨んだ。しかし、人ごとではなかった。私自身のがんも再発したのである。

急に喉に何か詰まったような感じがして声を出しにくくなった。当初は痰が詰まったのかと思ったが、何日経っても喉がおかしいので、病院の診察日に主治医に申し出たら、医師は急に表情を変えて「すぐに検査しましょう。」と言うので、これはまずいと思った。案の定、ペットCTの検査で再発が見つかった。再発したがんの腫瘍は、郭清したはずのリンパ節にあり、まだ小さいものだったが声帯へ続く神経を圧迫しているので、声が出にくいという症状が出たのだった。そこで、治療としては放射線治療と抗がん剤治療を平行して行う効果的な方法に決めたが、二ヶ月という長期に渡る入院になった。（このときのことはすでに書いている。）フェイスブックでのやりとりをしていたので彼の状況はわかっていたが、私も入院中なので会う機会はなかった。しかし、突然彼が私の病棟を訪れてくれたのだ。私がフェイスブックに「コーラやお酒のように体に良くないものが飲みたいんですよね。」と書いたので、炭酸のサイダーを持ってきてくれた。「コーラはさすがに気が引けたので、これで我慢してください。」って言って、笑顔だけど物静かに落ち着いた雰囲気で私を励ましてくれた。私が彼の病状を訊くとうつむいてこう答えた。

「今日は、ここの病院で診察を受けて、先生に何でもいいから治療してくれるようにお願いしたんですが、無理だと断られたんです。だから、岡山に治験が受けられそうな病院があるので行ってみようかと思っています。」

「治験が受けられるなら効果あるかもしれませんね。是非そうしてください。」

と私は言ったもののもう治療方法がないのだろうかと心配になった。でも、彼は見た目では非常に元気そうで病状が悪くは見えなかったし、笑顔で手を振って帰って行ったので、急に重篤になることもないだろうと思って、その後は入院中の自分の体の回復ばかりを考えて過ごしていた。でも、その日は彼にとって最高に辛い日だったことを、私は退院したあとで知ることになる。彼のブログをずっと以前にさかのぼって読んだときに気づいたのだが、そのブログの内容は後でまとめて紹介する。

私は、二ヶ月の予定通り退院して、一週間ぐらい過ぎたとき彼のことを思い出した。どうしているだろうと思って、知り合いに尋ねてみたところ入院しているとのことだったので、すぐに病院へ行ってみた。春の暖かい日であった。青空に桜が咲いて美しい季節がやってくると感じながら病院へ行った。彼の病室へ行くとすぐに彼に会うことができた。私は驚いた。ベッドで横になっていた彼は劇的に痩せていたからである。病状を尋ねると彼は起き上がって、以前のように明るい表情で語り始めた。

「手術をしてほしいと先生にお願いしているんですよ。だけど、先生がよく調べないとわからないといって煮え切らないのが悔しいです。抗がん剤もやってほしいといったけど、体力が落ちているからできないというので、僕はそれでもいいからやってくれって言っているんです。医者が言うことをきいてくれないのでいやになります。」

私は、彼の話を聞きながら、こう推測しました。すでに手術もできないし抗がん剤投与もできない末期の病状なので、先生は患者が副作用で苦しむことがないように言い訳を考えながら緩和ケアに努めているに違いない。家族には伝えてあるのだろうけど、本人にはどの程度伝えてあるのだろう。たとえ伝えてあるとしても彼は納得しないだろう。彼は賢いので、医師の診断を理解できないことはないが、認めることができないのだろう。それは死を受け入れることになる。生きることに強い意志を持っている彼は、治療を続ける選択しかできないのだ。わかっていてもその道しかないのだろう。私は、このような彼の心情を推測して非常に辛かったが、「お医者さんも早く抗がん剤投与をすればいいのにねえ。」と笑顔で答えた。そして、「また来ますね。」と言って病室を出た。

「また来ます。」というのは、看護師の決まり文句で病室を出て行くときは必ずこう言うのだが、また来ることは多くはない。勤務を交代して帰ったり、ナースコールのボタンを押しても他の患者に付き添っていたりするのである。でも、私は本当にまたすぐに来るつもりで病院を出た。なぜかと言えば、近いうちに間違いなく彼は旅立つだろうと予感がしたからだ。誰からも何も聞かなかったが、来週ぐらいかもしれないと思った。

二日後、また彼の病棟へ行った。すると、彼は先日よりも元気そうだった。親戚の方がお見舞いにいらっしゃっていた。彼は「来週から抗がん剤を始めてくれるそうです。」とうれしそうに教えてくれた。そして、リハビリがあるからといって車いすに乗って看護師さんと病室から出て行った。私は、もう少し一週間かと思ったけどもうしばらく大丈夫そうだと思った。

　次のお見舞いは翌週になった。私たちがん友達の間で、お見舞いに行くときは金銭や高価な物は持っていかない約束になっている。だからいつもは手ぶらで行ったのだが、今日は何か持って行こうと思ってショッピングセンターでいろいろ探してみた。食べ物は良くないので、雑貨店で小さな猫のお腹に時計を埋め込んだ置物を買った。病室では時計の音はうるさいので躊躇したが、他にいいものも見つからず、急いで病院へ向かった。エレベーターを降りて病室へ入ろうとするとドアが開いてあった。異様な雰囲気を感じながら中を覗くとたくさんの人影があった。五・六人の方がベッドを取り囲んでいた。そっと中へ入ると、どうぞと案内されたのでベッド脇まで進むと彼は目を閉じて寝ていた。ご家族や親戚の方々みたいだが声を出して泣く人はいない。覚悟のうえの最期であったからだろう。ただ遅れたことが申し訳なかった。彼の笑顔を見て、もう少し先だと思ったのが間違いだったと思った。そのとき、年配の女性が彼の頭を撫でながらこう言うのが聞こえた。

「がんばったね、よくがんばったね。あんたは、ほんとによくがんばったよ。」

彼のお母さんだった。「お母さんもがんばりましたね。」と思いながら声には出なかった。私は場違いなところにいるようで気まずかったので、深く一礼して病室を出た。病院の玄関を出て、百メートルほど歩いて振り返ると病院の大きな建物の上には、薄暗くて気持ち悪いくらいもくもくと雲が湧き上がっていた。ちょうど彼の病室が真正面に見えた。彼の魂が雲と一緒に湧き上がり天に昇っていくのが見えた。彼は笑顔で私に手を振ってくれた。そう感じたとき、私の目頭が熱くなった。

彼の葬儀に出席できなかったので、私は悲しみの穴を埋めるように彼のブログを何年も前まで遡って読みふけった。そして、彼がどんなことを考え、どんな気持ちでがんと闘ってきたのかを知った。至る所に彼の辛さや優しさが溢れていたことに感動して胸が熱くなり涙が流れた。私が代わりに逝けば良かったとつくづく思った。息子が亡くなったときも私を悩ませた感情、自分だけが生き残って申し訳ないという感情にまた押しつぶされそうだった。彼がサイダーを持って、入院中の私を見舞いに来てくれた日のブログを見つけたときは、特に辛い思いだった。あの日のブログには次のように書かれていた。

「今日は、地元の病院の診察を受けました。

僕が聞きたかったのはただひとつ、治療の見込みがあるか?ということです。

結果としては、たいへん厳しい（ほぼ、ない）という返事でした。

おまけに終末医療に向かう心構えまでご丁寧に指南いただきました。

自分にとって不利益なお話は忘れようと思い、午後から一人で温泉に向かいました。

しかし・・・こみ上げてくるものの大きさに思わず涙があふれました。

ちょうど病気仲間からメールがあり、励ましていただきました。

昼過ぎに自宅へ戻り、自室でおいおい泣きました。

僕の病状をそんなふうに考え、患者本人にフィードバックしているお医者様もいるということに心細さ（と怖さと自分自身の病気の不安定さ）を感じたのだと思います。

誰だって明日の命なんて分からない。僕はその確率が他の人よりも少し多いだけだと繰り返し自分をなだめてきました。

命ある限り病気と闘いたいという気持ちもあります。

今でもその気持ちに変わりはありません。

しかし、今日の相談で気持ちが大きくふくらんだ点が一つあります。

『今日の日は一度しかない。だから本音で生きよう』ということです。

それだけで四千円近く払った甲斐がありました。

明日からも自分らしく生きていこうと思います。

おやすみなさい　明けない夜はない」

私は、あの日、彼の気持ちも知らず、見舞いに来てくれたことを喜ぶだけで、彼の笑顔の裏にある気持ちまで理解できなかったのだ。後悔したばかりでなく、ひどく罪悪感を持った。しかし、私は彼のブログを読み進めるに従って徐々に勇気や責任感が湧いてきた。彼は、私にもっとがんばれと言っているのだ。彼の毎日の辛さと強さを紡いでいくとその先に希望が見えてくるような気がした。確かにがんが進行するにつれて死が避けがたくなり、彼の苦悩も大きくなっていくのに、彼は諦めないで生き続けていたのだ。

ブログにはこんな文章もあった。

「こんばんは。

今日もなかなか思い通りにならない一日でした。

今夜は少し治療と生き方について語らせてください。

僕はがんを宣告されて、治療して、それからが本当のがん患者としてのスタートのように思います。がん患者には、再発、転移がいつもいつも追いかけてきます。定期の検査がとても怖く感じます。そして、検査結果を聞くことは、何か死刑の宣告を受けるかのように感じます。僕はほとんどの検査で再発がありました。T先生から淡々と説明がある中、毎回こぶしが震え、頭が真っ白になりました。

しかし、再発の宣告は死刑の宣告ではありません。全国の理解ある先生を紹介いただき、治していこうとするT先生の温かいエールなのです。お腹にできたら切って取り出せばよい、肺に飛んでいるなら切って取り出せばよい、肝臓ならラジオ波のプロに焼いてもらえはよい、たくさんの提案を受けて、僕は命をつなぎ、生かされています。

絶対に引けません。今僕は生きるための闘病に取り組んでいます。痛いこともしんどいこともありますが、地味にゆっくりと時間を過ごしています。

後悔しない生き方をしたいです。途中で投げ出すにしても、納得してそうしたいと思います。がんが治った人が勝者で、そうでない人が敗者ではありません。闘病生活を送っておられる方は、納得いく生活を過ごしておられるなら、みなさんが勝者です。

堂々と毎日を幸せを感じで過ごしていきましょう。

おやすみなさい　明けない夜はない」

私は、このブログを読んで、旅立った彼に言いました。

「そうですね。あなたは、勝者です。がんに負けたわけではありません。どんなことがあっても頑張り続けて、立派に生きたのですよ。亡くなったことより生きてきた時間が大切です。生きていた時間が長いことがいいわけでもなく、生きてる間の業績の大きさで比べることもできないんですね。あなたの生き様は多くのがん患者に勇気と希望を与えました。僕もあなたが苦しみ続けながらのがんと闘って生き抜いたいのちを共有したいと思います。そして、生きます。今の時間を大切に生きます。それが、いのちをつなぐということなのです。大切な人が亡くなったという悲しみをそれだけで終わらせるのではなく、その人の生きていた思いと努力を引き継いでいくことが大切なのです。あなたが家族を大切に思い、命の重さを生徒に伝えようとしていた意欲を僕にできることでつないでいきます。」

◯がんばった姿も残したお母さん

三十代の若いお母さんとの出会いは、がんサロンだった。がんサロンで世話人としてファシリテーターをされている女性に出会った。落ち着いた口調でよく考えて丁寧に参加者の会話を進行されていた。普通ならばがんサロンの場だけで終わるはずの出会いだったが、私は同じ時期に同じ病院に入院することになったので、ますます身近に接する機会が増えた。ＳＮＳでの連絡を取り合って、私は寂しくて暗い入院生活を明るくする一助としていた。抗がん剤で食欲ないから、アイスクリームを食べようと誘ったら、彼女は大いに同感してくれたので、売店で待ち合わせた。抗がん剤の点滴をつないだままカラカラ歩いて行き、二人でベンチに座ってカップアイスを食べた。

「僕は、抗がん剤を打つとご飯がぜんぜん食べられないくらい食欲がなくなります。」

と言うと彼女は笑いながらこう教えてくれました。

「私もそうです。だけど、それだから好きなものだけ食べるんです。好きな物だけ食べられるって幸せですよ。特にアイスクリームは大好きだからよく食べますけど、がんだから罪悪感もなくアイスクリームが堂々と食べられるんです。ふふふ。」

そう言われるとがんで入院しているのも悪くはないと思えた。

「わあ、それはいいこと教えてもらいました。僕もアイスクリームは好きです。カロリーが高いから痩せないように、毎日食べてもいいけど、お金が続かないかも？へへへ。それで、体の具合はどうなんですか？」

僕がそう尋ねるとちょっとくらい表情になって答えてくれた。

「私のがんが見つかったのは、赤ちゃんができたときでした。子どもは元気に生まれましたけど、その後ずっと化学治療を続けてきたんです。よかったり悪かったりでしたけど、そろそろ使える抗がん剤の種類も少なくなったので、今は治験ということで新しい抗がん剤を試しています。この効果がないならもうあとはどうしようもないかもしれません。」

彼女は落ち着いて淡々とお話してくれたので、どういう意味なのかすぐに理解できないで頷いていました。そして、僕は自分の都合で彼女にお願いをした。それは、いのちをつなぐ会の語り手として講演をしていただくことだった。彼女は、自分にできることがあるなら協力してもいいですよ、と承諾してくれた。彼女がどんな気持ちでいるのか、くわしく理解することもなく、私は自分のことばかり考えていたような罪悪感が残った。

退院した後すぐに、公民館講座の講演会でがん患者の体験発表をしてほしいとの依頼があったので、彼女に頼んでみた。初めての講演なので何を話そうかと悩んでいたようだが、彼女は素直に自分の生活や出来事と気持ちを話してくれたので、私は本当に心を打たれた。講演は上手に話すよりも、事実に基づいて率直に話すことが最も重要だと思った。朴訥にメモをみながらとぎれとぎれのお話をしてくださる様子を見ながら、こうして人前でお話されるにはとても勇気が必要だっただろうと思った。そのお話の概略は次のとおりである。

「私のがんが見つかったのは赤ちゃんができたときでした。告知を受けたとき泣いたのは私ではなく主人でした。私の夫が涙をぽろぽろっと流したのをみて、私はちょっと笑ってしまったくらいでした。女は強いんですよ。（笑）これは冗談ですが、がん患者本人よりも家族の方がショックが大きいのかもしれません。患者本人はどんなに悩んでも治療に取り組むことしかないのですからね。

私は、出産とがん治療とどちらを優先するかと医師から尋ねられました。私は出産を優先しました。女の子の元気な赤ちゃんが生まれました。とてもうれしかったです。それから治療が始まりました。出産を優先したので手術ができなくて、抗がん剤治療を行いました。どうにか進行を抑えることができてよかったと思っていると、また腫瘍が大きくなっていきます。そこで、違う抗がん剤で治療します。どうにか抑え込むことができて今度は効き目があったと喜んでもしばらくするとがんの腫瘍が復活するのです。そこでまた別の抗がん剤を試します。そんなことを繰り返しながら五年になりました。私のがんに効果のある抗がん剤の種類もなくなりました。

私の娘はすくすくと成長してくれました。来年は小学校入学です。娘のことが一番気がかりです。親の務めというか、子どもを教育する目的は、子どもを自立させることだと思います。だから今、私は昼間の時間があるときに、料理の作り方、掃除の仕方、洗濯の仕方などを厳しく教えています。母親がいなくなってからも自分のことが自分でできる子に成長してほしいからです。でも、私にはその時間が足りなくなりました。夜に寝るときは、娘をしっかり抱きしめて『あなたが私の一番大切なたからもの』って言うんです。あなたを愛したお母さんのことを忘れないでね、って心を込めて抱きしめます。私は、死ぬのが怖いんじゃありません。家族との別れるのが辛いんです。子どもを見守っていけないことが辛いんです。今の私の目標は、来年の娘の入学式に出席することです。」

一緒に入院をしてアイスクリームを食べたときは、命はまだ大丈夫だろうと何の根拠もなく信じていたが、彼女の講演を聴きながら、本当に彼女はいなくなるんだろうか、自らの死を静かに語るのはどんな気持ちなんだろうか、私は彼女にとても辛い依頼を押しつけたのではないかと後悔した。講演後に彼女が「少しでも役に立てたなら良かったです。」と言ってくれたので安心した。人のためになりたいという気持ちを持つがん患者も多いのである。その頃、彼女は仕事を探していると話してくれた。以前は臨時職員として県庁で働いていたのだが期限が切れたので、失業状態だったのだ。私は、彼女に言った。

「無理して働かなくてもいいんじゃありませんか。」

私は、子どもと一緒に過ごした方がいいのではないかという気持ちからそう尋ねたのだが、彼女はこう答えてくれた。

「私は、家族も大切ですけど、がんばっている自分も残したいんですよ。」

そのとき私は、にわかに理解できなかった。数日間、いろいろと考えてみた。私はどうだろう?家族も大切だから夫として父としての自分も大切である。では、仕事はどうだろうか。お金があれば働かなくてもいいとしたらどうだろう。たぶん仕事を辞めないだろう。私には教師という仕事があり、がんばっている自分としての矜持であった。自信、プライド、生きがい、命の喜びと言い換えればいいだろうか。この世に存在している自分というものが価値あるものであるために、私たちは誰であれ自分でがんばりたいものをがんばる必要があるのである。仕事ばかりではなく、子どもの遊びも命の営みであり心の拠り所であるからとても大切なものなのだ。

数ヶ月後、年末にがんサロン関係の用事があったので、彼女の勤務していた大きな病院を訪問した。聞けば、勤務が月末までなのでちょっと苦しいけどがんばっているそうだった。携帯用の酸素ボンベを持って仕事しているそうなので、とても気がかりだったが、顔色もよく笑顔だった。私は、彼女のがんばっている姿をみることができた。そして、その姿が最期の姿となった。

年が明けて二月になってから訃報が届いた。事前に聞いていたが、やはりショックだった。しかも、入学式まで生きることが許されなかったことが一層辛かった。お通夜へ伺うと、彼女は本当にきれいな表情で眠っていた。読経が始まる前に、感謝状の贈呈式があった。なんだろうと思って進行のアナウンスに耳を傾けていると角膜の臓器提供の感謝状の贈呈であった。がん患者は抗がん剤投与を受ける場合が多いが、その場合は臓器提供は一切できないのである。しかし、一つだけ、目の角膜を提供することができるそうだ。彼女は生前に手続きをしていたので、亡くなってから角膜を摘出されたそうで、移植される方もすでに決まっていると聞いた。彼女は、家族と自分のことばかり考えていたのではなかった。こんなにも立派な人だったのかと、お通夜の読経を聞きながら静かに心をふるわせながら手を合わせた。

翌日の葬儀では、友人代表の女性が嗚咽をこらえながらこのような弔辞を述べられた。

「私がお見舞いに行ったとき、起き上がって、あなたは『ありがとう。』って言ってくれたわね。そして、こう言ってくれました。『ごめんね。私は、手紙を書こうと思っていたのにとうとう書けなかったの。お友達ひとりひとりに、ありがとうという感謝の気持ちを伝えたくて早く書かなくちゃって思っていたのに、とうとう書けないまま、みんなに来てもらうことになってしまったの。ごめんなさいね。お友達でいてくれて本当にありがとう。感謝しているのよ。みんなにそう伝えてね。』

私は、言いました。『いいえ、感謝しているのは私たちの方よ。本当にあなたに出会えて楽しかったわ。一緒に歌ったり、笑ったりした日をいつまでも絶対に忘れないわよ。お願いだから、もう一度元気になって、一緒に歌いましょうよ。』

彼女は、『できればもう一度がんばってみたいけど、もうだめよ。ありがとう。』と言ってまた横になりました。

感謝しているのは、私たちです。本当にありがとう。だから、お願い、もう一度、起き上がってあの明るい笑顔を見せてちょうだい。もう一度元気な声で歌ってちょうだい。もう会えないなんて嫌だよ。」

友人代表の彼女は泣き崩れてしまった。会場もすすり泣く声や涙に溢れていた。私も彼女の生き方に深い感銘を受けた。彼女はがんばっている姿をたくさん残してくれた。

いつまでも忘れられなくなった。入院中も退院してからも、私は彼女にいつも励まされ続けてきたので、彼女の笑顔を思い浮かべ、ありがとうと出会いに感謝して涙ぐんだ。

○感謝の心に満ちた人

私が、いのちをつなぐ会を設立するにあたって、当初から積極的に参加し協力してくれた兄のような人がいた。鈴木さん（仮名）である。

鈴木さんは、悪性リンパ腫という血液のがんになり、抗がん剤治療を受けてからくも命が助かりましたが、早期退職を決断され、病院でがんサロンのボランティアなどをされていました。その彼が運営するがんサロンに出席したのが出会いのきっかけだった。笑顔で柔和な語り口で女性の参加者も安心できる雰囲気を持った方だった。同時に、客観的に状況を判断し、適切に会を進行する能力も優れた方であった。一般企業に勤務されていたそうだが、責任ある地位にあった方だろうと思えた。そこで、いのちをつなぐ会の構想をお話するとすぐに協力の申し出があった。私は、そのときからずっと兄のように慕うようになった。それは、頭が同じように禿げていることも理由だったかもしれない。

鈴木さんは、人前で講演されるのも上手であったので、大人の前でも子どもの前でも安心して講演をお願いすることができた。がん患者の体験を語るラジオ番組では次のようなお話をしていただいた。

「私は、十五年前、当時四十九歳の時にがんになり、それから入退院を繰り返しながらがんと共に生きてきました。いや、生かされてきました。直近ではこの六月に抗がん剤治療をしております。

私にとって「がん」を患ったことは、これまでの人生の中で最悪の出来事でありましたが、「がん」になって悪いことばかりではありませんでした。良いこともありました。このようにマイクの前に立てたこともその一つです。また、人生を見直す機会となり、人生感も変わりました。

今は、早期発見、早期治療で「がん」＝「死」の時代ではなくなりましたが、やはり、がんの告知を受けた時は、「死」を意識せざるを得ませんでした。人間は１００％の確率で死ぬことは誰でも知っています。しかし、ほとんどの人は、まだ自分は遠い先のこと、と他人ごとではないでしょうか。「死」を真剣に考えると云うことは、裏を返せば

「如何により良く生きるか」と云う事に行きつきました。死と向き合う中で、これまで出かけることもあまりなかった図書館へ通うようになりました。そんな中で、自分の思いを整理してくれた言葉がいくつかありました。

二つ挙げてみると、その一つが「今日、一日を大切に生きる」と云う言葉です。心にストーンと落ちました。がんの再発、転移を繰り返したことにより、少し早めの旅支度を始めるきっかけができました。残されている時間はそう長くないと。大事なこと、どうでもよいこと等、出来事に対して優先順位をつけて、無駄なことに振り回されないような生活を目指すようになりました。死への準備としてエンディングノート作りも始めました。再発を繰り返すようになると五年先、三年先ましてや十年先のことなど考えることはなくなり、考えるのはせいぜい一年先位となりました。

これまでの時間の使い方としては家族のため、自分のために使ってきました。これからは、がんになって、こんなに長く生かされている身であることに感謝して、残りの年数は分かりませんが、お迎えが来るまでは趣味に興じるだけでなく、ボランティア等社会活動にも、大切な時間を使うようにしていきたいと思っています。ボランティア活動を遅蒔きながらやってみて分かったのですが、社会のため、人のためとよく言いますが、よくよく考えてみると私の場合は自分のために、だったような気がします。「今日一日を大切に」ですね。

もう一つの言葉が「人間は自分で生きているのでなく、大自然に生かされている存在である」と言う言葉です。それは、太陽、空気、水、食べ物等大自然の恵みはもちろんですが、入院治療を繰り返して、私がここにこうして居られるのも、先生、看護師さんはじめ沢山の方々に、これまで適切な治療、支援をしていただいたからだと思います。また、入院中は家族がひとつになって私を支えてくれました。感謝、感謝です。「生かされている」という言葉は、私の中では、感謝に置き換わります。「感謝の気持ちを形に表す」ため、私は、毎朝、ご先祖様や朝日に向かって手を合わせるようになりました。ゆっくりとしばらくの間、手を合わせていると、こころが穏やかに、落ち着いて行くのが分かります。それまでは、「宝くじが当たりますように」とか、「健康でありますように」とか「ご利益があるから」ということで、自分の願い事ばかりに私は手を合わせていた気がします。欲が小さくなったということでしょうか。そのお蔭で、これまで感じることがなかった些細なことにも、幸せを感じるようになってきた気がします。たとえば、これまで気づくことのなかった道端に咲く小さな花を見つけて「きれいだね」と声をかける等、がんにならなければ決して感じることはなかったと思います。私も高齢者の入り口に来ております。歳をとるごとに五感の感度は劣化していく中で、幸せを感じるセンサーだけは、感度がアップしてきていると思います。普段のなにげない生活がこんなにも幸せなのかと、感謝するばかりです。

最後に皆さんに一つだけアドバイスします。

もしがんになったら、誰もが深い、浅い、の差はあれ落ち込みます。早く這い上がる、つまり、がんを受け入れ前向きになるには、一人で悩まないことです。辛い気持ちをだれかに話してみましょう。話す相手は、家族、友人、医療者、がん経験者かも知れません。私の場合は、がんサロンのがん経験者でした。話すことで、自分のモヤモヤした思いが整理されて行きます。きっと同じがん患者の皆さんが、あなたのお力になってくれると思います。」

鈴木さんがいつも言っていたのは、感謝の心である。私は、彼と共にボランティア活動に取り組んでいた間に、彼の口から愚痴も悪口も聞いたことはない。体の中にはがんの転移がいくつもあるが、おとなしくしているので一緒に生かされている、とよく言われていた。だから、がんの腫瘍に「がん君よ、僕が死んだらお前も死ぬんだからおとなしくしているんだよ。」と言いきかせていると笑っていらっしゃった。十年以上もずっとがんとともに元気にがんばってこられたので、私は全く心配することもなかった。

ところが、それは突然訪れた。がんが動き出したのだ。彼は、がんのことは特にどうこう言わずただ「身辺整理を始めたのでよろしくお願いします」というあいさつをされたのだ。そして、ボランティア団体の役職を交代されたので、私は半信半疑ながら不安に押しつぶされそうな気持ちだった。余命宣告があったのか、あと何ヶ月なのか、尋ねることもできなかった。一ヶ月後、いのちをつなぐ会理事会の連絡をメールで送ったところ、欠席の返信がきた。そこで、ご自宅にお見舞いに行きたいと連絡をすると、入院するので病院に来てほしいということだった。もうそんなに重篤なのだろうかと不安に思いながら、病院へ向かった。

大きな病院の緩和ケア病棟だった。正門を入ると花壇にはきれいな花々が咲き乱れていた。初めての病院だったので玄関を入ってロビーで館内の案内板を探しているとすぐに看護師さんに声を掛けられた。丁寧に病室を案内していただいたので、鈴木さんの病室はすぐにわかった。病室の扉は開いていたので「こんにちは」と声をかけたら奥様と目が合った。丁寧にお辞儀をされた。若い男性が病室の奥から出てきて一礼された。
「高浜です。入ってもよろしいでしょうか。」と言いながら中へ進むと、半分起こした
ベッドに鈴木さんが横になっていらっしゃった。しかし、酸素マスクをして目を閉じて
いらしたので容態がよくないのだろうと思った。すると、奥様が鈴木さんの様子をお話
してくださった。
「数日前から体調が優れないので入院の申し込みをしていたんですが、昨日になって部
屋が空いたので入院したんです。この部屋は、端っこですが他の部屋より広いんですよ。
かえってよかったねって主人とも話したんです。今朝も朝食を食べて、まだお話しもで
きたんですが、急に寝込んでしまったんです。でも、声はちゃんと聞こえているので高
浜さんがいらっしゃったこともわかっているはずです。何でも呼びかけてくださるとち
ゃんとわかりますから。」
次に、息子さんが初対面だったが親しげにこう教えてくれた。
「父は、メールを打つのがうまくできなくなったので、僕が父に訊いてメールを打って
いたんですよ。高浜さんへのメールの返信も僕が打ったんです。来ていただいてありが
とうございました。父も今朝まで高浜さんを待っていたんですが、急に話せなくなって

しまったものですから。」

私は、急変する病状に驚いて、お見舞いの言葉がうまくでなかった。そして、自宅でも遠慮せずもっと早くお見舞いに来るべきだったと反省した。病室は非常に穏やかで優しい雰囲気だったが、きっと鈴木さんの人柄のせいなのだろう。緩和ケア病棟に入院したばかりの家族からモーツァルトのワルツが聞こえてくるようだった。

ベッドの鈴木さんを見るとちっとも苦しそうではない。口元には笑みが浮かんでいるような表情で目を閉じていらっしゃるばかり。話しかけても返答はないが、いつものように頷いていてくれているような気がした。せめてあと十年元気でいてくれたら、私もたくさんお願いしたいことがあったのに、予想外に早いがんの再発であった。私は、自分が先だと思いながらまた置いていかれる。鈴木さんと出会って短い間であったが、様々なことを教えていただいた。寂しかった。酸素マスクをして目を閉じたままの鈴木さんを見ながら、あと一週間だろうか、と思った。それまでの間できるだけ病院までお見舞いに来ようと思った。

ところが翌日、鈴木さんの訃報が届いた。息子さんからの電話であった。お通夜の日時と場所を確かめて、いのちをつなぐ会の理事に連絡した。お通夜といっても読経はない。料亭の一室のような風情のある場所に鈴木さんの遺体が安置され祭壇が設けられていた。お線香をあげさせていただき、鈴木さんにお別れの合掌をしたあとは、お茶をいただきながらご家族の皆様と鈴木さんの面影を偲んだ。奥様と息子さんと娘さんの三人だけで、鈴木さんと静かに家族一緒に最後の夜を過ごす予定なのだそうだ。連絡をいただいたお礼を申し上げると、息子さんがこう答えてくれた。

「僕は、父から預かったノートに書かれた通りにしているだけです。連絡先のお名前と電話番号も書いてありましたので、そこだけに連絡しました。今夜のこの場所も自分で決めてノートに書いてありました。葬儀は生まれ故郷の県外のお寺でさせていただくことになっています。葬儀のあとは、そこのお寺にそのまま納骨します。マンション暮らしの父は、家族が跡を継ぐ家もないし、東京で暮らす私たちに心配かけたくなかったのでしょう。父が残したノートの通りに行動していると父の気持ちや願いが手に取るようにわかる気がします。息子として父の心は受け継いでいかなくちゃいけないって考えています。」

奥様からは、こんなお話をうかがった。

「がんの告知を受けたのは、まだ五十代の頃でした。働き盛りで大きなプロジェクトも任されていたようでしたので、どうしようかと悩んだようです。でも、主人にはもっと大事なことがあったみたいです。がんの告知を受けたとき余命一年だろうと主治医がおっしゃいました。そのとき主人が、『先生、あと五年生きられるようにしてください。五年経てば、息子も娘も大学を卒業するので死んだっていいですから。』と言ったんです。主人も大きな仕事はあきらめたようですが、子どもたちのためにがんばろうと思ったようです。それから抗がん剤治療が始まって、どうにか生き延びることができたんですが。」

鈴木さんは、約十年間がんとともに生きてきた。定年前に退職されたそうだが、仕事を辞めるのはやはり無念だったと本人から聞いたことがある。私も同じような道を歩いてきたので、その気持ちは痛いようにわかった。

数ヶ月前、医師からおとなしくしていたがんが大きくなり始めたこと、治療の方法がないことが告げられたときはどんな気持ちだっただろう。がんサロンの役員をしたり、公民館や学校で講演をしたり、ボランティア活動に生き生きと取り組んでいらっしゃる姿を思い浮かべると、きっと悔しかったに違いないと想像できる。これからもっとがんばりたいこともたくさんあっただろう。奥様のお話によると、医師の余命宣告を受けたあとで、鈴木さんは一年ぐらいの余命と思われていたらしい。そこで、奥様はご主人のためにどうしたらいいのか悩みながらも余命が三ヶ月だと主治医から聞いたことを伝えたそうである。すると、鈴木さんは静かに頷かれたそうだ。翌日から急いで入院する予定の緩和ケア病棟を決めたり、葬儀の方法や場所を決めたりされたそうだ。実に見事であると感銘を受けた。それは行動力が見事であったというばかりでなく、覚悟の決め方が見事であるというのが大きい。死ぬ気になれば何でもできるという人がいるが、そうではない。死ぬ時になって何もできないで終わることが多いのである。きっと鈴木さんはがんとともに生きてこられた十年間が、覚悟を決めた生き方だったのだろう。彼は、いのちへの感謝の気持ちを持って生きることで、がんの恐怖も乗り越え誰よりも優しく大きく生きた人だったのだ。

私は、「僕もこれから鈴木さんを見習って、覚悟を決めた生き方をしていきます。」と心に決めて合掌して帰宅した。

○信頼を集めていた女性

私がめぐみさんと初めて出会ったのは、熊本県で初めてのがんサロンが設立されたときだった。めぐみさんたちのがん患者や医療関係者などが中心となって熊本県で初めてがんサロンが誕生することになり、マスコミでも大きく報道された。私は退職したばかり、参加できるボランティア活動を探していたところだったので、すぐに参加を決めた。第一回のがんサロンは大きな病院の会議室で開催されたが、そこでめぐみさんに出会った。彼女は控えめながら会をリードし、堂々とした態度と表情だったので、信頼できる人だという第一印象であった。

その後、がんサロンで出会うたびに親しくなっていった。ある日のがんサロン関係の研修会の中で、県下各地にがんサロンを設立したいのでその運営責任者になってくれる人はいないか、という話があった。そこで、私も手を挙げた。それから、がんサロンの活動にますます積極的に参加するようになった。県下各地にがんサロンが設立され、めぐみさんはその各サロンに熱心に関わって支援されていた。

めぐみさんは、熊本がんサロンの世話人であったが、県下のがんサロンの代表が集まる連絡会の代表になっていただいた。全会一致、誰もが彼女を強く推薦し拍手をした。彼女は、自分自身もがん患者であるからがん患者をサポートする優しさはもちろんのことであるが、医療に関する知識も深く、まわりのあらゆる人間関係を配慮していく努力もすばらしかった。特に、がん患者が安心して暮らせる社会を目指した熱意と活動は右に出る人はいないと私は思った。

そこで、私は、彼女にいのちをつなぐ会の理事として参加していただくようにお願いした。いや逆である。私は、彼女が協力してくれるならいのちをつなぐ会が運営できると思ったのだ。彼女は、たくさんのがん患者ばかりでなく医療関係者と良好な関係を気づいていて、ニーズに合った適切な人を見いだす力があった。いのちをつなぐ会は、学校や公民館などの講話を通して、いのちの体験に共感していただくことで社会を変革していこうとするのが目的である。そこで、ニーズに合わせて話せる人に多くの協力者がいなければ運営していけないのである。彼女は、難病患者さんとのつながりも持っていたので非常に頼りになる女性だった。しかも、彼女自身も小学校講師の経験があり子ども相手の講演も上手だったので、安心して講演をお願いすることができた。だから、私は何度も学校や公民館での講演をお願いした。そのたびに快く引き受けてくれた上に、依頼があった学校からも好評であった。

こうして、彼女を頼りにしながら活動を続けていたある日、彼女から驚きの告白を聞いた。それは、がんの再発である。彼女は、十年前に悪性リンパ腫になり抗がん剤で克服したのだったが、白血病となって再発したというのである。しかも、治療の手立てがないというのだ。余命は一年。いくら医学が進歩したからといって、一年先に亡くなるなんてそんなことがわかるはずがない。どうしても信じることができなかった。私は、信仰心が薄いので神仏や占い、迷信など信じない方であった。しかし、めぐみさんの病気だけは神仏に頼るしかなかった。生まれて初めてお百度参りをやってみた。裸足で石畳の上を歩いたが、お経は読めないので「どうか奇跡を起こしてください。」と繰り返し呟きながら合掌したまま百往復歩き続けた。

そんな状況の中であったが、めぐみさんに中学校で講演していただくようにお願いしたところ快く引き受けていただけた。そして体育館で中学生に向かって次のようなお話をしていただいた。

「急性リンパ性白血病の病気が治ってから約10年経ちました。治療が終わってから、元気でいましたが、去年の秋にまた病気が悪くなりました。病院で治療をしていますが、こんどの病気は治らないと言われています。時々熱が出たり具合の悪いときもあるけれど、体の調子がいいときは、仕事にも行っています。友達と会っておしゃべりしたり、家族全員で旅行を楽しんだり『楽しいなあ』と思えることをたくさんしています。

今の私にとって大切なことは何だと思いますか。
私にとって『あたり前のこと』がとても大切です。
朝起きて、いつものように家族に『おはよう』ということ
ご飯がおいしいなあと思うこと
いつものように、仕事に行くこと
友達とおしゃべりすること
外を歩いていて、風が冷たいな、夕焼けがきれいだな・・・と思うこと
病気が悪くなっていくと、そんな『あたり前のこと』が少しずつできなくなっていきました。
走ったり、早足で歩いたりすること
階段を一息で上ること
布団を敷いたり上げたりすること
長い時間仕事をすること
ほかにも、いろんなことができなくなってきました。でも、自分にできないことは誰かに助けてもらったら、なんでもできることに気づきました。そうして、できないこと

が少なくなってきました。だから、できないことがあってもあきらめないでいいんです。たくさん助けてもらって、『できない』を『できる』に変えることができるんです。

『できない、できない』と悲しまなくてもいい。一人ではできないと思えることも、友達、親、先生・・・いろんな人に力をかしてもらえばきっと『できる』になります。

『助けてもらうのは悪いな』とか『カッコ悪くて言い出しにくい』なんて、思わずに、たくさん助けてもらっていいんです。だって、皆さんは、いつも困っている人がいたら手伝えることはないかな、と思うでしょ?誰かの助けになれたときって、嬉しい気持ちになるでしょ?そうやって、人は、助け助けられて生きていくんです。

ときには、自分で頑張らないといけないこともあります。でも、多くのことは、誰かと一緒に助け合いながらやったほうが楽しいし、一人ではできないことだってできてしまう。勉強だって、遊びだってそうです。人は、一人きりでは生きられません。皆さんには、困ったときに『助けて』と言える人、困っている人を『助ける』ことができる人になってほしいと思います。

病院の先生が言うには、私は病気が少しずつ悪くなっていき、春まで生きられるかどうか分からないのだそうです。でも、もっと長く生きたいなあと思います。もしも、奇跡が起こって、もっと長く生きることができたなら、またどこかで皆さんと会ってお話がしたいなぁと思います。どうぞ皆さんも一緒に奇跡を祈っていてください。そうすれば、奇跡が起こるかもしれません。」

素直な中学生の皆さんは、心を込めて祈ってくれた。しかし、奇跡は起こらなかった。ちょうど一年経った頃、めぐみさんは入院された。感染症にかかる心配があるので、入院されたのだ。もちろん体の力も弱々しくなっていたので、車いす生活であった。それでも、彼女は地域公民館の講演をされた。この講演は、私がいのちをつなぐ会の活動として、数ヶ月前に彼女にお願いしていた講演だった。地域の町内会からの依頼で、命の大切さについて住民にお話をしてほしいという希望だった。聴講者はお年寄りが多くがん患者さんのお話なら住民の興味をあるということだったので適任だと思って、まだ元気だった彼女に頼んだのだった。

当日は、めぐみさんは、もう運転もできないので二人の娘さんが車で送迎してくれた。会場は、地域の小さな自治公民館で五十名ぐらいの皆さんに集まっていただけた。めぐみさんは、車いすに座ったまま、マイクを持って静かに話された。しかも、笑顔を絶やすことなく、淡々と自分の病気と気持ちを話していかれた。私は、その態度に感銘を受けた。私が講演を別な人に代わっていただこうかと尋ねると、彼女はきっぱりと「いいえ、だいじょうぶです。」と言われた。そして、きっと体は辛かっただろうに、そんな様子を微塵もみせないでたち振る舞われたうえに、笑顔を絶やすことなく話し続けられた。家族と一緒の当たり前の生活にとても幸せを感じていること、自分や家族の命に感謝していること、たくさんの方々との出会いの喜びなどの彼女の心が、私の心に強く染み込んで目頭が熱くなった。

「高浜さん、私はだいじょうぶです。私が行きます。まだちゃんとお話ができると思います。当日は、病院の外出許可をいただいて、娘に送ってもらうので、心配なさらなくていいのよ。生きている限りできることはやらなくちゃいけないと思うから。お話をすることは、私のライフワークにつながることなのよね。だから、行きたいの。」

このように、彼女は、優しくて穏やかだけど、ゆっくりと力強く語ってくれた。その声が何度も何度も思い起こされる。入院患者を引っ張り出して講演させるなんて、どうしてそんな無理をさせるのか、という批判を受けるかもしれない。しかし、送迎した家族も計画した私や関係者も、そして講演を聴いた方々も、めぐみさんのいのちが輝く瞬間に立ち会ったのである。これ以上の感動があるだろうか。
それから数週間後に病院へお見舞いに行くと、面会はガラス越しだった。めぐみさんは酸素マスクをしてベッドを背もたれにして座っていらした。私たちをみて静かにほほえまれた。数日後、めぐみさんは静かに旅立っていかれた。
葬儀は、彼女の人柄のように静かだけど感動的な愛に溢れた雰囲気に包まれていた。会場では、中島めぐみ「糸」がBGMとして流されていた。故人の希望だったそうだ。
「なぜめぐり逢うのかを　私たちはなにも知らない
いつめぐり逢うのかを　私たちはいつも知らない（中略）
縦の糸はあなた横の糸は私　逢うべき糸に出逢えることを
人は仕合わせと呼びます」
私は、頼りにしていためぐみさんが旅立っていったことは大きな痛手になった。同時に彼女に出会ったことをいつまでも感謝せずにいられない。糸は、この世に生きているすべての人を繋いでいる。彼女は、がん患者や難病患者が安心できる社会をつくるため最期まで尽力し続けた。彼女の講演の声とほほえみが、その後も私の脳裏に甦えるたびに、私は彼女の心の糸を繋いでいかなければいけないと思った。

◯夢を追いかけた女性

私は、ある病院のがんサロンのお世話をさせていただくことになった。そのとき出会ったのが、ハルちゃんだ。独身でメガネをかけているので年齢不詳だが、気持ちは三十歳、見かけは四十歳にしておこう。彼女は、子どもの頃に難病にかかってずっと通院している。難病なので、何度も説明を聞いたがとうとう理解できなかった。わかったのは、治らない病気でいつ死ぬかわからないということだけだった。なぜこの病院に通っているのかというと、難病なので医師が担当してもらえなくてたらい回しになって、やっと主治医が決まったが、主治医が異動するとまた難民になった。医療難民というべきか、患者難民というべきかよくわからないが、彼女は結局、主治医を追いかけてまわることになったそうだ。子どもの頃に難病になったので主治医は小児科である。おばさんの年齢になった今も小児科なんです、と言って笑っていた。大学を卒業して若い頃は、とある大学に勤務していたそうだ。彼女はなんとドイツ語も話せるのだ。でも、どんな仕事や研究をしていたのか、とうとうこれも理解できなかった。とにかく彼女の話は難しかった。だけど、わかったのは、病気のことを隠して就職したのが発覚して解雇され、両親の近くに帰ってきたということだった。

ハルさんは、自分自身が病気のために人生のすべてを犠牲にして生きてきたので、がん患者や難病患者の課題に取り組む熱意が特に強かった。そこで、私は、がんサロンの運営を一緒に取り組んでくれるように頼んでみた。私は、彼女に役割や責任を持ってもらうことで生きるモチベーションも高まり、人生を豊かにする手助けにもなると思ったのだ。ところが、病院のがんサロン担当者の方からこんなことを耳打ちされた。「主治医からクレームがあったんですが、ハルさんは見た目は元気そうだけど本当は病気が重いので、がんサロンの代表みたいな負担をさせては困る。」ということだった。私は、医師ではないので病気のことはわからないから、主治医のおっしゃることには従おうと思った。書類上は、彼女の名前をはずして代表者を私一人の名前に書き換えた。しかし、彼女は生き生きとして積極的に取り組んでいたので、そのことは何も伝えなかった。がんサロンというのは、月一回だけがん患者のサークル活動みたいなものなので、その企画や運営をするのは楽しいばかりで彼女のストレスになっていないからだ。それ以上に、閉じこもっていた彼女の心がどんどん開かれて明るくなっていくのだった。無理をさせてはいけない、というのは間違った配慮ではない。しかし、患者が社会から隔絶されるような環境に追いやるのではなく、積極的に社会との接点を持つようにすることがいい治療につながることもあるのだと思った。本人がやる気を出していることは、無理なことではない。楽しいことなのだ。そして、生きることなのだ。

私は、彼女と一緒にがんサロンでの研修内容やクリスマスコンサートの企画などを楽しんだ。ところが、彼女の主治医が病院を異動することになった。そこで、医療難民である彼女は、主治医を追いかけて転院したが、県内の病院だったので転院先の病院のがんサロンでもお世話を始めた。そして、がんサロンの活動により一層積極的に取り組むようになった。病院内を会場としたクリスマスコンサートでは、ゲスト演奏家はもちろん看護師さんの演奏や歌唱の企画もあった。彼女自身も声楽家であったからドレスを着てクラシックの声楽を披露した。そのときの彼女は、とても晴れかで喜びにあふれた笑顔だった。だから、難病患者には見えなかった。病状についても詳しく教えてもらったことがあったが、とにかくカタカナの専門用語がたくさん出てくるばかりで理解できなかった。最終的な結論は、まだがんではないががんになる可能性が高い病状だということだった。がんサロンはがん患者または遺族を参加対象としているが、がん未満の患者ということで出席してもらっていたのだ。きっとこのまま何年も彼女は元気でいるにちがいないと思っていた。

だけど、ときどき緊急入院をしたり、他県の病院まで治療に行ったりすることもあった。ある日、病院にお見舞いに行ったとき、彼女がこんなことを教えてくれた。

「あたし、死亡保険金を受け取ることにしたんですよ。保険の外交員の方が、私の保険の死亡保険金は生前に自分自身で受け取れる規約になってるって教えてくれたんです。だけど、それには医師の診断書が必要だそうです。つまり、不治の病だから助からないという診断書なんですよ。それで、主治医に相談したら、『ちょっと考えさせて』という返事だったんです。そしたら、やっと書いてくれたんです。だから、保険金を受け取ることができることになったんです。」

私は、すぐに返答できなかった。よかったねとは言えないし、どうしてそんなことしたんだとも言えない。医師も判断に苦慮されたに違いない。患者に死の宣告をする診断書を書くのだから、医師の務めに反する行為である。でも、それを書いてくれたということは、間違いなく彼女のいのちは短くなっているということだ。私は、そんなに厳しい病状であると思っていなかったのでショックだったが、それ以上に彼女自身が動揺したのではないかと心配だった。すると、彼女はこんなことも言った。

「あたしは、子どもの頃からずっと病気だったし、仕事もできなくなって、結婚も出産も諦めて生きてきたんです。今、この年になって気がかりなのは両親のことです。親孝行らしいことは何もできなかったばかりか、人一倍迷惑や心配ばかりかけてきたので、葬式代ぐらいは残しておきたいと思ったんですよ。」

これには、私はすぐに返答した。

「それは違いますよ。子どもが葬式代を残してくれたと喜ぶ親はいません。子どもが元気で幸せになってくれるのが一番嬉しいんですよ、絶対。葬式代なんかより一日でも長く生きることを考えてください。」

すると、彼女も同じことには十分に気づいていたらしく、笑顔が消えて真剣な表情でこう言った。

「親に先立つことが一番親不孝だと思って今までがんばってきたんですが、もう難しそうなので、今は私の人生を精一杯生きるにはどうしたらいいかを考えています。」

こんなことを話してくれた頃から、彼女はますますエンジンがかかってきたように動き出した。いや、保険金を受け取ってからというべきか、また、診断書を書いてもらったときからというべきか、彼女の内面はわからないが、私は、何かが彼女を変えたように思えた。彼女から病状ががん未満だと聞いていたが、数ヶ月前に「がんになった。」と彼女から聞いていた。説明も聞いたが、例によって理解できなかった。そのことが、主治医に診断書を書かせる根拠となっているのかもしれない。さらに、彼女にはお手本となる女性がたくさんいた。がん患者でありながら、社会の中で大活躍して有名になっている女性も多い。そんな人たちとSNSで繋がっていた彼女は、きっとがん患者や医療の世界で大活躍したかったのではないだろうか。彼女は、ステージでスポットライトを浴びるような人生を生きたかったように思う。今までずっと、病気のためにやりたいことができなかったのだが、がんサロンをきっかけに活動の場が大きく拡がった。「お江戸へ行きます。」と言って、何度も研修会やがん医療学会関係の会に出席するために上京していた。しかし、気持ちは意欲的でも体が無理していることも増えたので、体調をくるわせて緊急入院することもあった。それでも、彼女は笑顔が絶えなかった。もっとがんばりたいという意欲に燃えていた。その心の炎が彼女の体を支えているようだった。

とうとうその日が近づいてきた。彼女が入院したと聞いた。もう帰れないかもしれないと聞いた。お見舞いに行くと、彼女はいくつもの点滴に縛られるようにベッドに横たわっていたが、元気そうだった。私は、何をどう話していいかわからないまま、笑顔で丸いすに座っていた。彼女も男の私に愚痴をこぼすわけにもいかず、病気のことを詳しく説明するわけにもいかず、たわいない世間話をした。そして、何を思ったのか急にこんなことを話し始めた。

「私は、子どもの頃からずっと病気だったから、仕事も結婚もできなくて、子どもも産めなかったし、自分が何のために生まれてきたのか、考えてみたの。世界中には病気で苦しむ運命にある人がたくさんいると思うけど、神様が私に病気をくれたおかげで、私の代わりに病気にならないで幸せに暮らしている人がいると思ったんですよ。それなら、私が病気になったから、世界中の誰かを幸せにしてあげられたんだと気づいたんです。だから、私の人生もいのちも決して無駄ではなかったと思えるようになりました。」

彼女は、そう言うと視線を天井に向けて、何か物思いにふけるような表情をした。親しい友人が何人もお見舞いにやってきて、病室にはいつも誰かがいてくれたようだ。そして、彼女は、今までやりたかったけどできないでやり残したことを、親友や家族に精一杯のわがままを言って病室で実現していった。病状は良くはならなかった。何度も医学的な説明を聞いたがとうとうわからなかったが、がんとしての治療法はない、悪いところに対処すると別なところが悪くなるもぐらたたきのような治療だということだけはわかった。そして、ついに主治医の長年にわたる懸命の治療も終わりを迎えた。とても賑やかによくしゃべる女性だったが、静かに穏やかに神に召された。

○いのちをつなぐ苦労じいさま

私が、食道がんの手術をして五年目にリンパ節に再発が見つかり、抗がん剤治療と放射線治療を並行して行うために二ヶ月入院したときのことである。もう少しで退院できるという頃、同じ病室に入院してきた食道がんのお年寄りがいた。七十歳ぐらい、細身で小柄の人だったが、目は鋭く背筋が伸びていて、強い意思を持って生きてこられたようにみえた。お互い窓際のベッドだったので、その日のうちに窓辺に佇んで何となく会話が始まった。

病気が同じ食道がんであるということから同じ民族である仲間意識を感じて、すぐに私生活の話になった。そして、彼が母親について話し始めた。

「俺はね、入院や手術している暇ないんだよね。お袋がね、九十超えているんだけど、ちょっと認知症がはいっているから、何でも俺が世話していたんだけど、入院するとなると、このお袋が問題でね。やっと預かってくれるところを見つけられたので、預けてきた。年金生活だから、もう生活に余裕はないから、早く退院してお袋を迎えに行かなくちゃいけないんだよね。」

老人は、窓からどんより曇った空を見上げながらそう教えてくれた。私は、何かのきっかけから、息子が交通事故で亡くなった話をした。すると、彼はさらに、こんな自分の身の上話をしてくれた。

「実はね、俺も息子が死んだのよ。うちで火事を出してしまったんだけど、そのとき一緒に寝ていた息子が、まだ一歳だったけどね、俺も家内も全身やけどで入院して顔にまでケロイドが残ってひどかった。何度も皮膚移植の手術をして、今はこうなってる。」

そう言うと、頬から首元に残ったケロイドを見せてくれた。しかし、年齢とともにしわも増えているので、あまり目立たなかったが、体のあちこちに残っているそうだ。火事で病院へ運ばれたときは、きっと重体だったに違いない。亡くなっていても不思議ではない状況であっただろう。子どもが亡くなったことを聞いたときのお二人の心境を思うと、私はその辛さがよくわかって何も言えなかった。彼は、さらに続けて静かに語ってくれた。

「退院してまた夫婦で暮らし始めたけど、家内がね『もう一緒に居られない。台所に立つこともできないし、何もあんたの役にも立てないから一緒にいられない。』って言いだした。やけども痛かっただろうし、子どものこともあったから、辛くてたまらなかったんだろ、って思って別れた。それから、お袋と二人でずっと暮らしてきた。」

あれこれとくわしく尋ねることはできなかったので、当時の様子を想像するだけだが、家族みんなが壮絶な悲嘆の中にあったことだけは間違いない。辛さを比較することはできないが、彼は食道がんより辛い体験をしてきているので、今も平然としていられるのだろう。がんや手術よりも、年金生活で母親も抱えているので死ぬわけにもいかないという苦悩が大きいようだった。二ヶ月も入院していると様々な人と出会い、様々な人生を垣間見るのであるが、私はそのたびに少しずつ元気になっていくような気がして不思議だった。それは自分だけが不幸だと思う孤独感が中和されるからだろうと思った。

三日目に、二年目ぐらいの若い女性看護師が彼のもとにやってきた。点滴の針を通すためだった。「明日、手術ですのでそのための点滴の針を通しにきました。」と言って、彼のカーテンの中へ入っていった。私は声だけを聞いていた。どうも点滴の針が通らないようだった。「すみません、もう一度お願いします。」か弱い声の看護師に、「いいよ、何度でも。」と重い声が続く。私も点滴の針を何度も何度も刺したが、大きいので普通でも痛いのだが、失敗するとますます痛みが増す。それは精神的にイライラするからなのかもしれないが、針が大きいので刺したあとで動かされると十倍ほど痛みが増すのだ。

院内のマニュアルで三回失敗した場合は他の看護師と交代するようになっているらしいので、この若い看護師も泣きそうな小声で「すみません。他の看護師と交代しますので、もうしばらく待っていただけますか。」と言って立ち去ろうとした。すると、老人は少し語気を強くしてこう言った。

「交代せんでいい。あきらめたらいかんよ。いいから、もう一度やってごらん。」

すると、若い看護師は、

「とりあえず、新しい針を取ってきます。すみません。」

と言って病室を出て行った。ナースステーションで悩んだのかもしれない。しばらく帰って来なかったが、新しい針を持ってうつむきながら老人のカーテンの中へ入って
「すみません、看護師が誰もいませんでした。明日、手術の前に針を通していいですか。」

と言った。老人は、

「いや、だめ。いいからあなたが今やりなさい。」

と大きな声だった。すると、あきらめて泣きそうな顔の看護師に老人は言った。

「やっぱり自分でやるしかなかたい。教えてあげるからやってごらん。俺はね、やけどしたから腕もケロイドになって皮膚が固いから針が通りにくいもんね。ここに刺してごらん。そうそう、そして、ちょっと上にあげるように針を動かして、刺してごらんよ。ほら通っただろ。」

「はい、通りました。ありがとうございました。良かったです。」

「俺はもうじいさんになってもう先が短いけどね、あなたはまだ若い。あきらめたらいかん。これからがんばっていかんといかんよ。ね。」

孫みたいな年齢の看護師を一生懸命に励ましている老人の声は、とても明るかった。痛かったに違いないが、もちろん怒ってなんかいないしイライラしてもいない。カーテンの中から出てきた若い看護師は、深々と礼をすると、

「ありがとうございました。はい、どうもありがとうございました。」

と言って、病室を出て行った。この若い看護師は、この出来事と老人の言葉を心にとどめてこれからもがんばってくれるだろうか。

病院では毎日何度も繰り返されている注射や点滴、そんな日常の中で、私はこの老人に「いのちをつなぐ」という意味の一面を教えてもらったような気がした。いのちをつ

などというのは、長生きすることでも子どもを生み育てることでもない。人と人が知り合い助け合って、勇気や希望をつないでいくことではないだろうか。それが世代をつないで人間社会を維持しているのである。私は、今まで自分のことばかり考えていたので、いのちをつなぐ生き方はしていなかった。教師になったことも自分がやりたい仕事だったからであり、子どもたちを自分の理想に近づけることばかり考えていた。結婚したのも自分の子どもを育てたのも自分の欲や自分の将来のためだったような気がする。人の心を理解し共感して、次の世代に何かを残すことができたのだろうか。

病院でほんの数日一緒に過ごすだけだった老人は、若い看護師に自分の腕を使って、自分のいのちの価値を伝えようとしていたのだろう。がん患者は、若い看護師からみればかわいそうな存在かもしれないが、老人からみれば若い看護師はまた未熟な存在でしかない。どちらが同情すべきかということではなく、互いの長短が絡み合ってつながっていくことが重要なのである。

私は、いのちをつなぐ会の理念に確信を持った。人は体験をすることで人間性や道徳観を高めることができる。しかし、病気や死など体験できないことは、体験した人の気持ちに共感することで人格を高めることができる。差別をなくすためにもこの体験と共感に基づいて教育や啓発をすすめることが重要である。だから、がん患者は、自己の体験を語る必要があるし、まだがんではない人はがん患者の話を聴くことが必要であるのだ。差別された体験者の話を、差別する側に立っている人は聴くべきである。そのようにして少しずつ社会変革をすすめていくことが大切だと思う。

これまで紹介した方々は、亡くなった方とその後の消息を知らない方ばかりであるが、私にとっては忘れられない敬愛する方々である。このような方々のおかげで、私は生きてこられたし、ボランティア活動も続けることができた。

食道がんの再発の治療のため二ヶ月入院した私は、退院するとすぐにウォーキングや登山で体力の回復に務めた。そして、いのちをつなぐ会の活動や自分自身の講演でも積極的に取り組んでいった。自分の講演だけでも年に七十回を超えることもあった。もともとは、がん患者と学校をつなぐ役割をすることが目的だったが、私の講演が増えるばかりでがん患者と学校をつなぐことができないで悩んでいた。しかし、学校でがん教育が始まればきっと学校の授業での取り組みやニーズも高まるにちがいないと期待していた。

◆母の闘病

自分のがん治療と講演ばかり考えていた。ところが、元気だった母が、もう草取りもできないというので、年取ったからかなと思っていたが、かかりつけの病院で胃カメラの検査もした方がいいと勧められて検査したところ、精密検査が必要だという診断だった。大きな病院で再検査をしてもらったところ、がんの疑いがあるので、ペットＣＴの検査も受けることになった。診断の結果は、衝撃的だった。ステージ４の食道がんであり、食道がんの腫瘍が大動脈に癒着している状況なので、八十六歳という年齢も考えると手術は難しい、このままであれば余命は一年だろうという診断だった。とりあえず入院して経過をみることになった。

私は父母の実家の空いている土地に家を建てて住んでいる。父は八十三歳で亡くなった。その後、八歳差の母は、満八十六歳となった。家は隣同士で別所帯にしているが、私は長男なので、当然のこととして母の面倒は私が看ることになった。

私が先に食道がんで手術したとき、酒とタバコとストレスが原因だと思っていた。しかし、母の食道がんの原因が、酒やタバコだと考えられない。ということは、母は食道がんの遺伝子を持っていて、それを私が引き継いでいたのだろう。そして、私は酒とタバコで発病を早めたのだ。親子で同じ食道がんになったことで、私は母と子の血縁と宿命の強さを感じてしまった。一緒に死んでもいいとさえ思った。しかし、私は手術で一命を取り留めたが、母はもう助からないのだ。どうすればいいのか、母と話し合って決めることにした。母に手術をしたいかと訊くと、手術は嫌だという。体を触るのは嫌だという昔気質の感覚であろうと思ったが、それより手術ができない病状であることが問題なのだ。仕方ないので私は、正直に伝えた。

「食道がんが大きくなっていて、手術しても取れないから、手術ができないってよ。手術できないから、抗がん剤で治療するしかないけど、どうするね。」

母は、悲しいとか辛いという表情には見えなかった。平然とした表情に見えた。か細い声で答えてこうくれた。

「いやあ、もうなんもせんでよか（何もしなくていい）。入院しててもなんもせんなら、家がよか。退院して家におるけん。」

確かに母の言うとおり、入院していても治療は何もしないのなら、自宅に帰った方がいいと思った。まだ元気なので自宅で自分の力で生活できるし、その方が幸せだと思った。退院するとき、在宅医療と訪問看護ができる病院を紹介してもらって退院した。まだ元気なので、看護師にみてもらって訪問回数などを決めた。とりあえず落ち着いた。母は、自分で食事の準備もするし、庭へ出て草取りもできた。とてもがんには見えなかった。

しかし、徐々に症状が出てきた。まず、歩くのが苦しくて買い物には行けなくなったので、私が代わりに頼まれたものを買うようにした。また、食事の飲み込みがあまり良くなかったのが、ますますひどくなってご飯はもちろん肉も食べられなくなった。そこで、柔らかい豆腐や温泉卵を買ってきたところ、どうにか食べられるということだった。しかし、徐々にそんな柔らかい食事さえまったく飲み込めなくなっていった。

いつだったか、唐揚げを頼まれて買って帰った。次の日、座椅子にすわってテレビを見ていた母が、急にニヤニヤとほほえみ始めて、こんなことを言った。

「昨日、唐揚げば、一口噛んでみたばってん、飲み込めんから、そのまま外に出してしまったたい。食べられんとわかっていても、どうしても食べたかったからねえ。ふふふ。」

私は、そうね、そうね、と心の中で何度も呟きながら聴いていた。母は、私の回答を求めていない。ひとりごとを言いながら笑っているようだった。食べられないとわかっていいても唐揚げに噛みついた自分の姿が子どものように思えておかしかったのだろう。そんな自分のことを息子に話すのが照れくさかったのかもしれない。そんな母と二人で会話をしながら、残された時間が限られていることが悲しくなった。私は、夜になって布団の中で食べられないことで辛い思いをしている母のことを考えて涙がこぼれた。もっと元気なときにおいしいものをたくさん食べさせておけばよかったと後悔した。私も食道がんの手術をしたあと、ずっと食べられなかった。そのときのことを思い出して、母がどんな気持ちでいるのか想像すると、私は親不孝者だと懺悔するばかりだった。

母の飲み込みが悪くなったとき、在宅医に胃ろうについての相談をした。胃ろうについては、母が絶対いやだというので、すでに医師に断っていた。しかし、私はその判断の是非について揺れ動き始めていた。胃ろうをしても助からないのはわかっているが、少しでも長く生きられるのではないだろうか、と悩んだためだ。

「先生、今からでも胃ろうをしたらどうでしょうか。治療の意味がないでしょうか。」

「今からでは胃ろうをするのが難しいでしょうね。もっと早くなら簡単にできましたが、病状が進んでいますし、胃の中に何もない状態が続いたので、急に栄養物を入れるとかえって逆効果で、体全体のバランスを壊すことになりますよ。」

母は、もう毎日の点滴のみで栄養を補充していた。毎日、訪問看護師がやってきて点滴をしてくれるので、何も食べないで生きていられる状態だった。トイレも自分で行けたのに、布団から出て転倒してしまったので、ポータブルトイレを部屋に置いた。しかし。数日後にはそれも座れないというので、おむつになった。おむつの交換は息子では嫌だというので看護師さんとヘルパーさんに毎日していただくようお願いした。こうして目の前で、母が弱っていくとその責任を私が感じるのだった。「私が、もっと早く病気に気づいていれば良かった。」「手術が無理でも抗がん剤治療はした方が良かったのではないか。胃ろうをすればあと一年ぐらい元気だったのではないか。もっと早く旅行に連れて行けば良かった。もっといろんな話を聴いてあげていれば良かった。」このような後悔の念に苛まれた。私もがん患者であったので、自分自身のがん治療については決断していた。治療ができない状況であれば、手術や抗がん剤で苦しい思いをすることなく、緩和ケアと本人の希望に沿った治療がいいと思っていた。だから、母が在宅医療を希望し、胃ろうも拒否したので、私もそれに賛成してきたのだった。しかし、徐々にやせ細って動けなくなっていく母の姿をみていると、まるで私が母を死に追いやっているように感じられた。

　私の自宅は、母の家の隣である。今まで、母と話すことは少なかった。私が実家に頻繁に出入りし母と話してばかりいれば、マザコンと思われ夫婦仲が悪くなる元だと思っていた。しかし、食道がんとの闘病生活の中で母は寂しいに違いないと思ったので、できるだけ母の枕元にいて話をしようと思った。私は、毎日出かけることが多かったので、母と話せる時間は短かったが、知らないことが多かった。家族は、いつも一緒にいるのだが、よく話しているとは限らない。お互いを理解し合っているとも限らない。母が自宅で寝ている間は、近所のおばあちゃんやおじいちゃんがのぞきに来てくれた。在宅医療の一番いいところだと思った。人が来てくれるのが一番うれしいようだった。母がときどき話すのは、昔の思い出話が多かった。自分の人生を振り返っているようだった。

　母は、幼い頃、母を亡くしている。母は、そのことからぽつんぽつんと思い出しつつ話し始めた。

「母が死んだものだから、父も大変だったとよね。私とさとる（弟）の二人の子どもも育てんといかんし、仕事もせんとしかんしね。後妻をもらうことになって、新しい母が来た。私は小学生だったばってん、朝の飯炊きを薪でさせられたり洗濯もさせられたりして大変だった。本当の母親じゃなかけんね。さとると二人でいつもがんばったよ。二人で遊ぶことときが楽しみだったたいね。」

母は、天井を見つめながらときどき口元に微笑みを浮かべていた。目に涙がにじんでいるように感じたが気のせいだったかもしれない。母は弟のさとるおじさんに会いたいにちがいない。意識がはっきりしているうちにさとるおじさんに会わせてあげたいと思った。私は、県外に住んでいるさとるおじさんを車で迎えに行った。おじさんは頭が真っ白だった。枕元で母の手を取って懐かしそうに昔話をしていた。小学生だった頃の二人はどんな姉弟だっただろう。私の心の中に映画のような情景が次々に浮かんできた。

別な日には、母は夫のこと、つまり私の父のことも話してくれた。

「じいさんがね、『この家は、あんたが建てた家たい。』って言ったのよ。私が、せっせと貯めたお金を使ったけんたい。私が、お金を貯めるのが上手だったけん、家も建てることができて良かった、と言ってくれた。」

私の両親が家を建てたのは、二人が五十代で私が二十歳の頃だった。その頃、私は両親のことを考えることもなく自分のことで精一杯だったので、母の話を聴きながら思い返してみた。自分の年齢と重ねながら、両親の状況や気持ちがだんだん理解できるようになった。

母は、私が中学生ぐらいの頃、自宅で内職をしていた。父は、母が勤めに出ることは嫌がったが内職は許したらしい。私が長男で子どもが三人いたので、母はお金が必要だったのだろう。その頃の貯金が私たちの学費に充てられたに違いない。それでも生活は厳しかったようだ。私が高校三年のとき、父に「大学には借金してでも行かせてやるけど、東京には行かないでくれ。下宿代まで出せない。」と言われた。進路を考えていたが、私は言われなくても家計のことはわかるので、東京へ行くつもりはなかった。

父は、ブルーカラーのサラリーマンで高給取りではなかったので、母はいつも家計のことばかり心配しながら生きていたのだろう。母の親戚を頼って田舎に家を建てることになったが、母の貯金があったからこそできたことだった。そのことを思い出して、父は母に「あんたのおかげで家が建った。」と言ったのだ。父の会社の業績が悪化して定年前に希望退職したときも生活は楽ではなかっただろう。母は、そんな苦しいことばかりだった人生を、天井ばかりを見ながら振り返っていたのだろう。母は、ニヤニヤとほくそ笑みながらこう話してくれた。

「じいさんも、酒ばかり飲みに行ったり、かんしゃくを起こして茶碗を投げたり、困った人だったばってん、年取ってからは『ばあさんの飯が一番うまか。』とか『ばあさんのおかげでお金に困らんだった。ばあさんのおかげたい。』て、言いよらした。」

「そう言えばそうだったね。」と答えて、私はいつも頷いていた。そして、「運がいいとか悪いとか　人はときどき口にするけど　そういうことって確かにあると　あなたを見てて　そう思う」と「無縁坂」という歌を思い浮かべていた。曲が頭の中でぐるぐる回り続けていた。

もしかしたら、母は、私の身代わりとなって食道がんを引き受けたのではないかと思った。私の食道がんは母から遺伝したのかと思っていたが、逆に母が私の食道がんの苦しみを引き取ってくれたような気がする。私のがんがもう再発しないように母が代わりに苦しんでいるように思えた。私は、母の代わりに苦しみを分けてほしいと思ったが、私たちは命や病気では身代わりになることができない。命のやりとりだけはどうしてもできない。たとえどんなに深い愛情があってもできないのだという当たり前のことを痛感した。

母は、食事だけでなく水も飲めなくなったので、霧吹きで甘い紅茶を口の中に吹きかけて生きていた。もちろん点滴は毎日続いていた。ところが、十二月になって理由もわからない発作が突然起こるようになった。咳が止まらないで息もできない、真っ赤な顔で体を痙攣させるように苦しんだ。救急車を呼ぼうと何度も思った。十五分から三十分の間、苦しむと治まるのだが、一日一回が二回、三回と増えて行った。在宅医に相談しても原因がわからないまま、咳止めの特効薬を処方してくれた。口の中へ入れる液体だった。母が発作を起こすとすぐにその薬を口の中へ流し込んだ。以前より早く治まるようになったが、苦しいのは苦しい。母はもう体がなくなっていた。肉はほとんどついていない。骨ばかりで触ると折れそうだった。布団から出た顔だけは、あまり変わってないような感じだったので、咳が止まらない母の背中を撫でると、骨だけなので驚いてしまう。ここまでがんばっていたんだと思った。母は、飲まず喰わずで三ヶ月以上も生きてきたのだ。しかも、愚痴も言わず笑顔を忘れないで一人ぼっちの夜を過ごしてきた。小さくなったけど強い母だ。

咳の発作の間隔がだんだん短くなり、ある日の夜遅くに特にひどい発作が起きた。薬を飲ませてもなかなか治まらなかった。夜中だったが在宅医にも電話をして相談した。母は三十分ぐらい苦しんだあとでやっと落ち着いた。布団の中で涙目になって、母はしばらく黙っていた。話す力も残っていなかったのかもしれない。「もう大丈夫ね。」と訊くと母は頷いたので、私は隣の自宅へ帰ろうとすると、母が小さな声でこう言った。

「病院に行く。」

病院というのは緩和ケア病棟のある病院のことである。在宅医療に決める前に、病院に行って診察を受けていた。自宅でどうにもならないときは、この病院に入院するよ、と伝えていた。母には選択の余地はないので、私の言うとおりにするしかない。元気なうちに自分で決めておくといいが、意外と難しいのである。家族と十分に相談しておかないと自分の医療を自分で行うことはできないのだから、このことも私の後悔することであった。

「病院に行くなら、明日、病院に空いているかどうか訊いてみるね。」

と、答えて母をみると、本当に辛そうだった。たぶん私にも気を遣ったのだろう。こんなに発作が起こって迷惑をかけたくないと思ったのかもしれない。いよいよ覚悟を決めたのかもしれない。いや、とうに覚悟は決まっていた。半年前、母にもう助からないから死ぬまで自宅で療養すると言えなくて、

「ずっと家にいるからには、覚悟しておかないといかんよ。」

と言うと、母は鋭い視線で私を見つめ、大きな声で、

「覚悟はできとる。」

と、言った。もう何もかもわかっていると言わんばかりだった。病気になって以来、初めてそんな大きな声を聞いた。しかし、それ以後はとても淡々と時を刻んで生きているように見えた。

発作があった翌日、訪問看護師に連絡をとっていただいて、母は緩和ケア病棟へ入院した。私は、母の診察に家族の代表として立ち会い、モルヒネ系の鎮痛剤の使用などについて主治医に了解した。とにかく痛くないように苦しくないようにしてほしいとお願いした。そして、私は、母を緩和ケア病棟において一人で自宅へ帰った。帰りの道すがら車を運転しながら、考えるとも思い出すとも苦悩するとも、何とも表現できない頭と心のゆらぎの中にいた。これからどうすればいいのか、息子としてどうしなくてはいけないのか、答えの出ない問答を繰り返していた。

翌日から毎日病院へ通うつもりでいた。私の娘は、赤子の息子を連れて病院へ来た。母からみればひ孫である。しわだらけでもう箸を握る力も出ない母の手と、本当のもみじより小さいひ孫の手は、握手することもできないで少しだけ触れ合った。私は、できるだけ母に付き添うことで、息子としての自責の念の埋め合わせをしようとしたのかもしれない。ところが、翌日からインフルエンザの感染予防のために面会謝絶となってしまった。私は看護師さんにお願いして、私のスマホを病室の母へ届けてもらい、一緒に来た娘のスマホから電話をかけて話した。話しはできたが、薬によるせん妄が始まっているようでスムーズに話せなくなっていた。昨日、発作がひどかったので何か薬を投与されたように看護師さんから聞いた。入院したとき、病院はクリスマスの飾り付けがされていたが、このまま正月を迎えられるのだろうか。母が、まだ自宅で寝ているとき、「来年は数えの八十八だから米寿のお祝いをしようか。」と私は言うと「いらんことせんでよか。」と言っていたが、年を越せるだろうかと気がかりだった。

とうとう一日も会えないまま、正月になった。初詣に行った帰りに病院に寄って、買ってきた破魔矢を看護師さんに病室まで届けてもらった。そして、スマホで話した。私は、母がとても疲れている様子がわかった。最期のときが遠くないと感じた。

二日後の朝、病院から様子がおかしいと電話があり、私は妻と娘と病院へ行ったがすでに亡くなっていた。最期は、大きなため息をついて静かに亡くなったそうだ。面会できなかったので想像するしかないが、すでにせん妄が見られていたようなので、夢の中にいるような感じで亡くなったのだろう。新年になったばかりだが、母は数えで八十八年の人生を全うして静かな幕切れとなった。

発作や痛みがなければ、自宅で母を看取るつもりでいたが、叶わなかったのは残念だった。やはり人の最期はドラマや映画のようにはいかない。痛みや苦しみが大きいことが多いのだ。しかも自分で死に方や病気を決めることもできない。いつどこで死ぬかも決められない。そのうえ死について話すことも考えることもタブーになっているので、ますます死がわからなくなって、同時に「生きること」がわからない時代になっているのではないか。私も母が闘病中にたくさんのことを悩んだが、終わってしまうと何もなかったように以前の日常が始まってしまった。自分自身のがんが再発するかもしれないという不安も忘れてしまっていた。

「いのちをつなぐ」とはどういうことなのだろう。私の両親は平凡そのものであった。有名でもないし、大きな業績もない。ただ三人の子どもを育てた。もしかしたら、それだけが業績かもしれ

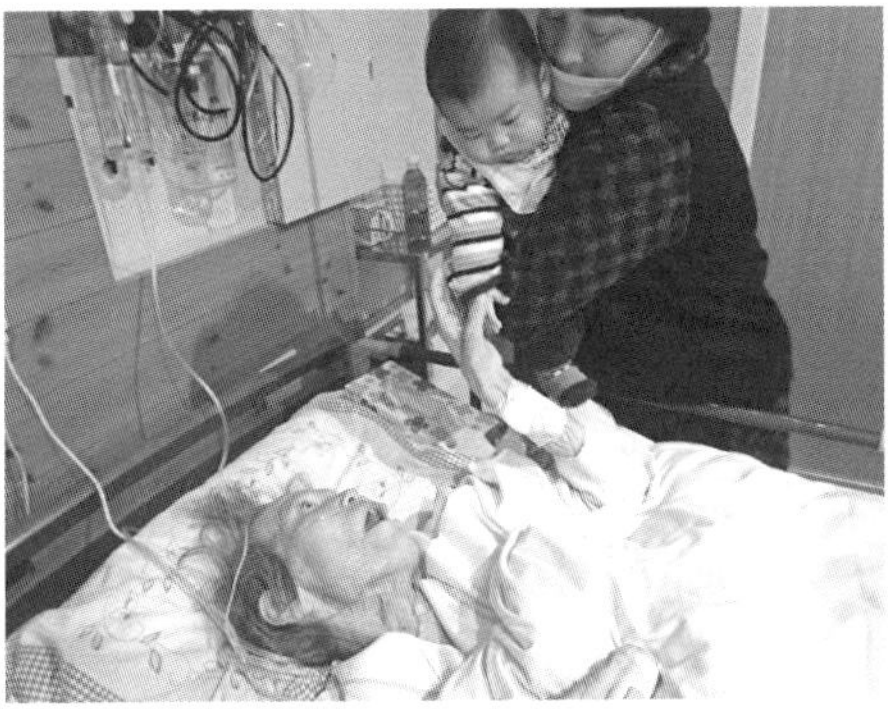

緩和ケア病棟に入院した母と
一歳のひ孫の最後の面会

ない。特に母の人生は子ども三人を育てあげたが、三人とも家を出てて母のことを忘れて生きている。「いのちをつなぐ」なんてきれいな言葉はどこにも見当たらない。それが私たち家族の人生だったような気がする。しかし、母が亡くなってから思うのは、子ども三人育てただけの人生だけど、素晴らしく価値ある人生だったということだ。歴史に名の残る偉人よりも素晴らしい人であったと誇らしく思う。私をいつもかわいがってくれた父と私をいつも心配してくれた母を思い出すたびに、頭の中をさだまさしのあの歌がぐるぐると回り出す。

「運がいいとか悪いとか／人は時々口にするけど／めぐる暦は季節の中で／漂い乍ら過ぎていく／忍　不忍　無縁坂／かみしめる様な／ささやかな僕の母の人生」

◆咽頭がん

私は、母が亡くなってからますます体の調子も良く、一〇〇キロウォークにも参加したり、四季折々の花に会うため登山をしたりした。講演やボランティア活動にも精力的に取り組む毎日だった。おまけに地元の区長の順番も回ってきたので、たいへん多忙な毎日を過ごしていた。

特定非営利活動法人いのちをつなぐ会は、法人資格を続けることが難しい状況になった。理由は、学校からのニーズが増えなかったことと理事や語り手の減少が大きかった。法人であると提出書類等をそろえることも煩雑であるし、事務作業が得意な人もいなかった。活動そのものは法人でなくてもできるが、法人として登記したのは、学校や社会から信頼される団体と認知されるためだった。その目的は十分に果たすことはできたので、一般ＮＰＯへ変更することにした。私は、代表理事を辞め事務局長として活動することにした。しかし、私の心の中で一番不安だったのは、がんの再発だった。そろそろ再発する時期だから、そのときの準備もしておかないといけないと思って、私自身の手で法人の解散手続きを半年がかりで無事に終了した。活動は、法人ではなく「ＮＰＯいのちをつなぐ会」として変わらず継続していった。

食道がんを母が身代わりとなって天国へ持っていってくれたので、私はとても元気だった。食道がんの再発で入院してから五年過ぎたので、手術や入院をした病院から三行半をいただいた。五年過ぎて再発の心配も少ないので、今後は地元の病院で診察を受けてください、と言われ地元の消化器外科へ転院して検査を受けていた。造影ＣＴ検査や胃カメラ検査も受けて、異常は認められないまま年末が近づいてきた。

そんなある日、何かのどが詰まったような感じで声が出にくくなった。一時的なものかと思ったが、数週間続き、徐々にひどくなっていくようだった。六年前に再発が見つかったときも声が出にくくなったのを思い出したので不安だった。翌年一月第一週の検診日に主治医に相談したところ、異常が見つからないので耳鼻科に行ってほしい、と言われ、地元の耳鼻科で看てもらうことにした。鼻からカメラを入れて写真を撮ってもらった。写真を見せながら耳鼻科の医師にこう告げられた。

「息苦しいことはありませんか。息をする気管に大きな腫瘍があります。悪性かどうかわかりませんし、これはうちの病院では治療はできないので、大きな病院を紹介します。すぐに行って調べてもらってください。大きいので急いだ方がいいと思います。」

数日後、紹介状をもって大きな病院へ行った。これまでも手術や入院をした病院であるが、今までは消化器外科で今度は耳鼻咽喉科である。同じ首にあるがんであるので、私にとっては何科であるかはどうでもいいことだ。重要なのはがんであるかどうか、治療はできるのか、ということだけだ。外来の診察室で紹介状と写真を見て、鼻からカメラを入れて診察されたあと、こう言われた。

「息苦しくありませんか。これから詳しく調べてみますが、できものが大きいので息苦しくなったらすぐに連絡してくださいね。」

その後、ＭＲＩや胃カメラなどの検査を受けて、一週間後に正確な診断を受けることになった。私は、がんだろうとすでに覚悟していたので、ちっとも怖くはなかった。

私は、この病院の次の診察で死の宣告をされるかもしれないと思ったので、その一週間前に思い残すことがないよう登山に行った。五木村の仰烏帽子山へフクジュソウ（福寿草）に会いに行ったのだ。標高差の少ない登山口から山頂へは登らず、フクジュソウの群生地までのハイキングだった。時期が早かったが、数本だけ咲いていたのを見つけて本当に嬉しかった。フクジュソウは、積雪の中から蕾を出して黄金色の花びらを開くので、幸せを運ぶ花としてみんなに愛されている。まだ一月だったので一輪でも咲いていてくれたら幸運だと思って胸が高鳴った。息を切らしながら登山道をゆっくり歩いていくと、岩陰に黄金色の花を見つけた。昼頃になると花が開いて、中からキラキラと黄金色に輝く花びらが見える。一輪、二輪、三輪、ちらほらと見つかった。「フクジュソウが咲いていていてくれた。私は、たった今、世界一幸せだ。」そう思った。幸せの価値は、相対的なものだ。お金も地位もほしくない私には、命の危機も迫っていた。最後かもしれない登山でフクジュソウに出会えたことが、世界一幸せなことだとしても決しておかしくないだろう。

実は、その日の午後、この山の近くの小さな学校で講話を依頼されていたので、そのついでに、午前中は登山を楽しんだのである。一月にもかかわらず午後はとても暖かくなった。教室で出会った十数人生徒は、きらきらした瞳で私を見つけ、怜志の話を聴いてくれた。腫瘍のために声は枯れていたが、私はこれが最後かもしれない講話だと思うと、胸が非常に熱くなった。目頭も熱くなった。講話が終わったあと、校長先生からこう言われた。

「今日の生徒の中に、家庭的にとても大きな課題をかかえている子がいたんですが、泣いていました。短い時間に生徒の心を耕していただいてありがとうございました。」

私は、先生方のお礼の言葉も児童生徒の感想文も褒め言葉のほとんどは真に受けないようにしているが、確かに課題を抱えた子が私の講話を真剣に受け止めてくれることがある。もし、その子の心の励みになったなら本当に良かったと思った。一輪の花と一人の生徒が私を励まし幸せにしてくれた一日だった。

そして、翌週、病院で次のように診断と治療の説明を受けた。

「病名は、咽頭がんです。気管の声帯があるところの上のところに大きな腫瘍がありま す。腫瘍は悪性ですので、手術で摘出しないといけません。ですが、手術室の予定が詰まっていますのですぐに手術できません。手術しないで放っておくと腫瘍が大きくなって窒息してしまいます。今は苦しくなくても急に苦しくなるので危険なんです。ですから、手術の前に気管切開をさせていただきます。気管切開をしたら声が出せなくなります。また、誤嚥を起こす危険があるので、飲食はしないでください。そこで手術室が空くまで入院していただきますがいいですか。」

私に、理解できたのは、気管切開をして声が出せなくなるということ、そして、手術の日が決まるまで飲食できないまま入院するということだった。想定していたより厳しいものだったが、仕方がないことだ。声が出せないということが最も重要な課題だった。今後も講演の依頼を受けていたので、遠い期日はお断りして、近い期日は録音テープで対応することにした。しかし、声が出せないということは、そんなことよりもっと大変な苦悩があることをまだ知らなかった。私は、今度の長い入院と手術の後は、今まで通りにはいかないと感じた。すぐに回復して一〇〇キロウォークができると思えなかった。

いや、それどころかもう生きていられるとも思えなかった。なぜなら今度のがんの腫瘍はとても大きくステージ4だと言われていたので、たぶん助からないという予感がした。そこで、入院までの二週間あまりですべての片付けをしようと思った。自宅二階の書類の片付け、庭の雑草の処理なども終わらなかった。バイクは息子のバイクも含めて二台あったが、両方処分してしまった。もう私はバイクに乗れないし、バイクを残しても妻はどうしていいかわからないだろうから、入院前に私が決断しておかないといけないと思ったからだ。

こうして死の覚悟を決めて入院した。入院するとその日の夕刻過ぎてから主治医のチームが三人でやってきた。

「高浜さん、今から気管切開させていただきますがいいですか。いつ窒息するかわからない状態なので、急いだ方がいいと思います。」

私は、もう来たのか、と驚愕すると同時に恐怖感が増した。死刑囚の気分だった。私は、手術室に行くのかと思って

「どこでするんですか。」

と尋ねると、

「そこの処理室です。」

と、入院した病棟にある小さい部屋に通された。簡単な医療処置ができるようになっていて、三人の先生方は手袋をして私の首に部分麻酔の注射をして、青い布を何枚か重ねていった。部分麻酔なので声も音も聞こえるから、何をしているのか想像できた。私の首の中央あたりに見当をつけて、メスが入れられた。先生は力を入れて私の首をメスで切り開いているようだった。出血しているのもわかったが、痛みはなかった。声は聞こえる。

「これくらいかな。」「もう少しだな。」「ガーゼを取って。」

見えないのでかえって怖い気持ちになりそうだが、見ていればもっと怖いだろうと思った。切ったあとはどうなるんだろうと思ったら、カニューレという水道の蛇口みたいな透明プラスチックの管が挿入された。挿入されたというより押し込まれたという感じだった。

気管切開は簡単に終わった。医師からみれば朝飯前の処置といった感じだろうが、思い返してみると私にとっては苦悩の入り口となったのだ。もう声は出せなくなった。ああ、ううとも出ない。息は普通にできているような感じだが、鼻や口から空気の出入りがなくなるので、鼻から入る臭いが半分以下になり、咳も口からは出ない。誤嚥防止のため飲食が禁止されたので、鼻から五十センチぐらいのビニル管が胃まで挿入された。水分も栄養分もこの管から胃に流されるので、何も味を感じることはなくなった。

手術室が空いていないから入院して待っているだけのことなので、入院は猿ぐつわをされて牢獄に閉じ込められているようなものだった。食事が、鼻のチューブから入れられるだけで、特に治療があるわけではない。私は、ベッドのカーテンを半分空けたまま周りの様子をうかがっていた。しかし、二十四時間ぴったりとカーテンがしまったまま、話し声も聞こえないのだ。同じ病室にいながら一切近所づきあいを拒否されているようだった。しかも、声が出せないのであいさつもできないのだから、患者同士で仲良くできるきっかけもつかめないで、ますます孤独だった。そんな毎日の中で、決定的な事件が起こった。洗面所で歯磨きが終わった私の後ろを通りかかった同室の患者が私にこう言った。

「カーテンは閉めておいてください。それが、お互いのためですから。」

私は、すぐに反論しようとしたが、声が出せなかった。どう見ても私より年上でこぎれいな普通のお年寄りだった。もちろん彼は、私の意見を聞くつもりもないので、逃げるようにそのまま廊下へ出て行ってしまった。私は、悔しかった。怒りさえ湧いてきた。どうしてカーテンを閉めておかないといけないのか、同じ患者でありながらどうして交流を拒否するのか、そして、「お互いのため」というのはどういう意味なんだ。自分のベッドに座り込んで考えているとだんだんと悲しくなってきた。だけど、私はこれまで通りに昼間はカーテンを半分空けておくことは止めなかった。

気管切開をしてしばらくすると急に咳が止まらなくなる発作が起こるようになった。咳が連続するので息苦しくて死にそうになる。しかも鼻水がたらたらとこぼれる。気管切開しているので鼻水はすすれないのだ。拭き取るのにティッシュが十枚も二十枚も必要になる。息ができるのは喉に空けられて小さな穴しかない。連続して咳をするとその気管孔が塞がるような感覚なのだ。しかも体が痙攣するような感じでベッドの上でのたうち回ることになる。医師の診察でも原因はわからない。咳が始まるとナースコールをすぐに押すが、やってきた看護師もどうしていいかわからず数人で取り囲んで「大丈夫ですか。」と声をかけるだけだった。毎日その繰り返しで、毎回二十分以上は咳が止まらないが死ぬこともなく治まる。だから、だんだんとオオカミ少年みたいに思われて、看護師も特に心配することもなく、「落ち着いたら、また来ます。」と言って次の患者のところへ行ってしまうようになった。看護師が「また来ますね。」と言ったときは、二度と来ないことが多かった。私は、涙目になって一人ベッドで苦しい三十分を過ごすことが増えた。喉にある大きながんの腫瘍が異物なので、外に出そうとして咳が出るのだろうと勝手に解釈して手術で切除できるまで我慢するしかないと諦めるしかなかった。

気管切開をして声が出せないので、ホワイトボードに文字を書いてコミュニケーションをとっていた。医師や看護師へ病状を伝えるには、「はい」と「いいえ」は頭を振って伝えるが、複雑なことはホワイトボードに書くことになる。でも、書くには時間がかかるので、伝えたいことが全部伝わらないことも多かった。また、医師や看護師も忙しいので、私が文章を書き終える前にわかったようなふりをして行ってしまうこともあった。家族も同じだった。いや、もっとひどかった。私が、声が出せないことを忘れてしまっているので「言わんとわからん。」と言うのである。これほどひどい言葉はない。しかし、家族の中では、私が変わったと考えることが考えられないで、特別扱いするのではなく、今まで通りなのだ。私は「仕方ない、僕も今まで通りでいよう」と思うことにした。

しかし、現実は今まで通りではない。ある若い女性看護師が、咳の発作が治まったたばかりの私のところへやってきたとき、気管切開している私に大きな声でゆっくりと話しかけてきた。ちょうど小さい幼児に話しかけるのと同じである。私は耳が悪いわけではない。そして、咳の病状について説明するときに、彼女は私にこう言ったのだ。

「これは、ちょっと難しいかもしれませんが・・・」

そのとき、私のどこかが爆発して怒りのロープがぷつんと切れた。大声は出せないので、顔の表情と体全体で怒りを表現した。持っていたホワイトボードに「むずかしくない」と乱暴に書き殴って見せて、そのまま床に投げ捨てた。私は、声が出せないだけなのに、どうして頭まで悪くなったような扱いをされるのか、それが悔しくてたまらなかった。やっと成人式が終わったぐらいの女の子から、あなたに説明しても難しくてわからないかもしれない、と言われたのだ。教師をしていた私のプライドを決定的に傷つける言葉だった。自分の体のことを知りたい、早く治療したい、また元の生活に戻りたい、そう思って懸命に耐えている私のプライドまで、捨てなければいけないのだろうか。先生と言われていた自分の一方的なわがままだということも、彼女はそんなつもりで言っているんじゃないということもわかっているが、それでも私の置かれた状況で冷静な判断ができる心理状況ではいられなかったのだ。

そんなことがあってから一人で考えた。いつも一人なので一人で考えるしかないのだが、何を考えたかというと、精神的に自分自身を安定させるためにどうしたらいいか、ということだ。今のまま入院を続けても落ち込んでいくばかりである。咽頭がんばかりでなく鬱病にもなりそうだった。

まず、今の私に何かプラス面があるだろうか。皆無である。ならばマイナス面は、どんなことか、整理してみよう。

一、思っていることを話せないのでコミュニケーションがとれない。冗談も言えないし、世間話もできないので、看護師や患者同士で仲良くなることができない。とても孤独感を感じている。

二、治療の先が見えない。手術日が決まらないので、これからどうなるのか見通しが立たないので不安が募るだけで目標が持てない。しかも、何も飲食できないで寝ていることが多いので体力は落ちるばかりである。登山やウォーキングが生きがいや自慢になっていたのにまったくそれができないというのは精神的な苦痛が大きい。

三、咳の発作が苦しくて、いつ始まるかわからない。もちろん原因も対処の仕方もわからない。気管孔にはカニューレがはめられているので自分で気管の内部を見ることもできない。どうなっているのかわからないのに、出血したりタンの固まりが出たりして苦しい思いをしている。気管と気管孔のことをもっとわかるようになって、適切な処置をしたい。

これらのことをまとめると、メンタル面（精神）とフィジカル面（体力）とメディカル面（医療）の三点である。どれもこれも難しいことばかりで解決法なんかすぐに見つかるはずもない。そこで、思い出したのが、四十年以上前に不登校児童の担任をしたとき、心理学の大学の先生から教えていただいたことだ。

「人の心は、分数で言えば分母が恐怖で分子が希望という相対的なものだ。分母の恐怖が大きくなると心の分数は小さくなる。だけど、恐怖を小さくするのは難しいので、そのときは分子の希望を大きくすれば、心の分数は大きくなる。人の心の不安や恐怖を無理やり小さくする必要はない。」

そうだ、マイナスが三つあるなら、プラスを三つ、いやそれ以上にすれば、心は明るく前向きになっていくだろう。入院が続く限り三つのマイナスを減らすことは難しい。だから、プラスを増やそう。では、増やせるプラスは何があるか。

まず、話せないので病院内でコミュニケーションがうまくできないけど、ＳＮＳでの交流を深めていれば病院の外では孤独ではない。ありがたいことに、退職後に知り合ったたくさんの友達がいた。ほとんどSNSでつながっているので、家族よりもお互いの生活や気持ちがわかるのである。入院後もたくさん励ましてもらっている。お見舞いに来てくれた方も多い。SNSで知り合ってから、まだお会いしたことがない方がお見舞いに来てくれた方もいらっしゃった。だから、ボランティア活動やSNSの友達関係は、大きなプラスだと思えた。しかも、ちょうど入院する直前にSNSで知り合ったあるお母さんから、写真展のお話があった。南阿蘇の小さな駅舎で山の写真展を開催する計画なので、私にも参加してほしいというものだった。もちろん、南阿蘇の地域おこしのためのボランティア活動だから、写真のプロの写真展ではないが、素人だからこそ恥ずかしいのである。どうして私に依頼されたかというとSNSで公開していた私の写真が印象的だったという理由だった。小さな駅舎に一ヶ月掲示してくれるのだから、恥ずかしがらないでやってみようと思った。写真展は退院後なので、それを目標に入院中に病室で写真を選べばいいとも思った。私が入院するとわかっていても、私を励まし勇気づけるために写真展を勧めてくれたことに感謝している。入院中の苦しいときに写真展を目標にがんばることができたからだ。

次に、パソコンで夢見ることである。インターネットとメールができれば一人でも精神世界はどんどん拡がるので、目標もできるし夢を見ることもできる。入院していた病院では、ワイファイにパソコンとスマホを接続させてもらっていた。もし、パソコンがなければ私のストレスは大爆発したに違いない。何千枚もある撮りためた写真を見ながら思い出に浸ることもあった。メールでＮＰＯ関係の事務連絡をすることもあった。さらに、パソコンで買い物も振り込みもしていた。この買い物ができるのは、気分が全然違うのである。入院していても牢獄だと感じることがなくなった。入院患者も大多数は動ける人ばかりであるから、自由に買い物できるということは、入院中の精神的ストレスを大幅に軽減できると思った。私が入院中に買った最も高価なものはカメラだった。退院したらたくさん写真を撮りたいというモチベーションを高めることによって、私の退院が早くなる要因につながった。もうひとつ家庭で喜ばれたのは、牛丼三十食だった。一人でいる妻がおいしくて簡単なのでとてもいいと喜んでいた。私は、自分の食事を心配しないで自宅の食事を準備できたことを自慢に感じた。

さらに、私はトレーニングを始めた。散歩である。院内の散歩をすることにした。点滴ポンプは同伴しなくていいので自由であるが、時間が自由ではない。いつ医師や看護師が来るのか明確ではないので、やたら病室を出ると脱走したと思われて指名手配されるのは嫌だ。ＪＲのように正確な時刻表は必要ないが時刻表がほしかった。院内の同じコースぐるぐる回っても時間を長くすれば十分にトレーニングになる。階段もあるので登山を想定することもできる。しかも、リハビリステーションに出入りするようになったので、フィットネスバイクにも乗れるようになった。妄想トレーニングが拡がると言葉が出なくても楽しく過ごすことができる。

私が嫌だったのは知らない人に会うことだ。あいさつをされてもすぐに返事ができない。いちいち声が出せないことを説明することもできない。声が出せないことがわかると聾唖者だと思って筆談をする人もいる、耳は聞こえるのに。病室で一人考えて、名刺サイズのカードを作ってみた。「はい」「いいえ」「こんにちは」「ありがとう」「さようなら」「すみません」という最小限の言葉を提示したらどうだろう。看護師さんに試してみたがあまり効果はなかった。私が気管切開していることを知っているので、私が黙って言われるままに従順にしていることを期待されているようだ。頭を縦と横に振るだけの方が喜ばれる。喜ばれたいと思って「今日もかわいいですね」というカードも作ってみたが、一度使っただけで飽きられてしまった。だけど、うれしかったのは、リハビリステーションから来るお姉さんが、廊下ですれ違っても満面の笑顔で私の名前を呼んでくれたことだった。覚えてもらえるって大切なことだ。スーパーやコンビニへ行っても覚えてもらえるととてもうれしいのだ。院内では様々なマニュアルがあり、医療ミスを防いでいるだろう。患者への対応マニュアルもあるし、師長や先輩看護師からの指導もある。だけど、長い間入院と退院を繰り返しているが、だんだんと合理性や効率が優先されているような気がする。無駄話をする看護師さんはいなくなった。十年以上前に出会った本田さんという看護師さんと病室で五分ぐらい世間話をしたことを今でも思い出す。私の憧れのマドンナだった。この人に手を取って看取られたら死んでもいいと思ったくらいだった。しかし、もうこの病院の中で、名前を覚えてもらえることはないかもしれない。声が出せないからだ。

もう一つ気づいたことがある。看護師の気管切開を受けた患者への対応も他の患者への対応も変わらないということだ。私が、懸命にコミュニケーションの方法を考えているのに看護師の私への質問の言葉も方法も変わらないのだ。初めて心電図の検査を受けるときは、受付で「キセツですか？」と訊かれた。「季節は冬？」と一瞬思った。気管切開のことをキセツというのか、と気づくのに二分かかった。自分たちしかわからない用語を使ったり専門用語や外国語を使ったりすることへの配慮は、どこであれ当然のことだと思っていた。病室に来る看護師が、ハイとイイエで細かい診察ができるような質問をするとか、痛みの大きさや場所を指さして答えられる図を準備するとかあればいいけど、ホワイトボードがないとコミュニケーションができない。しかもそれを患者が苦労しているのは、おかしいような気がしてきた。

最後に、私は心の持ち方を百八十度変えるようにした。いや、それは簡単にできないのでできるように努力することにした。夜中に発作が起こって咳が止まらず、三十分苦しんだときは、夜勤の若い女性看護師さんが、付き添ってくれて吸入や吸引をしてくれた。懸命にどうにかしようとしてもできなくて最後は「ごめんねえ、あたしにはどうにもできんだった。」と悲しい声で謝って病室を出て行った。その言葉は形式的ではなく、マニュアルでもなく、素直に出た言葉だった。私は、この発作がどうにもならないことを知っていた。だけどそれを伝えることもできないので、申し訳ないと思った。こんな若い子が一生懸命に私の看病をしてくれるなんて幸せだ、と思うと苦しさが半分になった。そんなとき、入院していることに幸せを感じることもできると思った。

病院で一人だけ患者の友達ができた。突然、隣のベッドのカーテンから知らないおじさんが私のすぐ横にやってきた。みるとホワイトボードを持っている。ペンで文字を書くと私に見せる。私と同じ気管切開をした患者だった。私はあいさつもできない隣のベッドに同じ病状の患者があることを知らなかったので驚いた。彼は、咽頭がんだったが、手術をせず抗がん剤治療だけだったので、腫瘍が大きくなって結局は気管切開しなくてはいけなくなったようだ。私が、自分と同じ声が出せない患者だとわかって近寄ってきたのだ。そう、彼も一人で寂しかったに違いない。せっかく知り合いになれたのに、彼はすぐに転院していった。もう彼の治療は難しいように思った。病院を転院しながら治療法がなくなるのではないだろうか。でも、同じ患者の友達ができたことは嬉しかった。

また、やっと一歳になったばかりの孫が毎日のように見舞いに来てくれたことも嬉しかった。娘が連れてきてくれるのだが、私は孫が病院で感染症にかかるのではないかと怖かった。病人が集まっている病院でゴミ箱でも手で触ったり床に寝転んだりするので心配でたまらなかったのだ。だけど、会えるのはうれしい。入院しているからこそ会えるのかもしれないと思うと短くともその時間が大切なものになった。だけど、孫と話せない。孫は、私の声を知らないまま大きくなると思った。

これは、後日談だが、退院後にテレビやラジオでも活躍中の村上美香さん（ヒトコト社取締役、元KKTアナウンサー）にラジオ番組のCDを送っていただいた。私は一年前に村上美香さんのラジオ番組に出演させていただいていたので、そのときの番組録音CDだった。自分の声をなくすなんて考えてもいなかったので、私はCDで孫に声を残すことができたことがうれしくてたまらなかった。村上美香さんに心から感謝した。私の娘は、私が出たテレビ番組の録画も持っているそうなので、孫がもう少し大きくなったら私の声をたっぷり聞いてもらおうと思う。有名になって全国の人に声を聞かせたいとは思わないが、孫には私の生の声で話したかったといつも思っている。そんなことが本当の幸せである。

このように、入院しているからといって悪いことばかりではない、いいこともあるからいいことばかり考えよう、うれしいことばかり考えよう、と思った。そうすればきっと希望がどんどん大きくなって、前向きに生きる気力が高まるだろう。私は、娘に買ってきてもらったノートに、一日の出来事を詳しく記録していた。ほとんどが病院に対する不平不満ばかりだった。声に出して言えないので、書くことで憂さ晴らしをしていた。そのノートに自分のプラス面を書き並べてみた。つまらないことでも書いてみた。新しい一眼レフカメラがほしい、くじゅう連山のミヤマキリシマをみたい、唐揚げを食べたい、新しいバイクがほしい、自宅の二階を片付けたい、庭に芝生を植えたい、孫におもちゃを買ってあげたい、地元の公園の桜のライトアップを見たい、やりたいことが際限なく出てくる。退院したら実現させたいものに順番をつけていく作業が一日でも終わらない。楽しい一日になった。私はこうして落ち込んだ心を回復させることができた。

いよいよ手術の期日が決まった。三月七日だ。

初めての手術ではないので、怖くはなかった。しかも気管切開だけでも十分に心身共に苦しみを味わった。鼻には管を通され、一切飲食はできず、咳の発作に苦しみ、精神的な孤独も味わった。だから、私の体を早く切り刻んで退院させてください。私にはやりたいこと、やり残したことがたくさんある。そんな気持ちで一杯だった。手術の詳しい説明を受けた。気管にある腫瘍は抗がん剤を服用した効果があって小さくなっていたが、なくなったわけではない。問題は、私が食道がんの手術のためすでに食道を切除していているということだった。腫瘍を切除したあと、気管や食道を再建しなくてはいけないが、食道がないので肉体の材料が足りないのだ。例えれば、セメントがないのにトンネルを造らなければいけないという感じだ。そこで、私の胸の筋肉を使って切除した部分の気管を再建するそうだった。

「のどぼとけがなくなります。右の胸の肉を使って気管孔を造りますが血管を残したまま、ぐるりとひねって喉につなげます。右の胸の皮膚は気管孔を再建しますので、皮膚がなくなった部分は太腿の皮膚を移植します。左の胸の筋肉で気管を繋ぎますので、乳首がなくなります。いいですか。」

「どうぞ、どうぞ。好きなように切ってください。」と言うつもりで、笑顔で頭を縦に振った。食道がんの手術のときも辛かったが、回復が早かったので死ぬほど苦しむことはなかった。今度も同じくらいだろうと勝手に想定していた。

手術の日はすぐにやってきた。もちろん、手術室へは、歩いて行った。手術室に入ると、懐かしい人に再会した。食道がんで入院したときの担当看護師くんだった。五年ぐらい前に売店で会ったときに、希望して手術室に異動したと言っていたのを思い出した。手術前だというのに一分間笑顔で話した。と言っても声は出せなかったが。

「今から手術ですか？」

（頭を縦に振って、喉を指で指す。同伴してくれた看護師さんも補足してくれた。）

「咽頭がんですか？もう気管切開したんですね。大変でしょう。」

（笑いながら両手の拳をあげて、だいじょうぶだと表現した。）

「僕は結婚しました。今日は別の人の手術なんですけど、がんばってくださいね。」

（慣れてるから怖くない。大丈夫。と表情で言いたかったが伝わったかな。）

息子と同い年の看護師くんに会えてうれしかった。私の息子が生きていればこんなになっているんだろうと思った。手術前に私を励ますための偶然のセレモニーだったのだろう。お互い忙しいので、すぐに手を振って別れて、私は手術室に入った。手術台の上に上がるとすぐに麻酔が効いて簡単に意識をなくしてしまった。

朦朧とした意識の中で、聞き慣れたうるさい声が聞こえた。いつ？どこ？何もわからないが、ストレッチャーで運ばれていることと妻が耳元で何か叫んでいるのがわかった。

「手術は成功だったそうよ。十六時間もかかって、十二時に終わった。わかるね。だいじょうぶね。」

「・・・・・。」

声が出せるなら「うるさい」と言いたかったが、手術が無事終わったのはわかった。たぶん、今ＩＣＵ（集中治療室）に運ばれているのだろう。意識が戻ると耳は聞こえるが目が見えるには時間がかかるようだ。ぼんやりと天井が見えた。大きな部屋に入ったようだ。そうだ、ＩＣＵじゃなくてＨＣＵ（高度治療室）と言われていたのを思い出した。ガチャガチャといろんな音や話し声が聞こえるが見えるのは天井だけなので、どんなところなのかわからない。もちろん時間もわからない。ぼんやりしたまま眠ってしまった。

次に、目が覚めたときも時間がわからなかった。看護師さんが私の様子を確かめているようだった。

「高浜さーん、目が覚めましたか。今は、朝の六時ですよ。昨日の夜は十二時まで手術がかかりましたが、無事に終わりましたから安心してくださいね。」

返事ができないが、とりあえず自分が生きていることはわかったのでよかった。大変な手術だったのだろうが、麻酔も効いているので、体は痛くも痒くもない。感覚がないような感じだった。ただ看護師さんにされるまま天井を眺めて時間が過ぎていった。点滴で抗生剤が投与されるとぼんやりとして眠くなる。天井にはもやもやした雲が見えたかと思うと

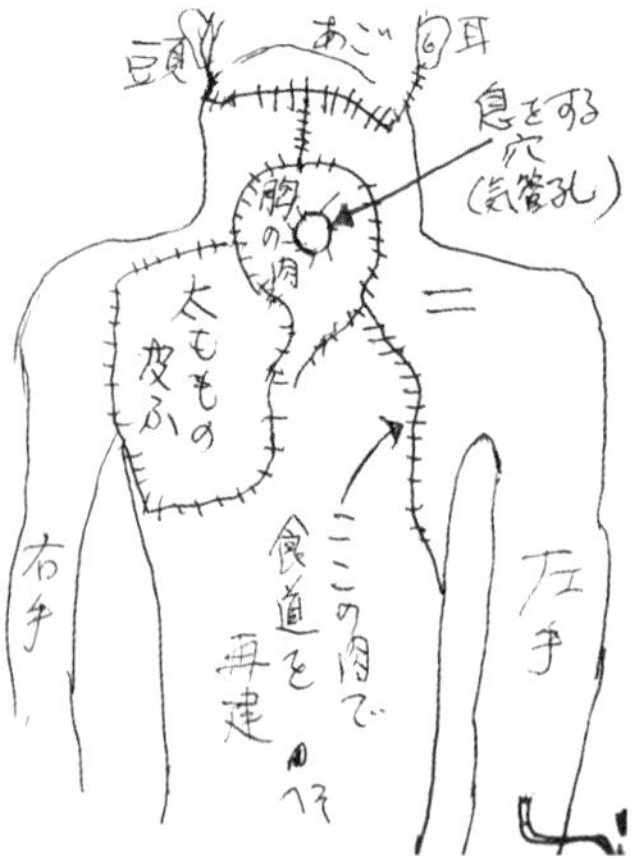

手術のあとの私の胸はこうなった

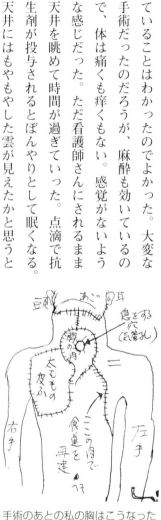

眠っている。目が覚めても何時だかわからない。窓もないので照明で昼と夜を区別するしかない。私は、天井の模様や換気口、火災報知器などをずっと眺めて過ごした。看護師さんの声はわかるがマスクで顔はわからない。鼻から食事と水を入れてもらって鎮痛剤や抗生剤の点滴があった。天井に時計がないので、看護師さんの会話から時間を想像するしかない。どうしてこんなにも時間が気になるのだろう。

夕方、主治医が診察に来てくれた。彼が帰ってから、この大きなＨＣＵの部屋の向こうの方から赤ちゃんの泣き声が聞こえてきた。なぜ泣いているのかわからないが、この部屋に来るのだから緊急な病状なのだろう。なかなか泣き止まない。ずっと耳を澄ませているとお母さんが一緒で、あとからお父さんが来たらしい。一時間たってもなかなか泣き止まない。私の孫が一歳で入院したことを思い出した。娘が一緒に病室で過ごしたが、私も毎日お見舞いに行った。心配でたまらなかった。だから、ＨＣＵで赤ちゃんの泣き声を聞きながら心配で心配でたまらなかった。顔も見えないし名前も知らない赤ん坊なのに心配でたまらないのは、いのちがつながっているからだろう。そんなことを考えていたら、そのとき私の担当看護師が私の耳元でこう告げた。

「高浜さん、すみません。私はちょっと赤ちゃんの看護の応援に行ってきますが、いいですか。本当はここの担当なんですけど、もし、何かありましたらナースコールを押してください。すぐに来ますからね。」

私は、声に出せないが、心の中で呟きながら、軽く頷いた。

「どうぞどうぞ、赤ちゃんを助けてください。私はどうなってもいいです。できることなら、私の命もあげますので、赤ちゃんを助けてください。」

私の気持ちは本当にそうだった。とっくに死んでもいいと思っていた体なのだ。今度のがんは「窒息して死ぬ」と言われ、苦しんで死ぬのが嫌だったので手術したが、窒息ではなく苦しくないがんだったら、死んでいいと思ったかもしれない。これから未来がある赤ちゃんが助かるなら喜んで死んでいい。そう思った。しかし、神や仏がいても私のこんな体も命もいらないと言われるだろう。起き上がることもできない私は、ただ天井を見つめたままそんなことを考えていた。二時間ぐらいすると泣き疲れたのか、赤ちゃんの泣き声が静かになってお母さんや看護師さんの声が聞こえるようになった。ここはHCUだから重病に違いない。今日はここにお母さんとお泊まりになるだろう。そう思っているうちに私は眠ってしまった。

ぼんやりとしたまま目が覚めた。何時かわからない。一日中動けないままでいると生活リズムは壊れ、いつ寝たのか起きたのかわからなくなる。天井を見ながら考えた。赤ちゃんは回復しただろうか。どうして、か弱い命まで危険にさらされるのだろうか。代わってあげたいと思っても命のやりとりはできない。私の息子の怜志も突然、命を奪われた。代わりに私を殺してくださいと何度も手を合わせたができなかった。その息子は、私が入院したときは必ず私のもとへ現れてくれたが、今度の入院ではまだ現れてくれない。身動きできないのが辛い、飲食できないのが辛い、自分の力で歩けないのが辛い、そう呟いても息子の怜志は来てくれない。怜志のことを思い出しながら、現実と夢の間で意識が揺れ動いて時間が過ぎていった。赤ちゃんの泣き声はもうずっと聞こえなくなった。

三日目の朝、おむつの交換のあとで、看護師さんにベッドを背もたれにして上半身を起こしてもらった。めまいがした。五分ほどで落ち着いたので、足を下ろしてベッドの横向きに腰掛けてさせてもらった。気分がとてもよくなった。看護師さんに勧められたので、立ってみた。立てた。立つだけで、うれしくなった。希望が湧いてきた。

「明日は、病室へ帰ってもよさそうですね。」

私は、三日間をＨＣＵで過ごして、病棟の個室に帰ってきた。生き返ったように感じて嬉しかったが、今までは看護師が近くに二十四時間付き添っていてくれたのに、これからは一人になったので、実は様々な苦労が待っていたのだ。

病棟の帰って来たところ、手や足がぶよぶよと太っていた。太っていたのではなく、水が溜まっていたのだ。内臓に水が溜まって体中が膨らんでいた。そこで、水を排泄するように投薬された。すると、一時間おきに小便が出るようになった。尿管の管は抜き取られたので、トイレに行くことになるが、問題はベッドから起き上がることだった。左右の胸いっぱいの肉を切っているので寝返りもできない。どうやって起き上がるか。一人で練習をした。まず、ベッドを電動でめいっぱい立ち上げると上半身が持ち上げる。次に、左右の手すりを持って一、二、三で腕に力を入れて真っ直ぐ上半身を起こしてから、両足を下に下ろして靴を履く。最後に、一、二、三でベッドの手すりを持って立ち上がる。これで終わりではない。トイレまで歩いて行くと今度は、おむつを下ろすのに時間がかかるので、間に合わないこともある。しかも、小便と一緒に下痢も出るので、急いで座らないといけないのだ。そこまで二分以上かかるようだ。座るとすぐに小便と下痢が同時に出る。すっきりするが、お尻に手が届かないのでウォシュレットでお尻を流すけど、乾燥のボタンがない。仕方なくトイレットペーパーを右手で巻きとる。

そのとき体をよじらないといけないが、やっと届く距離しかない。痛い。ウォシュレットでお尻は流しているので、右手でトイレットペーパーを持ってお尻の水を拭き取るだけだが、手を伸ばすのが辛い。左手は手術で筋肉が切られているので、右手の半分しか動かない。そこで、おむつを上げるのは右手だけになる。手術室から帰ってきてすぐは、何もできかったので、ポータブルトイレに下痢をして、看護師さんにお尻を拭き取ってもらった。恥ずかしかった。申し訳なかった。でも、それは一回だけで、その後は、看護師くんに付き添ってもらって一人で歩いてトイレに行くことができた。

夜になっても一時間に一回のトイレは続いた。ナースコールを押して、毎回、看護師くんに付き添ってもらっていた。しかし、夜遅くなると寝ているときに目が覚めてトイレに行きたくなるが、間に合いそうになかった。ナースコールを押したが、待てない。自分だけの力で起き上がって、歩いて、トイレに行った。ギリギリの時間だった。トイレに座ったとたんに下痢が吹き出した。ほっとした。時計をみたら、目が覚めてトイレから戻るまで十分かかっていた。それから五分後に看護師くんがやってきた。夜は看護師が担当する患者が多くなるので忙しいのだ。私がベッドに座っているのをみて、彼はこう言った。

「トイレですか。もう済んだんですか。一人で行ったんですか。一人で行くのは止めてください。お願いします。お互いのためですから。」

一人でがんばったので褒められるかと思ったら、叱られてしまった。しかも「お互いのため」と言われた。いつだったか、同室の患者からお互いのためにカーテンを閉めろ、と言われたことと同じ「お互いのため」だ。看護師くんは、私が転倒してけがをすることを心配してくれたのだろうが、同時に自分自身の身の安全を心配しているのだ。もし、私が転倒したら看護師の責任が問われるのだろう。病院は、懸命に医療事故をなくす努力をしているから、上司から厳しく注意されているに違いないと思った。上司も責任を問われるのだろう。社会全体がマニュアルを整備し、事故の責任を問われないように努めている。一方で本来の目的が徐々に忘れられ、組織を守るために行動するようになっていないだろうか。

「私とあなたは、縦と横で織りなすどころか、繋がることも交わることもない糸です。」と、私は心の中で呟くことが多くなった。病院も学校も政治も警察もデパートも、社会の組織全体に疑問を持つことが多くなった。

一晩中、寝ても一時間おきにトイレに行くことを繰り返したが、翌日には下痢も止まり手足のむくみが減ってきた。トイレの回数も減ってきた。しかし、体は自由に動くわけではない。力も出ない。不思議と痛くはないが、たぶん手術後は麻酔や鎮痛剤などで痛さはしばらく感じないようだ。それより喉の痛みというか苦しみというか、痰が溜まって息苦しく、胸はガーゼがたくさん貼り付けられ、左足の太腿も皮膚を切り取られたので包帯で巻いてある。身動きができないし、声も出せない。動けば痛みがあるので寝ていることが多かった。やっかいなのは気管孔である。痰が溜まって苦しいので、看護師さんに吸引（機械を使って細いビニル管で気管孔の奥から痰を吸い取ってもらう。）をしてもらうがこれが苦しい。吸入は水蒸気を気管孔から吸い込んで気管内が乾燥しないようにするのだが、特に大きな効果があるように感じない。気管孔をきれいに保つのも大変だし、痛みがあることも多い。眠れない夜は、天井を眺めて過ごした。薄暗い天井の火災報知器がくまモンに見えた。雲が流れていくように天井が揺れる。考えることも揺れまくる。

「怜志は、いつまでも来てくれないなあ。こんなに苦しんでいるのに、どうして来てくれないのだろうか。どこか遠くへ行ったんだろうなあ、もう十五年になるから。それにしてもいつまで続くこんな入院生活。もう一ヶ月以上なあんも食べてないし飲んでない。

このまま死んでたまるか。絶対唐揚げ食ってやる。酒はもう諦めたばってん、コーヒーもコーラも体に悪いものもいっぱい飲んだり食べたりして死ぬんだ。だから早く退院するぞ。あれれ、天井のくまモンが泣いている。なあおい、怜志、助けてくれよ。お前はどうしているんだ。どこ行ったんだ。おやじもそろそろ最期が近づいてきたから、迎えにきてくれよね。一人であの世に逝くのはさびしいよお。」

と、訳のわからない妄想に振り回されながら、毎晩眠りについた。一人部屋なので眠れないときは、ユーチューブで音楽を遅くまで聴くこともあった。懐かしい曲で思い出に浸ったり、いきものがかりの曲で励まされたりしたかと思うと、知らない歌手や新しい曲と出会って感動することもあった。朝早く目覚めると、日の出を拝むのが楽しみだった。こうして毎日、様々な苦しみや痛みが続いたが、手術から十日、やっと落ち着いてきた。

ＨＣＵから病棟に帰ってきて一週間、やっと廊下を歩けるぐらいになった。そこで、担当看護師さんに「四人部屋に戻っていいですよ。」とホワイトボードで伝えてみたら、「ベッドが空いているか調べてみますね。」と言われ、空いていたので翌日お引っ越しだった。病院のお引っ越しは簡単だ。寝ている私のベッドの上に荷物を載せて、ベッドのまま移動してもらうだけだ。

病棟では、毎日診察がある。医師は交代で代わる。私の首から胸と足の傷を確かめて、薬を塗ってガーゼを取り替える。首も胸も私からは見えないので、手術の跡が気になってきた。ある日、手鏡を持って診察室へ行った。先生がガーゼをはがして傷が向きだしになったとき、とっさに手鏡で見た。驚愕だった。知っていたこと、言われていたことだったが、実際に見たらぞっとして怖くなった。私の体はゾンビかフランケンシュタインのようになっていた。もう水泳もできない、温泉にも入れない、浮気もできないと思った。とにかく人前で体を見せることは絶対できないと思った。特に、喉に空けられた気管孔が気持ち悪かった。ここから水が入ったら死ぬんだなあ、と漠然と考えて怖かった。

翌日は、ホワイトボードに質問を書いて診察に持って行った。「何針縫ってあるんですか？百ですか、二百ですか？」すると、先生は困った顔で隣の先生を見た後で、傷の消毒をしながら、こう教えてくれた。

「何針縫ったのか、わかりません。百以上は縫ったと思います。二百以上はありそうですね。何人かで手分けして縫ったので、数えていないんですよ。」

余計なことを訊いて意地悪だったかな、と思っておかしくなった。首の部分はネックレスのようにホチキスで留めてあったが、ほかの部分はすべて糸で縫ってあった。これだけ切ったり縫ったりしたのなら時間がかかるはずだと妙に納得した。

　手術後一ヶ月の入院予定と医師から告げられていたが、私は早く元気になってやりたいことがたくさんあったので、目標を持ってがんばっていた。毎日リハビリステーションにも通い、腕を動かす訓練を続けた。そのついでに車いすは使わないで散歩をした。飲食はできないが、売店に行って食べたいものを探して、自分自身のモチベーションを高めた。もうすぐ唐揚げもとんかつも食えるぞ、と思いながら階段を登った。SNSでは、努力をアピールしたくて、廊下をさっさと歩く姿を投稿した。すると、山ほど激励のコメントが返ってきた。病院内では友達がいなくても、院外には大勢の友達がいると思えば元気がもりもり出てくる。プラスを増やせ、と自分に言い聞かせた。プラスを増やすことを言い訳にして高級一眼レフをパソコンでポチッと買ってしまった。三ヶ月後の写真展用の写真の選択も終わりメールで担当者の方へ送った。

　そして、いよいよ待ちに待ったレントゲンの日がやってきた。手術した食道の縫合がきれいに繋がって、食道を飲食物が流れていくかどうかを確かめる日である。二週間目だった。主治医がレントゲン室まで私と同行して、技師と一緒に検査結果を確かめた。

私をレントゲンの前に立たせ、コップ一杯の水を渡して、隣の部屋へ行った。主治医はマイクで私にこう言うのが聞こえた。

「一口水を口に入れてください。」

「はい、ではゆっくり少しずつ飲み込んでください。」

「おお、いいですね。通っています。流れていきます。」

「では次は、もう少したくさん飲んでみてください。」

「んんん、だいじょうぶ、漏れてないですね。」

翌日から、私の飲食の許可が出た。しかし、水、液体のおかゆだった。楽しみにしていたのに、うまくない。おかずも液体だ。いろんなものが混ざっているのでおいしい色じゃない。今までがんばってきた私のやる気が急激に萎んでいった。

そう言えばこんなことがった。私は食道がん手術をしたので、ダンピングの低血糖になることがある。この耳鼻咽喉科に入院してからも低血糖になったことがあった。すると、飲食禁止だったにもかかわらず、看護師さんがブドウ糖の錠剤をひとつくれたのだ。私は、久しぶりに口の中で錠剤を舐めたのがとてもうれしかった。数日後、また低血糖になったので、またブドウ糖の錠剤が舐めたくてすぐに看護師さんに伝えた。すると、今度は医師の指示で、錠剤を水に溶かして鼻のチューブから入れることになった。そればかりか、一日四回の血糖値の検査が始まったので、指を小さな針で突いて血を採って調べられるようになった。私は、もう絶対症状の変化を何も言わないと心に誓った。低血糖とは十年付き合ってきたので、自分でよくわかっている。なのに毎日四回も調べる必要性を全く感じなかったのだ。それ以来、いつか食べられる日が来ると夢見ていた日がやってきたのに、全く食欲がわかない。

「食べないと元気になりませんよ。がんばってくださいね。」

と優しい看護師さんに言われても、心の中では（そんならお前が喰ってみろ。）と思いつつ顔だけで笑顔を作った。だから、三日もしないうちに主治医に申し出て、食事を少し固いものにしてもらった。しかし、ほんの数口食べると喉に詰まって痛くなってしまう。だから、やっぱり鼻のチューブから栄養物も必要だ。そして、また三日後には、普通の食事で量を半分したものにしてもらった。

手術から二週間でここまで回復した。診察に行くと、抜糸が始まった。三名の医師がいっせいにハサミを持って、私の胸に群がって抜糸をするのがおかしかった。目は真剣に私の胸を見つめて、スマホゲームでもやっているような表情で一本一本抜糸している。

数が多すぎるので残りはまた明日、ということになった。私は、ホワイトボードの文字で「抜糸を忘れたらどうなるんですか？」と意地悪な質問をしてみた。すると、医師は、「だいじょうぶですよ、どうもありません。いつでも取れますから、見落としの糸があったら言ってください。」

と言いながら、にやりと笑っていたので、私もにやりと笑い返した。すると、今度は医師がこんなことを言い返してきた。

「高浜さん、順調に回復しているので、来週退院を目標にがんばりましょうか。」

私は、わがままが多いから仕返しだろうかと思った。まだ手術から二週間しか経っていない。四週間の予定だったはずなのに、何か嫌われるような態度を取ったのだろうか。確かに思い当たる節はある。一日でも早く退院できるようにがんばってきたのは事実だが、急に退院を告げられると逆に不安になる。

病室のベッドに帰って、しばらく考えてみた。確かに回復が早かった。術後の一週間は、死にたいと思うほど苦しかったが、二週間目は、日に日に変化した。自分で立つ、歩く、フィットネスバイクに乗る、食事を始める、散歩に行く、行方不明になる、という状況だった。病院にいつまでも置いておけないから出ていけ、というわけではなさそうだ。私は、退院したら、屋外をどれだけ歩いても、唐揚げを食べても叱られることはないのだと思って嬉しくて仕方なかった。

孫が見舞いに来てくれた。一緒に売店に行こう。プリンを買った。唐揚げはだめだけどプリンなら食べられるから、孫と一緒に食べようと思ったのだ。小さいプラスチックスプーンで半分ずつ食べた。私の口を「あああん」とすると、孫が「あああん」と口を開けてくれた。その孫の口にプリンを入れるとおいしそうに食べてくれるので嬉しかった。私は、そのときに思った。自分が食べたいのではなく、一緒に食べたいのだ。退院して自分がやりたいことをやりたいのだと思っていたが、そうではない。家庭や社会で多くの人と一緒に過ごす生活に戻りたいのだ。そして、人のお世話になって生きるのではなく、人のために生きているという喜びとプライドを持ちたいのだ。

私は、退院を目標にますます努力したが、私の担当看護師さんも慌ててがんばってくれた。予定より一週間早くなったので、準備ができていなかったのだ。まず、気管切開の患者として障がい者手帳を市役所に申請すること、吸入吸引器具の購入と使用法の指導、気管孔に留意した入浴方法の指導、誤嚥に注意した飲食や栄養に関する指導など退院前に終わる必要があった。素直ではない患者を相手に苦労されていたようだった。退院すれば病気が完治したと思うのが一般的なので、「おめでとう。」とか「よかったね。」と言われることが多いがとんでもないことだった。がんの治療は退院してから始まると言ってもいい。まして私の場合は障がい者になったので、退院してから様々な困難が待ち受けていた。しかし、私自身でさえどんな苦労があるのか想定できていなかった。

こうして一週間早く退院の日を迎えた。雲一つない晴天に恵まれた。娘が孫と妻を連れて迎えに来てくれた。晴れやかな気分であった。しかし、残念なことに主治医や看護師さんに十分なあいさつもできなかった。声が出せないからだ。主治医はこれからも外来の診察で付き合うことになるが、看護師さんにはもう会えないかもしれない。けんかをしたりわがままを言ったりしたので、お詫びもしたかったが、その気持ちだけを置いて帰ることにした。二ヶ月間閉じ込められていた病院を出て、娘の車の窓から賑やかな街を眺めると色が変わっているように見えた。虹色に輝いているように見えた。流れていく景色を見ながら二ヶ月に及ぶ入院を振り返った。

今回の入院で一番苦しかったのは、声が出せないことだった。自分の気持ちをうまく伝えられないばかりかあいさつもできないので孤独のどん底だった。世界中の誰も自分を理解してくれる人はいないと感じていた。

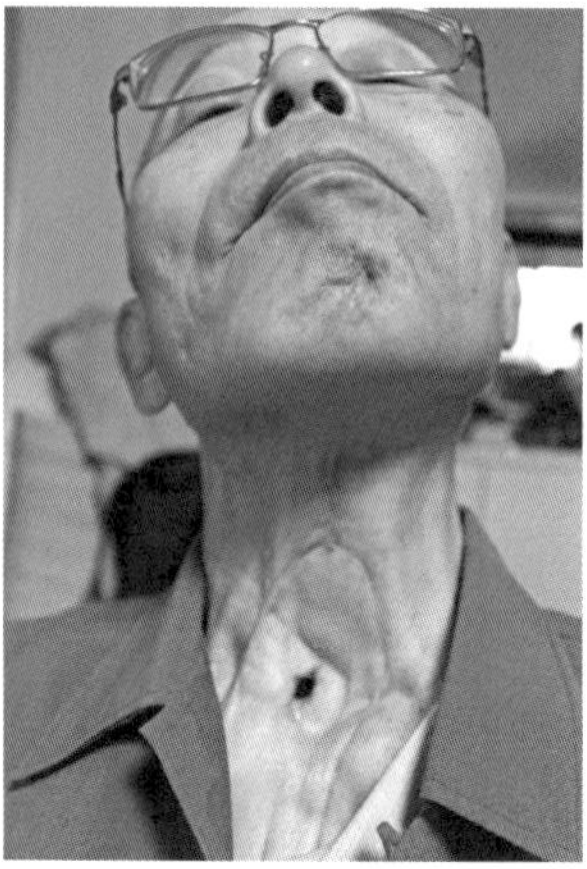

気管孔の小さな穴で
呼吸をしている

　次に、苦しかったのは、飲食できないことだった。せめて飴玉でも舐めたいと思った。舐めるだけだったら、誤嚥はしないだろうと思ったが、それも許されなかった。母のことを思い出して我慢した。末期の食道がんだった母は、半年の間、何も食べられなくて耐えて耐えて亡くなったのだ。辛かっただろう、悲しかっただろうと思った。私は、ほんの二ヶ月だから、我慢できなくてどうすると思ってがんばった。苦労を重ねて生きてきた母が最期になっても苦痛を重ねて亡くならなければいけなかった理由もわからないし、それをどうにもできなかった自分自身の後悔もあった。私は、食べられないという苦痛を母の供養だと思って過ごした。

　自宅へ着くと、自分の座椅子に座ってしばらくぼんやりとしていた。久しぶりに娑婆へ出たので疲れたようだ。その間、私は孫が元気よく遊んでいるのを眺めていた。これからどうしよう。どうなるのだろう。不安は多くあるが、やる気や目標もある。それらにうまく折り合いをつけて、これからの生き方を決めよう。孫の甲高い笑い声が私の背中を押している。

九　いのちのゆくえ

◆最後の講演会

　無事退院の日を迎えたが、自宅での生活には新しい苦労が待っていた。手術の跡に貼られたガーゼはないし、包帯もないが、あちこち痛みがある。特に、首が自由に回らないし左腕が自由に上がらない。また、頭を下げると胃からの逆流がある。気管孔に痰が詰まって苦しくなることも多い。最も困ったのは、「痛い」と言えないことだった。もし声が出たとしたら、毎日「痛い。痛い。」と言っていたに違いない。

　喉に空いた気管孔の穴で、特に困ったのは入浴の時だった。お湯も水も入れないようにするのは難しいので、シャワーだけの毎日になった。夏は良かったが、だんだん寒くなっても仕方なくシャワーで済ませた。その頃になると、皮膚移植のために表皮を薄く切り取った左足の太腿が、ビリビリと痒みが出てきた。痛いのは我慢できるが痒いのは我慢できない。食事は、喉に詰まって飲み込めないが、食べなくては元気が出ないので、無理して飲み込むと胃の痛みが酷かった。食後は逆流もあるのでしばらくじっとしていないといけない。そこで、入浴は夕食前にすることにした。毎日、夕方になると、夕食の調理をして入浴し食事を食べて薬を飲み、忙しくて痛くて苦しくて痒かったので、こんなことなら入院した方がましだと思うようになった。

朝起きると、気管に痰が溜まっている。吸入をすると喉がごろごろ言う。苦しいときは気管孔を小さなライトで奥まで照らしながら、鉄のストローのような器具で吸引をする。痰が吸い込まれたり、痰が固まったかさぶたも吸い込まれたりして出てくる。これをしないと安心して外出できない。気管孔から出血することもある。夜中に目が覚めたこともある。早朝目覚めて寝られないこともある。これが終わることなく、死ぬまで続くことになるのだろうと思うと気持ちはだんだん落ち込んでいく。重労働をしようとすると息ができないくらい苦しくなり、酸欠でめまいがする。階段を登ることも速く走ることもできなくなった。登山もできない。一〇〇キロウォークもできない。もし旅行に行くとしても、ごちそうは食べられないし、温泉に入浴もできない。吸入吸引の機械も持参する必要がある。考えれば考えるほど気持ちが暗くなっていくばかりだった。それはなぜかと言えば、いつまでも終わらないということと、自分の努力で解決できないという二つが理由であると思った。しかし、そのまま病気のせいにして治療を待つのでは、自分が自信をなくし生きる目標を失ってしまう。そこで私が思い起こしたのは、めぐみさんに教えてもらった「できない」を「できる」に変えるということだった。

食道がんの手術の後、私は仕事も辞めて何もできないと思って自信も夢もなくしていた。しかし、一キロの散歩から始まってとうとう一〇〇キロ歩けるようになった。標高百メートル余りの弁天山から始まって、阿蘇やくじゅうの山々にも登れる体力に高まった。県内県外で年間七十校以上の学校を回って命の大切さを講演するなどのボランティア活動にも積極的に取り組むようになった。何もできないと思うことなく、目標を持って一つ一つできるようになることで、生きる喜びを持てるようになったのだ。だから、痛みがなくなり病状が改善するのを待つのではなく、小さな目標を達成することを積み重ねていくことが大事だと思った。

まず、レクリエーション的な一〇キロほどのウォーキングに参加した。歩けないかと思ったが、途中で痰を吐き出して休憩しながらも最後まで歩くことができた。次に、登山をしようと思った。以前の経験を思い出して、弁天山に登ってみた。普通なら十分ぐらいの階段をゆっくりゆっくりと登った。低山だが頂上からは、阿蘇も鞍岳もよく見える。さあどの山から登ってやろうか。俵山にしよう。俵山は、食道がんの手術のあとに喘ぎながら登って体力復活の原点となった山だ。九十分が標準時間だが、二倍の時間をかけて登ることができた。痰吐き出したのが三回、息苦しくなったら五分おきに休憩しながら登った。余りにもゆっくりすぎて、頂上に着く頃にはもう登山者とすれ違うこともなかった。頂上を独り占めして、ＳＮＳ用に逆立ち写真を撮った。ところが、逆立ちしたとたんに飲んだお茶が逆流して鼻から流れ落ちてきた。自分が普通の体ではないことを再認識したが、景色も空気も最高だった。高い山ではないが、本当に嬉しくて目が潤んだ。二ヶ月入院している間に夢見ていた登山が、退院して二ヶ月余りで実現したのだ。私が山頂で喜びに浸っていたところに青年が元気よく登頂してきた。しかし、声が出せないので「こんにちは。」とあいさつもできなかったし、喜びを分かち合うこともできなかった。ウォーキングと登山は小さな目標を「できる」に変えることができた。

次は、話すことだ。気管切開する前に、予定されていたすべての講演をキャンセルしていた。だから、退院後も私が話せないということを知っている機関や学校からの依頼はまったくなかった。電話で依頼があってもメールでお断りの返信をした。そんな時、やっと発声補助器が手に入った。これは、声帯の代わりに震えて音を出す器具である。それを喉にあてて口腔内で共鳴させて声を出すのである。普通に話すときと同じように口を動かすだけでいいのだが、器具を当てる場所や話し方には練習が必要である。私は、一ヶ月ぐらいの練習でどうにか言葉がわかる程度になった。妻に聞いてもらいながら徐々にはっきりとした発音で聞こえるようになってきた。すると、声を出せない人の講演なんておもしろいぞ、よし「できる」に変えてやろう、と思うようになった。がん患者の友人に応援を依頼して声が出ないときでも講演ができるように準備した。その後、一人でもやってみたが、器具を使って十分に内容がわかってもらうことができた。しかし、約一時間という長時間話し続けることは大変である。途中で痰が溜まって苦しくなったり、声が出なくなったりすることもある。しかも、体調にむらがあるので、いつでも話せるわけでもなく、どこにでも行けるわけではない。だから、地元のホールでの講演会を最後と決め、むやみに講演は引き受けないことにした。「できない」ままやめるのではなく「できる」に変えてやめるのだから後悔はなかった。

最後の講演会の日、私にとっては感慨深いものがあった。それは、息子の怜志の話をすることをライフワークとして自覚していたのに、やめることにしたからだ。また、大切な夢を途中でやめることになってしまった。食道がんになって仕事を辞めて夢を諦めたときは、天国の息子に助けてもらって新しい夢を見つけることができた。その一つが講演だった。息子のいのちの話をたくさんの方々に聴いていただいた。それが誇りでもあったが、声が出ないでは仕方ない。今度は息子も助けにきてくれなかった。自分の力でどんなにがんばってもできないことがある。声帯を切除した私は、肉体的に声を出すことはもう絶対にできないのだから、どんなに努力しても大声で歌ったり感情豊かに音声表現をしたりできないのだ。怜志への言い訳かもしれないが、仕方ないと何度も心の中で繰り返した。

私が講演会場に着いたとき、一時間前だったので当たり前のことだが、駐車場はガラガラで会場には誰もいなかった。担当者が出迎えてくれて控え室へ案内してくれた。スライドの準備をしたあと、原稿をチェックしながら控え室で過ごした。直前になって案内されてステージ袖に行くと驚いた。会場は満席だった。立っている人もいらっしゃるではないか。研修会なので仕方なく来た人もいるだろうが、それでもこれだけ出席していただけるとは予想していなかったので感謝の気持ちでいっぱいになった。私は、発声補助器具を使って一時間以上休むことなく精一杯お話しさせていただいた。声の大きさや抑揚を変えることは難しく機械的な音声である上に、子音がはっきり聞き取れないところもあるが、出席者の皆さんには最後まで熱心に聴いていただけた。私の話ではなく「怜志が話している講演である」と思って今まで努力してきたので一層嬉しかった。入院中に病院に現れてくれなかった怜志が、私の後ろから背中をたたいてくれているような感じがした。様々な思い出と感情がこみあげてきた。怜志と一緒に苦しみ、一緒に乗り越えて、一緒に生きてきた、そう感じながらひたすら声を出し続けて、こう訴えた。

「僕は、仏壇の前でずっと『どうして死んでしまったんだ、怜志は何のために生まれてきたんだろうか？無駄な命、無駄な人生だったじゃないか？』と思っていました。だけど、たくさんの息子の写真をみながらいろんなことを思い出してみました。一緒に遊んだり旅行に行ったり、勉強や運動会をがんばったり部活動をがんばったり、たくさんの思い出があります。怜志が生きていて今まで一番幸せだったのは、父親のこの僕だったのです。だから、怜志の命は無駄だったのではなく、この僕を幸せにするために生まれてきてくれた命だったんです。私は、どうして死んだんだと息子を責めるのではなく、息子の命に感謝しなくちゃいけないと気づいて、「怜志、生まれてきてくれて、ありがとう。」と言って仏壇に手を合わせることができました。仏壇の息子に「ありがとう」と言えたら、今までやる気もなく生きる気力もなかったのに、夢や目標をもってがんばろうという気になってきました。残された自分の命を息子に恥ずかしくないよう精一杯生きて生きていこうという気持ちになりました。

人はみな、誰かのために　何かのために　必要とされて生まれてくるのです。ここにいる皆さんも同じです。この世には、いなくてもいい人は一人もいない、なくてもいい命もひとつもないのです。今、家族が幸せじゃない、友達と仲良くできない、勉強もできない、夢もない、という人もいるかもしれません。でも、これから先の将来には、十年二十年五十年生きていくと必ず皆さんを必要として待っている人がいます。『ああ、あなたに会えてよかった、あなたと一緒に働けてよかった。』と思ってくれる人が必ず待っているんです。だから、死んではいけません。生きて生きて最期まで生き抜いてほしいのです。かっこ悪くても辛くても生きていかなければいけないのです。

私は、去年の咽頭がん手術で、今までできるようになったことが全部できなくなりました。食べること、登山をすること、一〇〇キロウォークを完歩すること、子どもたちへの講演をすることなどです。入院中にベッドの上で思いました。『こうして寝ているばかりでは生きている意味がないぞ。小さくていいから目標がないとつまらない。できないことができるようになったときに生きる喜びがあるんだ。よし、退院したら一つ一つ小さな目標を達成して、できないことをできるように変えていこう。』

私は、できることならもう一度一〇〇キロウォークが完歩できるようにがんばってみたいと思っています。」

講演が終わると満場の拍手をいただいた。私は、感激した。私は、心の中で「ありがとう、怜志。」と最後まで話せたことに感謝した。ステージから控え室に戻ると、知り合いが何人も来てくれた。妻と娘と孫も来てくれた。以前勤務した学校の生徒と保護者、同じ学校で勤務した先生も来てくれていた。声がうまく出せなくて、十分にお礼を言うこともできなかったが、これほど感激することはない。なぜなら私は何の役職もないし有名人でも芸能人でもないのだから、純粋に個人と個人の優しさと思いやりの関係で来てくれたのだ。感謝するばかりである。本当にたくさんの方々に支えられて今まで生きてきたのだ。いや、生かしていただいたのだ。

後日、担当者の方が聴講者の感想を送ってくださったが、感動したという温かい言葉をたくさんいただいた。だけど、たくさんの感動と勇気をいただいたのは私の方だった。それは、退院して一年たらずで「一人で講演をする」という「できない」を「できる」に変えるという私の小さな目標を達成することができたからだ。

しかし、退院後、声が出せない障がい者となったことの辛さに苦しめられていた。手術後、声を出せないことで悩んだが、発声補助器具で声が出せるようになってずいぶん心身の苦痛は小さくなっていた。ところが、退院から一年を過ぎる頃になると、耳から喉と肩にかけて痛みが出てきた。痰が溜まって声が出なくなったり息苦しくなったりすることも多くなった。なかなかうまく話せなくなった。しかも、外へ出かけるのが怖くなってきた。講演へ行ったりがんサロンに出席したりするときは、何も怖くなかった。なぜなら声が出せなくなったけどがんばっている姿を見せることが意味あることだったからだ。ところが、ふだんの生活ではそうはいかない。スーパーマーケットに行ってもレジで、レジ袋はいりませんか、ポイントカードはお持ちですか、といろいろ質問を受けることもあるが、レジでは頭を振って返事をしている。店員に尋ねるのが嫌なので、どこにあるかわからない品物や在庫を知りたいときなどは買い物をしないようになった。電話をすることもなくなった。買い物は通販が増えた。発声補助器具を取り出して話すのには時間がかかるし、声を聞いて驚いた表情をする人も多いからだ。まわりの人にジロジロ見られることもある。笑われたことはないし、嫌がられたこともない。しかし、空気が嫌なのだ。事情がわかれば優しくしてくれる。耳は聞こえるのだが急にゆっくりと大きな声を出して話されることが多い。話せないので聾唖者と思われて、紙に字を書いて見せられることもある。障がい者手帳も交付されたので、障がい者なのだが、障がい者として優しくされても別にうれしくもない。知り合いとも会いたいと思わないし、友人とも一緒に遊びたいと思わなくなった。話せないから楽しくないし、何か自分が劣った人間になったような劣等感を感じるからだ。

体の変化は心の変化にもつながっている。手術後の傷の痛みが酷くなって、気管孔の状態も良くないと心も落ち込んでしまう。ウォーキングにも登山にも進んで行こうとしなくなった。自分が障がい者であることについてあれこれと悩むようになった。

私は、教職員だった頃、障がい者の気持ちもわかっているつもりでいた。だけど、実は何もわかっていなかった。人が人の気持ちを理解するのは非常に難しいものだ。私に「がんばってください。」と言う人がいるが、私は「何をがんばればいいのだろうか、今までがんばってきたのに。」と思ってしまう。「すごいですね、私にはできません。」とお世辞を言う人もいるが、「あなたは、こうならなかったから良かったんですね。」と思って悔しくなる。結局、健常者は崖の上から私を眺めているライオンなのだ。障がい者に向かって「ここまで登って来い。」と言っているようにしか感じられない。そこで私が崖を登って行こうとがんばると「無理しないで」と言われる。私はどうすればいいのだろう。

障がい者としての私の気持ちはどうだろうか。自分がとても不幸であることを訴えて、同情してほしいだけだったのではないだろうか。今もそうだ。壁にぶつかると、できない、できない、と思って助けを求めているだけだ。崖の上にいると思っていたら、いつの間にか崖の下に落ちていた。這い上がる力もない。この崖は何だ。地位か身分か、肩書きか金か、名誉か業績か、訳のわからないものに縛られて今まで生きてきたような気がする。そもそも健常者と障がい者の間のどこに壁や崖があるのだろうか。「できる」と「できない」はみんな半分ずつ持っている。できることもあればできないこともある。速く走ることができる、計算が正確にできる、ピアノを弾くことはできる、などできることがあっても、速く泳ぐことができる、外国語を話すことができる、おいしい料理を作ることができる、とは限らない。だから、何かができるからといって自慢にならないし、逆にできないからといって恥じることはない。歩くことができると歩くことができないとの差はどこなのか。健常者と障がい者の違いはグラデーションのように個別に少しずつ変化しているだけであり、はっきりとした区別も難しい。だから、障がい者になったことを自慢にすることもないし苦にすることもない。誰もが自分の本当の姿を見失って、自分は高い崖の上に立つライオンだと誤解しているにすぎない。私自身もそうだったし、今もそうかもしれない。自分自身の真実の姿を正確に理解するのは容易なことではない。少なくともその自己認識が難しいということだけは誰もが理解しなくてはいけないだろう。

私は、咽頭がんステージ4だった。医療が進歩したといっても、五年生存率は高くはない。すでに再発と転移を五年おきに繰り返して二度も手術をした。また、必ず再発するのは間違いない。効果ある治療方法も少なくなってきたし、私ももう苦しい治療はしたくない。そうなると死を覚悟して準備をしておかないといけないだろう。もう残された命の時間も少なくなった。こんな話をすると「そんなこと言わないで長生きしてください。」と言う人もいるが、死なない人はいないから、死を考えてこそ命を大切に生きられるものだと思う。私ももっと早く死を直視していたら、日々を大切に生きたことだろう。私は、今度の手術後にあと五年と決めて終活を始めた。今度の入院では、今までと違ってこれが最期だという予感がしたのですべてを片付けたかったが、わずか一ヶ月では十分なことはできなかった。だから、退院の翌日から終活に取りかかったのだがなかなか進まない。二年以内に仕上げたい主なことは、まず今までの経験を本にまとめること、次に部屋の本や書類を片付けること、また庭の除草や花壇の整備をすること、最後に葬儀の内容や遺影の撮影である。しかし、遅々として進まない。人はみなそういうものかもしれない。

しかも、コロナ感染予防対策のためボランティア活動の行事や会議がすべて取りやめになったうえ、容易に外出さえできなくなった。そうなると、心はだんだん内向きに考えることが多くなり、自分自身を見つめる時間が増えた。そして私は、何もかも辞めたいと思うようになった。

私は、犯罪被害者遺族を辞めたいと思う。

私は、がん患者であることも辞めたいと思う。

私は、声が出せないという障がい者であることも辞めたいと思う。

そして、私は、私でありたいと思う。

◆もう一度会いたい

二〇二〇年（令和二年）息子が亡くなって十五年過ぎた。十二月一日から十六年目となる。長いのか、短いのか、わからない。辛いこともあった。寂しいこともあった。突然涙が溢れることもあった。今も会いたい思いはつのるばかりだ。

がん患者になって十一年。医学的知識はよくもわからないまま、死を覚悟しながらもひたすら生きてきた。そして、気管切開をして声が出せなくなって二年。手術のあとが痛いし、体力も落ちた。楽しみだった季節の登山も行けないし、一〇〇キロウォークにも参加できなくなった。私の自慢がことごとくなくなった。声が出ないので、講演活動も休止した。生きる目標も楽しみも見つからなくなった。こうなってみると、考えることはいのちのことばかりである。

いったい命の重さとは何だろうか。改めて考えるとわからなくなる。怜志は、どこへ行ってしまったのだろうか。私が怜志のことを忘れたわけではないが、怜志の死が私を苦しめることは少なくなった。孫ができたので、怜志が遠慮して私の前にも現れなくなったのかもしれない。それでも突然怜志の思い出が甦って涙がこみあげてくることがある。今も怜志の命は大切で重いものであることに違いない。

息子が交通事故で突然亡くなってから、私は犯罪被害者遺族となった。それ以来、そのことが私のレッテルや看板となったばかりか、自分自身の心の中まで呪縛から逃れなくなったような気がする。私は、遺族としてやらなければいけないことを二つ考えていた。一つは、息子の怜志のことを多くの人に知ってもらうこと。そのことが息子の供養であり、命を大切にする心を涵養することにもなると思っていた。もう一つは、犯罪や事故を減らし、命を大切にする社会づくりに貢献すること。被害者や遺族が黙ってしまえば、社会の変革はまったく進まないと思うからだ。

この二つは間違っているとは思わないが、その反面、私はずっとこんな課題を持ち続けてきた。その一つは、社会一般の人の目である。犯罪被害者や遺族のことをかわいそうだと思って優しく接してくれたり同情してくれたりするが、それはわかりやすく言えば「上から目線」なのである。

こんなことがあった。ある犯罪被害者支援ボランティアの研修会でワークショップがあった。支援センターの支援員や臨床心理士なども参加して、交通事故の遺族にどう対応したらいいか、というテーマの役割演技だった。遺族の役割になった人の相談を受けるという場面を設定して会話が続いたが、それを聞いているうちに、私はいたたまれない気持ちになった。参加者が「そうですね、辛かったですね。」「お気持ちはよくわかります。」というような表面的な会話の練習をしたあとで、ファシリテーターが「被害者や遺族は、こんな気持ちなので、このように対応した方がいいでしょう。」と指導する。参加者が犯罪被害者や遺族をモルモットでも観察するようなワークショップだったからだ。被害者支援に関心が高い人の研修会でも何もわかっていないと落胆した。犯罪被害者や遺族は、社会一般の人からもマスコミからも見られる目が一番痛いのだが、善良な人から「優しくしてあげる」という目で見られるのも嬉しいものではない。結局、社会の人々の心や思いやりは半信半疑なのだ。「絶対に私たち被害者の気持ちは、体験した者にしかわからないのだから。」という被害者も多い。しかし、それでは社会啓発は前進していかない。犯罪被害の経験がない人に被害者の心情を理解してもらえなくては支援なんかできないからである。

がん患者としての課題も似ているが、がん患者の場合は患者数が増えたことで社会の中で多数になりつつあり、患者の置かれた心理的状況は年々変化しつつある。しかし、やはり自分自身ががんであることを告白するのは勇気が必要である。病気になることは罪でもないし罰でもないが、まだまだ医学的知識や共感的理解は不十分な社会であるから、冷たい心でみられるのが怖いのだ。

障がい者はどうだろうか。障がい者も「かわいそうな人たち」と見られていないだろうか。自分は障がい者にはならないと思って毎日過ごしているのが一般的だろう。私も障がい者になるとは思っていなかったが、突然ある日、障がい者になったのである。私は、かわいそうな人だと思われたくないので、一般の人の目を気にするようになった。できるだけ声を出さないで済むように考えて行動するようになった。わかっているつもりだったが、事実を実感することは難しいものだ。障がいを持っている辛さをじわじわと実感し、徐々にその辛さで心が締め付けられるようになった。

さらにもう一つの課題として私が思い続けてきたことは、私自身の心の闇である。かわいそうだと思われたくない気持ちの反面、かわいそうだと同情されたい気持ちがあるのだ。講演活動に取り組んでいると、講師として持ち上げられ丁寧に対応してもらえるので、自分が偉い人になったような勘違いをしてしまう。私は、テレビや新聞にも取り上げてもらったり、大きな会場で講演させていただいたりしたので、まるで有名人になったような気分の日もあった。そんなときは、自分自身で自分をいさめてきた。

私がいつも心に刻んで忘れないようにしていたのは、「私は、怜志のことを話しているだけで、感動したと言われてもそれは怜志への賛辞なのだ。」ということだった。もともと怜志の事故死を本にまとめたのも講演を始めたのも、怜志のいのちをできるだけ長く残していきたいからだった。それが父親としての責務だと思ったからだ。私が多くの人に頭を下げられても犯罪被害者や遺族に対する世間の目が変わったと勘違いしてはいけないと自分自身をいさめ続けてきた。国が犯罪被害者等基本法に基づいて犯罪被害者支援に取り組むようになってからは、警察や裁判所をはじめ行政や司法の対応も変わってきたが、それを自分の社会的地位が高くなったと誤解してはいけないと思ってきた。

がん患者も同じである。私ががんになったとき、私は誰にでも自分ががんになったことを公言したが、まだ大きな声で言えない社会だった。隠そうとする人が多かった。病気になることを祟りだとか悪事の報いだとか思ってきた日本社会の因習のためかもしれない。夫が課長になった、息子が家を建てる、などのいいことは話したいが、夫が入院した、息子ががんになった、などは言いたくないのが一般的な気持ちだろう。また、社会一般の人は、病気になるのは原因があるからだと考えるのが普通である。あんなことしたからこんな病気になると考えてきた人は、がん患者も悪い生活をしたからがんになったのだと思う人が多くいる。がん患者は酒やタバコの悪い生活習慣でがんになったのに、医療費として税金を浪費している、と非難する健常者もいる。実は、そうではない。がんは、生活習慣病の延長だとは言い切れないのだ。だれがいつ発病するのか明確でないがんであるが、偏見や思い込みによる不正確な情報や差別的な考えが蔓延している。

ところが、がん対策基本法が成立し、がん患者ががん患者様になり、病院でも行政でもがん患者は大切に扱われるようになった。すると、がん患者がまるで偉い人にでもなったように横柄に威張っている態度の人も現れるようになった。

私は、私の心の中に徐々に傲慢な気持ちや欲が生まれてきているのに気づいた。また、必要以上に頑張らなければいけないと苦しんだり何も役に立てないと悩んだりすることもあった。私は、犯罪被害者遺族にも、がん患者にも、障がい者にもなりたくなかった。しかし、なってしまった。誰もがそうなのだ。すべての人は生まれる命を選ぶことも選ばれることもできない。自分の人生を自分の力で生きているようだが、悪い運命もたくさん待っている。人生は、個人の努力だけではどうにもならないことも多いのだ。だけど、世間の幸運に恵まれた人は、崖の上から「がんばれー、崖の上まで登って来い。」と応援している。病人や障がい者が、頑張っている姿に感動して拍手をするが、自分では何も努力していないし、ボランティアも寄付もしないことが多いのではないか。私は、何も努力しない人から、がんばれと言われたくない。健常者は、病人や障がい者に目標を持って努力することを要求し、愚痴や泣き言を言うと蔑視して、自らの優越感を味わっているだけではないか。こんなマイナス思考を繰り返して、退院後の二年を過ごした。

私は、犯罪被害者遺族を辞めたいと思う。私は、がん患者であることも声が出せないという障がい者であることも辞めたいと思う。私は、私でありたいと思う。

私がなりたくてなったわけではないので、私の意思で辞めることもできないのはわかっている。被害者遺族もがん患者も障がい者も、何も苦しむことなく生きられる社会に変えていかないといけないこともわかっている。しかし、今はもうすべて辞めてリセットした自分で毎日を過ごしていたいのだ。私は、私である。私以外ではありえない。だから、今までも私は私として生きてきたつもりだった。しかし、いつも様々な欲望や打算に左右されながらふらふらと生きてきたのではないだろうか。先生や本の受け売りをして偉そうなことを言ったり、飾り立てた目標を振りかざしてかっこよく見せかけたりしていた。すべての装飾を脱ぎ捨てたとき、私のいのちは何だったのか明確になるだろうか。私は私らしく生きる、といっても、私の私らしさが何かわからない。欠点だらけの人間なので、わがままを言って生きることが私らしく生きることのように思えて仕方ない。

さて、息子の怜志が突然亡くなって十六年が過ぎた。十七回忌にあたって、友達の皆さんが命日のお参りに来てくれることをお断りするお手紙を出した。コロナ感染予防の意味もあるし、いつかはけじめをつけたいと思っていたので今年が好機だとも思えた。家族もみな同じ意見だった。お手紙を書きながら、また、これでひとつの区切りがついたと感じた。

「お世話になった友達の皆様へ

故高濱怜志十七回忌　お礼のごあいさつ

紅葉の季節が駆け足で過ぎ去って、木枯らしが吹き始める冬ももう間近ですが、皆様にはますますご健勝のことと存じます。

さて、今年の十二月一日は十七回忌にあたります。家族だけで法要を済ませる予定でおります。思い返すと年月が過ぎるのは、本当に早いものです。もう十六年も過ぎたとは思えません。毎年、毎日、怜志のことを思い出しては、悲嘆を乗り越えて生きていこうと努力してまいりましたが、それはひとえに皆様のご厚情のおかげと心より感謝申し上げております。仲良くしていただいた同級生の皆様が、就職されたときや結婚されたとき、出産されて赤ちゃんを連れて来られたとき、仏壇の怜志もきっと喜んでいたと思います。もちろん家族の私たちは、皆様の幸せを自分の家族の幸せのように感じておりました。いつも命日には、みんながんばってるから泣いてなんかいられない、と決意させられました。もし、友達が誰も来てくれない寂しい日々が続いたら、きっと悲しい気持ちはいつまでも続いたに違いありません。

というものの、いつまでも皆様に甘えていられません。いつかけじめをつけなくてはいけないと考えていました。今年は残念なことにコロナ感染予防対策で人が集まることも敬遠されておりますし、十七回忌を節目として、今までのように十二月一日に無理して都合を付けていただかないようにお願いしようと家族で話し合いました。私たちはもちろんですが、怜志も笑いながら「それがよかばい。」と言っています。怜志は、十六年も過ぎたのでおじさんとなって世界中を駆け回っているように思います。でも、皆様の近くへは、ときどき風となってお邪魔していると思います。家族の元へもときどきやってきているようです。ふと怜志の声や笑顔、臭いや気配を感じることがあるからです。怜志は、以前悲しくて寂しい様子でしたが、今は友達の皆様との思い出を胸に抱いて、皆様の明るい笑顔に負けないように笑顔で夢に向かってがんばっていますから、仏壇にも墓地にも怜志はいません。きっと皆様が会いたいと思っていただければ、そばに帰ってくるはずです。これからは、命日やお盆ばかりでなく、いつでも怜志に会えると思っていただきたいと思っております。

私たち家族の願いは、怜志が生きていたことと夢を持って頑張っていたことを永遠に忘れないでいただきたいということだけですから、仏壇に手を合わせていただくのは、いつでも構いません。ただし、事前にご連絡をいただき、手ぶらで来ていただけましたら助かります。

これまで怜志のことを忘れず、家族までも励ましていただきましたことに心から感謝しております。本当にありがとうございました。今後も今まで以上に怜志と私ども家族と末永くお付き合いいただきますようお願いいたします。

最後になりましたが、皆様と皆様のご家族のご健康とご多幸を心より祈念いたしましてお礼のごあいさつといたします。」

お手紙を差し上げたので、命日に我が家を訪れるお友達は、当然のことだが誰もいなかった。このようにして、一つ一つを終わりにすることで、私は寂しくなるというより生まれたときの裸の赤ちゃんに戻っていくような感じがした。私は、自分一人で勝手に多くのことを背負いすぎていたからだ。何も持たないで生まれてきたのに、たくさんのものを体中で背負って苦しんでいたのだろう。私は、犯罪被害者遺族を辞めるための一つの荷物を降ろすことができた。

私は、咽頭がん手術から退院後に「できない」を「できる」に変えることを目標に努力してきた。山は俵山には登ったが久住山はまだ難しいようだ。声が出せないのに最後の講演会もできた。ウォーキングは一〇キロぐらい歩けるようになったが、一〇〇キロはまだ到底無理である。退院後、半年ぐらい過ぎてから傷や喉の痛みがひどくなり、痰が出たり詰まったりするので、アウトドア活動を休んでいた。また、コロナ感染予防対策で不要不急の外出を控えるようになったため、ますます体力も落ちて痛みも増していった。もう一度山を駆け回りたい、一〇〇キロウォークを完歩したい、バイクで日本一周したい、など夢が大きく広がるのだが、何もかも諦める覚悟も必要になってきた。夢が徐々に妄想になっていく。六年前の抗がん剤と放射線治療で入院したあとは、退院後一年以内に体力は回復したので、今回も退院後一年ぐらいでまた登山もできるだろうと期待していた。しかし、二年目になっても回復するどころか、体力はますます低下している。しかし、がん患者だから仕方ないとは思いたくない。ステージ４のがんですぐにでも窒息死しかねない腫瘍があったのに、命が助かって日常生活を送れるようになったのだから、治療としては成功であろう。それでも、私の人生は終わったように感じていた。くじゅう登山をしてリンドウに会うこと、一〇〇キロウォークを完歩すること、子どもたちにいのちの大切さを話すこと、それが私の人生だったのに、できなくなったのだから生きている意味があるのだろうか。私のいのちはどこへ行ったのだろう。

私は、がん患者であることの甘えを辞めようと思う。健常者のつもりで努力してみたいのだ。私は、障がい者であることで引け目をもつことを辞めようと思う。そのために、毎日努力して生きてみたい。健康のためや長生きをするためではなく、小さな自分の目標をめざして努力している毎日が私のいのちであり人生であると思うからだ。生きているだけでは意味がない。それは、入院中に病院の天井を眺めながら考えたことだ。だから、私は、達成したい小さな目標を一つ一つ達成していく「ふつうの人」として生きていきたいと決心した。

それにしても諦めきれないのは、怜志にもう一度会いたいという夢だ。怜志の命はどこへ行ったのだろう。私の命はどこへ行くのだろう。

十年前、私は、食道がんの入院によって体力も気力もなく責任を果たす自信がなくなり早期退職をした。退職してからは、がんが再発したあとでも治療に耐えられる体力をつける努力を続け、登山もできるようになった。念願の阿蘇やくじゅう連山にも登れるようになった。そして、山の頂上でこんなことを考えた。

「神様、いるなら教えてください。こんな小さなリンドウでさえ命を与えられているのに、どうして私の息子は、生きていくことを許されなかったのでしょうか。どうして息子の代わりにこの私を殺してくれなかったのでしょうか。」

何を訊いても山は答えてくれない。雲が湧き上がって風が急に強くなるばかりだ。『時が経てば解決する。』と言って慰める人もいるし、『どんな苦難も乗り越えられる。』と言って励ます人もいた。しかし、愛する息子を亡くした心は少しも軽くならなかった。ご飯を食べてもテレビを見ても、買い物に出かけても散歩をしても、毎日思い出さないことはなかった。息子の死は、悔しさ、寂しさ、悲しさ、むなしさなど形を変えながら、年月とともに少しずつ重いものになっていく。なくなってしまった息子の人生は、どんなことがあっても二度と戻らないと思うと、自分の人生の意味もなくなってしまったとしか思えないからだ。

今、息子は、どんなことを考え、どんなことをしているのだろうか。そして、今の私を見てどう思うだろうか。褒めてくれるだろうか。息子に叱られたら、これから私はどう生きればいいのだろうか。私は、『もう一度息子に会いたい。』と思いながら歩き続けてきた。もう一度あの笑顔を見たい、もう一度あの声を聞きたい、もう一度私が作ったハンバーグを食べさせたい、そんなことを夢見ながら、山の頂上で息子を待つのだが、いつまで待っても息子は現れてはくれない。

突然息子がいなくなってから、私の人生は二転三転してきたが、毎日息子のことを忘れたことはない。何でも息子と相談しながら一緒に生きてきたつもりだ。被害者支援やがん患者支援などのボランティア活動はもちろん、『いのちをつなぐ会』をというNPOを設立し、命を大切にする社会づくりに積極的に取り組んできた。生前の息子も『人のためになることがしたい。』と言っていたので、私も息子に負けないように社会のために前を向いて進んでいくしかないのだ。

しかし、悲しいのは、息子があのときのままだということだ。息子の友達は、就職、転居、結婚、出産など日々成長し変化し新しい夢に向かって生きているのに、私の息子は十九歳のまま時間が止まってしまっている。生きていたら、今、どうなっているだろうと想像すると寂しさのあまり涙が溢れてくる。

入院したときや一〇〇キロウォークのときなど、私を何度も助けてくれた息子。もしかしたら、私の命を助けるために代わりに亡くなったかもしれない息子。いつまでも、いつまでも、優しい笑顔のままで止まってしまった息子。ああ、もう一度会いたい。そして、心から「怜志、ありがとう」と伝えたい・・・。

今も私の心の中にはっきりと甦ってくるのは、初めてくじゅう連山で出会ったリンドウの花である。亡くなった怜志のように見えた。怜志のいのちに見えた。怜志のいのちは亡くなっても私は生きているし、この世は存在している。リンドウは、踏みつけられても毎年花を咲かせ、いのちを謳歌している。なんと自然のいのちの美しい姿であろうか。

私は、死んだら怜志と再会できると思って、楽しみにしながら信じ続けてきた。しかし、怜志はもうどこにもいないし、私も死んだら何もない無に帰するだろう。死は恐れるものではない。それは、いのちがつながっているからである。人と人は、出会いと心によってつながっていく。私のいのちが息子につながっているだけでなく、息子のいのちが私につながっている。そして、時間と空間をこえてつながったいのちがあるからこそ、死は怖くないのである。私は、怜志のおかげでたくさんの人たちと出会い、つながって生きることができた。私は、がんになってからも多くの方々と出会い、つながって生きることができた。血のつながりではなく、心のつながりが大切だと気づいた。

いのちとは、自然そのものである。自分自身が自然にやりたいと思ったことをやって生きることが最善である。ある日、突然交通事故で亡くなった怜志のいのちも自然の営みであり、私ががんになって苦しみながら亡くなるとしても自然の営みである。そう、リンドウの花が咲き、踏みつけら枯れても翌年にはまた別な花が咲き誇るのが自然であるように人のいのちも未来へ向かってつながっていく。無念の思いを持って亡くなった怜志のいのちもきっと未来へつながっていくに違いない。誰もが自由で平等でいのちが尊重されて生きる未来がみえる。男性も女性も子どもも老人もみんなが明るい笑顔で過ごしている社会がみえる。怜志のいのちは、きっと自然の中に溶け込んで、リンドウの花となって咲いているかもしれない。私も、できればリンドウになりたい。踏みつけられても自然の中で花を咲かせ、自然の中で根をはって生きていく。一つの花ではなく、たくさんの花が集まってリンドウになっているのだから、枯れてもリンドウは残り、翌年はまた別の仲間が花を咲かせる。リンドウでさえ、こうしていのちをつないでいくのだ。これが「無為自然」の姿なのだろう。

今、私は、死ぬことが怖くない。怜志に会えるからではない。リンドウの咲き乱れる自然に帰ることを夢見るからだ。人はどんなときも何か夢がなくては生きられない。小さい目標でいいから生きることの楽しさを味わうことができる夢が必要なのだ。私の人生は、何と幸せだったのだろう。子どもの頃遊んだ友達からお世話になった先輩、私を支えてくれた方々、私が愛した人や私を嫌っていた人などが次々に目に浮かんだ。怜志も、痛くないよと私を励ましながらにやけている。孫は、私の顔を手でぐしゃぐしゃにしながら笑っている。幸せな未来が見えた。みんなが笑って手を振っている。これが私の小さな夢だった。私は、死後も続いていくこの世の明るい未来を夢見ている。娘や怜志の友達がおじいさんやおばあさんになり、孫がおやじになり楽しく働いている、平和な世界に子どもたちの歓声が満ちている。

私は、自分が楽しく過ごすためにだけ生まれてきて、自分だけが幸せになるために生きているのではない。私を必要としてくれる人のために生かされてきたのだ。だから、私の死後も家族や友人やこの世の人々が幸せに生きられるように願うばかりである。そう、いのちとは自然そのものである。私は、この世のすべてを受け入れようと思えるようになった。息子が亡くなったことも、私ががんになったことも、今も続いている予後の苦しみも何もかもを受け入れて、穏やかにこの世を去っていきたい。この世は、偶然と不合理でできている。いくら涙を流しても、生まれてきたことと死にゆくことの辛苦はなくなることはないだろう。表で正しいと思っていることも一緒に悪いことが裏についている。表裏一体で切り離すことはできないのだから、表が悪で裏が正しいこともある。善も悪も同時に存在しているのだから、誰の人生やいのちを評価することができるだろうか。善悪も損得も貴賤も幸不幸も何もかもが一体となって存在するのが自然である。それを人間が勝手に評価しているにすぎない。私は、もうすべてを肯定して自然の中に心身を横たえることにしたい。私は、もう悲しむこともなく嘆くこともなく、怜志の思い出を抱いて、孫の成長を願いながら生きていく時間を大切にしたい。私の父も母も働くだけ働いて、子育てで苦労して亡くなっていった。人のいのちに価値や目標が必要だろうか。生きたことの証や人生の業績が必要だろうか。どんな人でも生まれてきたこと、生きていたこと自体が価値あることである。人の幸せも人生の価値も比較して相対的に判断することは誤りである。結局、いのちや人生の価値は自分自身で決めるしかない。

それにしても、いのちのゆくえがわからない。

ああ、怜志、もう一度、会いたい。怜志、会えないけど、どこへ行ってしまったのだろう。私は、がんになって手術で苦しみながら、怜志をさがしたけど、どこにもいなかった。どこでも会えなかった。十七回忌の読経を聴きながら、会いたいという気持ちだけはつのるばかりだった。怜志は、どこへ行ったのだろうか、もう一度会えるのだろうか。私はまだ生きている。今、願うのは、もう一度怜志に会いたいということだけだ。それが不可能な願いであるのは、十分承知しているが、それ以外の願いは何もない。怜志が亡くなってから怜志とともに歩んだ十七年の日々も、本当に有意義だった。目を閉じると、私が生まれてから出会った人たちの顔が次々に浮かんでくる。幼なじみの友人、学校の同窓生、一緒に汗を流した仲間、同じ学校で勤務した同僚、かわいがってくれた先輩、がんやボランティアで知り合った友達、そして娘と息子が生まれた家族での思い出、怜志が生きている頃の思い出と亡くなってからの思い出。本当に楽しかった日々。

ああ、もう一度会いたいよ、怜志。

私は、どうすればいのちをつなぐ生き方ができるのだろうか。

いのちをつなぐとは、心をつなぐことである。体験を共有し、共感的に理解し合うことで心がつながっていく。そのために最も重要なものは言葉である。人は、言葉によって思考し表現する。言葉によって知識を獲得し、言葉によって人とつながるのである。そして、言葉によって心を伝えるのだ。私は言葉を声として出せなくなったので、身をもって言葉の大切さを体験している。言葉を声に出せないことで、とたんに孤独の闇に包まれた。そして、いのちをつなぐということは、言葉をつなぐということだと気づかされた。家族だって言葉なしでなりたたない。私と息子も言葉を紡いで親子になった。父親はお腹を痛めて子どもを産まないので、親子になるためにはたくさんの言葉と体験と時間の積み重ねが必要である。そして、その積み重ねが家族愛を育てていき、親子としてかけがえのない息子となった。親子の間には誕生日のケーキやサッカーボール、マリオのテレビゲームなどの思い出の品とお互いに交わした言葉がなくてはならないものだった。言葉がなければ、いのちをつなぐことはできないのである。

私は、先立った人々の心を私はつないでいきたいと思った。だから、怜志のことを語り、がん患者の皆さんのことを話し続けてきた。しかし、私は音声言語で伝え合うことを諦めたので、私の伝えたい心を本という文字言語で伝えることにした。わかってほしいと思う気持ちを表現し、わかり合いたいという欲求を満たし、いのちをつなぎ合って生きていく社会を実現のために、最も大切なことは言葉として残していくことである。

犯罪被害者や遺族の悲嘆やがん患者の苦悩、障がい者の心境など言葉にしなければ、理解してもらえない。何事も黙っていては、伝え合うこともできないし、いのちをつなぐこともできない。私は、犯罪被害者遺族もがん患者も障がい者も辞めたいと思うが、それは沈黙することでも忘却することでもない。健常者と患者を区別したり、自分の心に壁を作ったりしないで、明るく胸を張って生きていきたいと思うからである。

努力したい気持ちとすべてを辞めたいという気持ちの両方あるが、どちらも本当の気持ちである。生と死、動と静、昼と夜、表と裏、二つが一つとなって存在している。だから、何が正しいのか相対的に判断するしかない。しかし、間違いなく絶対的に価値あるものは「いのち」である。どんな理想やイデオロギー、宗教を超えていのちが最も大切なものである。そして、私たちが生きていくとは、いのちをつないでいくことであり、いのちをつなぐとは「言葉」をつなぐことである。

ああ、私はリンドウになりたい。

雨に叩かれても、登山靴で踏みつけられても、黙って咲いているリンドウになりたい。

これもまた私の本当の心境である。ああしなければいけない、こうすべきだろう、と考えるのではなく、今やりたいことを目標にして素直な生き方をすればいいんだ、と怜志は言うだろう。

ああ、もう一度怜志に会いたい。

その気持ちだけが真実だ。怜志が亡くなってから十七年生きて、最後に私に残った真実は「もう一度怜志に会いたい」という気持ちだけだ。それが、私の人生の真実であり、いのちをつないで生きていく意味なのだろう。

怜志が亡くなったあと、後を追うように私の父も亡くなり、母も食道がんで亡くなってしまった。二人とも早くに両親が亡くなったので不遇だったが、愚痴もこぼさず真面目に働き続けた生き様だった。後ろ姿でそれを私に教えてくれた。今となっては、両親とゆっくり話ができなかったことを悔やまれる。ああ、もう一度会いたい。

私ががんになったために、短い期間にたくさんのがん患者と知り合うことができた。亡くなった方を思い出すたびに寂しさがつのる。難病とたたかっていた友達も亡くなった。今も生き残った私が、そんな皆さんのいのちをつないでいかなくてはいけないと思いながら、涙がこみ上げてくることがある。ああ、もう一度会いたい。

いのちはどこへ行ったのか。もう会えないのだろうか。

私にも死が近づいてきている。死を意識して生きている時間には幸せを感じるが、死を忘れて生きている時間は空虚である。どんな絶望の淵にあっても、小さな希望を見いだせれば人は生きていける。私も暗闇の向こうに小さな希望を見つけながら、これまでいくつもの苦悩を乗り越えて生きてきた。そして、この本をまとめることで人生の最期を締めくくるつもりであった。しかし、そうはいかなくなった。この本が完成する前に、私の娘が健康診断でがんの疑いが発見されたからだ。現在、精密検査を受けており、どういう病状であるかわからないが、家族の不安は大きい。私は自分のがん治療よりも辛い。それは代わりたくても代われないからだ。娘の苦しむ姿を見るくらいなら私は早く死ねばよかったのに、とさえ思う。いのちをつなぐのではなく、がんをつなぐことになってしまった自分の人生を悔やむばかりだ。

それでも、孫の屈託のない笑顔を見ていると、また新しい小さな希望が見えてくる。娘の家族は、きっとがんの苦しい闘病を克服して明るく生きていくにちがいない。私も精一杯の娘のがん闘病を応援しながら、自分のがん闘病も続けていきたい。過去を振り返ることはできるが、過去を改めることはできない。未来を予測することは難しいが、未来を生きぬいていくことはできる。どんなことがあっても、いのちのある日々を大切に生きぬいていくことが、唯一のいのちをつなぐ生き方なのだから。

おかあさんになった私の娘と
明るい笑顔の孫
二人は、未来を見つめている

あとがき

私は、気管切開したあとで入院しているとき、最期にどうしてもやり遂げておきたいことがあった。このまま死んだとしても後悔することはないかと毎日考えていたが、その中で最もやり遂げておきたかったのがこの本の出版だった。

七年前、あるがん患者さんにこんな話をした。「僕は、たくさんのがん患者さんと知り合って学ぶことが多かったので、そのことを書き残しておきたいというのが最期の目標です。」するとその翌年、その患者さんが入院したのでお見舞いに行ったところ「本を書くという話はどうなりましたか？待ってるのに。」と言われたので「まだ覚えていてくれたんですね。がんばります。」と私が言葉を濁していたら、その患者さんは亡くなってしまった。それからずっと何か心に棘が刺さったような気持ちだった。自費出版なので多額の費用もかかるし、それよりも原稿を書く余裕がなかった。しかし、咽頭がんの転移が見つかって入院することになったので、いよいよ決心がついたのだ。

がん教育は始まったばかりで、定着するかどうか心配しながら活動に取り組んでいたが、コロナ禍の中で休校になったり公共機関が使用できなかったりしたので、十分な取り組みができなかった。その上、声が出せなくなって電話さえできなくなったので、ますます無念の思いがつのった。私は、がん教育に限らず「いのちの教育」が極めて重要だと思っている。それは、子どもたちの命と心を大切にできなかったという私の教員としての反省でもある。がん教育もコロナ感染防止も喫緊の課題であるが、いのちの教育は、今後ともあらゆる機会と場で推進すべき重要な課題である。だから、現場の先生方に主体的に積極的に取り組んでいただきたいと心から願うばかりである。

コロナ禍の中で、私はいのちの大切さについて十分に考えることができた。そして、私はこの本を通していのちの教育をつないでいきたいと思った。できることならこの本をいのちの教育に役立てていただきたい。そうなれば、私は今も気管切開と声帯切除などの手術の予後で苦しんでいるが、それが決して無駄ではなかったことになるにちがいない。

最近は、瞼を閉じて、息子や父母の笑顔を思い出すことが多くなった。無邪気に遊んでいた子どもの頃や家族と過ごしたたくさんの思い出は、私を寂しい孤独の深淵に誘うのである。また、私は、旅立っていったがん患者の皆さんの穏やかな表情や力強い言葉を振り返っては、勇気を奮い立たせる日も多い。私は、これで良かったのだろうか。いのちをやりとりすることはできないが、いのちはお互いのつながりを深めることで生き生きと輝かせることができる。そのことを体験した私は、私のいのちを育ててくれた多くの人々との出会いに感謝し、もう一度会いたいと思いながらこの本を書き綴った。

また、これからの子どもたちの世代には、もうがん闘病の苦悩を味わってほしくないと思う。大切なのは医学の進歩ばかりでなく、がんに対する正しい理解と心構えである。偏見が発見を遅らせたり家族を苦しめたりすることも多い。だから、がん征圧のためにはがん教育が不可欠である。どうか医療や教育などの関係者の皆様のご尽力をお願いしたい。

そして、どうか、世界中のいのちがつながっていきますように。

令和三年四月十九日

高濱伸一

Profile

著者　高濵　伸一

昭和30（1955）年　　　　熊本市生まれ
昭和53（1978）年　3月　熊本大学教育学部教育学科卒業
昭和53（1978）年　4月～　熊本県公立学校教諭として勤務
平成16（2004）年12月1日　19歳大学1年の息子が交通事故で亡くなる
平成19（2007）年12月　「怜志ありがとう　再会を信じて」自費出版
平成20（2008）年　4月　上記著書が第6回熊日マイブック奨励賞受賞
平成20（2008）年　4月～　合志市立合志南小学校長
平成21（2009）年　3月　食道がん告知、5月手術
平成22（2010）年　3月末　合志市立合志南小学校長早期退職（病気治療のため）
平成24（2012）年10月　行橋別府100kmウォーク完歩
平成24（2012）年11月～　特定非営利活動法人いのちをつなぐ会　代表理事
平成25（2013）年　3月～4月食道がん再発入院、抗がん剤2クール＋放射線
平成30（2018）年　4月～　ＮＰＯいのちをつなぐ会　事務局長
平成30（2018）年11月　熊本県警本部長より講演活動への感謝状
平成31（2019）年　1月　咽頭がんステージ4発見、3月声帯切除手術

いのちをつなぐ

～交通事故死の息子とともに歩んだ十七年～

2021年5月15日　初版発行　　定価2,200円（税込）

著　者　高濵　伸一
発行者　小坂　拓人
発行所　株式会社 トライ
〒861-0105
熊本県熊本市北区植木町味取373-1
ＴＥＬ　096-273-2580
ＦＡＸ　096-275-1005

印　刷　株式会社 トライ
製　本　日宝綜合製本株式会社